禍亂創世紀 第二部 05

Rebellion of Start-online II

蜜桃多多的大神花婿

雲千千在與世隔絕的山谷中漫步悠遊，絲毫不知道外界已經因為自己又掀起了一番討論的熱潮。她現在是在避難休產假，當然是盡量不引人注目。雖然這片自己沒來過的地圖蕭條了點、無聊了點，但勝在清靜自在，沒了亞瑟斯也沒有鏡魔，一時半刻的，魔族想找到她也就不是那麼簡單的事情了……

俗話說得好，山野多隱士。

不然為什麼那麼多經典橋段裡面，主角總要掉進荒山野嶺才會有一番奇遇呢？再換個角度來說，如果奇人異士都住在大街上的話，那麼即便是再有本事的人，在別人眼裡也沒什麼好稀奇的了。物以稀為貴，不能保持神秘的高手不是一個好高手，再好的本事如果滿大街的人都會，那就稱不上絕技。

也許是雲千千今天的運氣特別好，繞山繞水的在山谷裡轉了一圈後，居然真讓她遇到了隱士……不，隱龍。

「嗚哇！」

一個小正太和山谷中散步的雲千千正面撞上。

二人都很驚訝，驚訝之一是沒想到這個鳥不拉屎……不，這個清幽的地方居然會有旁人；驚訝之二則是因為撞上的人居然和自己認識。

小正太一愣之後率先反應過來，忽然就哭了起來，他轉過身，跌跌撞撞的悶頭就跑，彷彿見鬼般驚嚇無措。

「小龍人，給姐姐站住！」雲千千在後面喊，小正太不理她，於是雲千千生氣了，在地上撈個乒乓球大的石頭捏在手心裡，雙手交握，側身，單抬腿……以一個很標準的棒球投球姿勢將手中石塊朝奔跑的小小身影丟去……

「咚」的一聲，砸偏了，打到旁邊的大樹樹幹上。

但是還好，緊接著「梆」的一聲安慰了雲千千受傷的脆弱心靈。砸在樹幹上的石塊反彈開來，剛好彈到小龍人的額頭。

「哇、哇哇——」小龍人被砸得一滯後，額頭上肉眼可見一個清晰的紅色大包鼓了起來。在又痛又怕的刺激下，小龍人乾脆一屁股坐到地上開始號啕了起來。

「呃……」即便是雲千千這麼缺德的人，在看見那紅色大包後也忍不住滿頭大汗，解釋道：「呃，其實這是個誤會，本來我只想砸你背後……」

哭聲更大更淒厲……小龍人畢竟還是個小孩子，從第一次撞進雲千千手裡開始，他就一直處於被欺壓的地位。這時再度受挫，新傷舊痛齊齊湧上，他一時悲從中來，竟然無法遏止哭聲……人家只是個小孩子耶，她怎麼能這樣子對待他？

「別哭了。」雲千千掏出法杖晃了晃，威脅道：「再哭我就把你電熟了送回給龍哥。」

說曹操，曹操到。前腳剛威脅完人家親兒子，後腳本尊的聲音就在雲千千身後響起。

「城主，我兒子又怎麼了？」

一個「又」字，飽含了龍哥多少複雜糾結的情感思緒……雖說小孩子不能嬌養不能慣，但也不能這麼欺負吧？

雲千千的冷汗刷一下就下來了，連忙起身把法杖藏在身後，欲蓋彌彰道：「龍哥你也在啊呵呵！真是人生何處不相逢，莫非這就是傳說中的緣分……呃，其實事情是這樣子的，剛才你兒子看到我似乎是太高興了，一不小心就摔倒了，我正想扶他……」

小龍人傷心的撲進親爹的懷抱中求安慰。

龍哥抱起自家兒子，一眼就發現額頭上那個大紅包，嘆口氣問道：「怎麼有個包？」

「我覺得應該是發育期吧，你們龍族頭上不是都有角嗎？大概是角快長出來了……嗯，就跟我們長牙差不多。」雲千千湊過去裝模作樣的看了眼，很認真的發表結論。

「……」龍哥青筋暴跳。這女人當他是傻子不成？

「咳咳！」

就在龍哥和雲千千大眼瞪小眼，中間還夾雜了個童音哭泣的配音時，旁邊幾聲乾咳傳來，打斷了僵局。

雲千千轉頭，這才發現龍哥身後居然還跟了一個光彩照人的帥哥。

帥哥臉色古怪的看了一眼雲千千，再看看龍哥，問道：「這就是你口中所說的友善和平的人類？」

「咳咳！」龍哥頓時也乾咳，神色十分尷尬說道：「這位城主只是例外……」

「這位是孩子他媽!?」雲千千也問道。

「……」兩個帥哥一起額跳青筋……

一番介紹後，雲千千終於知道目前狀況。她現在身處的這個山谷不是一般的山谷，是龍谷；跟著龍哥一起過來的這位也不是一般人，是龍人……咳，龍族。

簡單的說，就是雲千千被隨機傳送到了玩家們暫時還沒找到的一個新地圖。景色陌生就變得可以理解，畢竟她以前也沒那實力和機會進來……

「今天有龍將要育子，可是據消息說，外面有一個龍騎士職業的冒險者接到了坐騎任務，要來偷走這顆即將孵化的龍蛋，所以族長急召在大陸的龍族全部回來，一是想問清楚龍族添子的消息是怎麼流傳出去的，二就是為了阻擋這個龍騎士。」在往龍谷走的路上，龍哥三言兩語的交代清楚自己出現在這裡的理由。

「龍騎士？」雲千千很糾結。這曾經也是自己選擇過的職業，可是以前她怎麼就沒接到過坐騎任務？別說沒接到，就連聽都沒聽說過，莫非真是自己運氣不好？

「放心吧，這種妄圖用別人的孩子來增強自己實力的敗類，我一定會幫你們狠狠教訓他的！」雲千千握拳。踏馬的，自己都沒碰上過的好事，怎麼能眼睜睜的看著別人得手？

而且能親手將一個未來可能的高手扼殺在搖籃之中，雲千千個人對此表示很滿意……

「族長，這位是蜜桃多多城主，我在大陸的時候……呃，曾經多蒙她關照。」龍哥為龍族族長引見雲千千。

「嗯，聽說過，這位城主在大陸冒險者中也頗有名氣啊。」龍族族長笑得很溫和，但也意味深長。

龍哥心裡一顫。

偏偏雲千千還以為這是誇獎，高興得眉開眼笑道：「真的？其實只是一點點小名氣啦，不值得族長誇獎。」這老頭果然有見識，比自己族長識貨多了。

「好了，既然是龍族的客人，那麼你就帶她下去吧。在開放的區域可以隨便逛逛，禁地之類的就不要去了。」龍族族長揮手趕人。

雲千千一退出龍族族長家，就期待雀躍的拉住龍哥問道：「龍哥，禁地在哪裡？裡面有什麼？」

龍哥差點撲倒，冷汗狂下回道：「妳難道沒聽族長剛才說的，禁地千萬不能去？」

「我知道，不過還是要告訴我吧，不然哪天萬一我不小心逛進去了，你們硬賴我是擅闖的怎麼辦？那我多冤枉啊。」

「……」龍哥擦把汗，十分不信任的看雲千千一眼，繼續說道：「放心吧，只要妳別出龍族就絕對不會『不小心』逛進禁地去。」

「哦？」意思是禁地在龍族住的地方外面？這個好，人少偏僻了才好下手。

雲千千眨眨眼睛，看著龍哥不再說話，笑得羞澀非常。

龍哥打了個冷顫，下意識覺得自己似乎說了不該說的話……不會吧，他應該沒有洩漏機密的內容……吧？

龍族禁地有三，一是子嗣繁衍的場所。每個龍蛋將要孵化時，都會被送進指定的一個洞窟。這裡靈氣充足，且有巨龍小隊常年駐紮負責守衛，能最大限度保證新生龍族出生時的安全問題。

二是龍族死後埋骨的場所。和各族都有的秘境一樣，相當於是給得到各族認可的玩家一個抽籤開寶箱的機會，有可能拿到神級道具，只是龍族的資格獲得異常艱難，這一點主要是因為他們天生就比其他種族嗜好守財的天性。

三則是龍族的放牧場……這個地方也不算是什麼禁地，說白了就是給其他非龍族的龍，比如說翼龍、

地行龍一個休養生息的場所而已；但是龍族族長自己認為三這數字比較好聽，而且顯得比較正規，比如約法三章、比如三令五申、比如三宮六院……咳咳，總而言之，反正禁地兩個也是禁，三個也是禁，那麼就索性多加一個吧。

於是龍族族長龍爪一揮，第三禁地出爐，同時下令此禁地不用嚴守，只要象徵性的立個石碑讓外人不得入內就好了。至於實際上到底有沒有人會進去……嘖，哪本小說裡的禁地沒見人闖過？管它呢。

龍族族長雖然是不怎麼負責的族長，族人卻是很負責的族人。龍族的龍們個個嚴守命令，雖然族長說了放牧場不用守，但好說也掛了個龍族禁地的招牌，隨隨便便讓人闖進去豈不是太沒有面子？

於是如此這般，放牧場也就和另外兩個禁地一樣，巡邏執守的龍族一批輪一批，唯一的區別只是沒有結界禁制和常駐巨龍而已……

「龍哥，我自己隨便逛逛就好了，你去忙你的吧。」跟著龍哥參觀了小半個龍族居住城後，雲千千終於忍不住委婉說道。

馬的，跟這人走了半個多小時，過店不入、遇攤不掠，一路就聽他介紹這是什麼什麼街、居住龍口多少、分別是誰誰誰，又分別參加過什麼戰鬥或是擔任過哪道關卡的 BOSS……自己又不是來做龍口調查的，這麼逛街有個屁的樂趣？

其實龍哥雖然不解風情，但這番介紹倒真是一片好心。除了自己這種脾氣好到被人族公主逼婚的龍族以外，這個族裡哪條龍不是一揮手天地變色的高階存在？身後跟著的這個女孩在外面時就不是個安分的，萬一要是不小心在龍族惹到誰了，等自己收到消息趕來的時候大概就只能看到一堆灰灰……骨灰。

長嘆一聲，龍哥眼看她不耐煩了，也就不再強求：「既然如此，那妳自己隨便看看吧，不過千萬……」

「千萬不要惹到龍是吧？都說了二十多回了。」雲千千趕蒼蠅般趕龍：「走吧走吧，不經歷風雨怎麼

見彩虹，感謝您一番好心，不過還是讓我自生自滅吧……」

她話都說到這分上，龍哥也只好走人。

等終於只剩自己一個人了，雲千千長吁一口氣，剎那間感覺自在了不少。天也更藍了，草也更綠了，天地萬物一片生機勃勃……啊！（老師說了，表達感嘆一定要加「啊」。）

從哪逛起呢？旁邊有店鋪，似乎很值得一逛，這可是龍族的店鋪耶！但是旁旁邊還有餐廳，就更值得進去看看了，這可是龍族的餐廳耶！哇，旁旁旁邊……興奮三分鐘後，雲千千陷入自我厭惡——馬的，真像土包子。

她隨便挑了個方向閉著眼睛走，不一會就聽到熱情的吆喝聲。

「坐騎牌換季大清倉！可封收亞神坐騎，成功機率加成20，走過路過不要錯過……這位修羅族的美女，對，說的就是妳，要不要來看看？」

我？雲千千驚訝的睜開眼睛，發現自己居然走到了一個小攤前。攤主面前鋪了一塊布，上面堆了各種閃亮、晶亮、明亮的大小物品，顯然十分迎合龍族的喜好。而在這塊布的最角落處，則放了一塊黑沉沉的鐵牌，牌面刻了個「騎」紋字樣，顯然是用來收服坐騎的專用令牌……

創世紀中的寵物、隨從和坐騎雖然看似異曲同工，但其實卻是分屬於三個不同的系統。寵物從一而終，占據玩家的固定寵物格，可協助作戰，也可乘騎代步，實力隨玩家等級而逐步增長，屬於玩家身邊分量最重也最需要謹慎挑選的NPC夥伴。

隨從是在NPC自願或因契約等關係成立後，跟隨在玩家身邊的臨時性夥伴，實力只適當封印，但仍可高出玩家許多。唯一的壞處是有忠誠度限制，忠誠度不足時，隨從會自己離開。所以只可用做一時之選，不能長期帶在身邊。

坐騎就更好理解了，它就是單純來被玩家騎的……

也許有人會問，既然寵物也可以承載玩家，那麼何必多此一舉再收個坐騎？說到這一點的話，就不得不提一下雙方在不同方面的應用性。

寵物最大的作用是提供作戰或操作幫助，雖然可以騎乘，但是速度不如坐騎。比如說一隻大型法系戰寵，玩家會為了偶爾騎它時能有更高的移動速度，放棄精神加點而將寵物潛力值全部分配到敏捷上嗎？

而且玩家在作戰時也允許騎坐騎，這又衍生出另外一個問題——打架的時候，寵物到底是負責打架還是負責載人？

理論上可以兩者兼顧。但如果一個法師的寵物是個物理戰寵……想像一下吧，它載著玩家衝鋒陷陣、撕咬殺敵，誰知道玩家會摔死還是自動送上門被怪拍死？尤其萬一寵物打得高興了，來個野蠻衝撞之類的技能，它的主人大概有九成九可能比 BOSS 先掛……

考慮以上種種原因，坐騎雖然不如寵物熱門，但還是占據了一定市場；而且最重要的是，只要有足夠的坐騎牌，玩家想收幾個坐騎都行，這就保證了各種場合的需要。跟名車一樣，你可以沒有，但是有的人肯定比沒有的人更拉風……

喲，龍族居然也有賣坐騎牌的？雲千千頗感興趣的蹲下，拿起攤位上的牌子翻來覆去的摸摸看看，還用牙齒咬了一口後評價道：「嗯，不錯，這質地確實像是亞神級的。」

攤主狂汗道：「您直接拍個鑑定術不就完了……」還用牙齒咬……您這是驗金貨？

「廢話少說，10 銀賣不賣？」雲千千一拍板，很有氣勢的問道。

「噗！」攤主吐口血：「不賣！」這是打劫吧!?「您剛才也看清楚了，我這坐騎牌可是能收亞神騎的。這價值怎麼可能只賣區區 10 銀？」

「NO。」雲千千搖搖食指，嘆氣道：「這你就說錯了，這東西看似值錢，實際上華而不實啊……」

「哦？」

「首先是它的市場流通性。這裡是龍族對吧？你們都是龍對吧？你們都會飛而且都不屑於騎乘其他種族是吧？……當然了，晚上你騎自己老婆這個不算。所以從這一點上來看，這塊破牌子在這裡根本沒市場。你大概是看見我了，這才突然想起這個滯銷貨，不然它也就只能躺在倉庫裡發霉……」

好犀利！攤主狂汗道：「就算這樣，這個坐騎牌對您來說卻是很實用，對吧？比如我賣胸罩，莫非因為在男人那裡沒市場，所以在賣給女人時也要降價？……關鍵不是別人用不用得上，而是您用不用得上吧？」

「這正是我要說的第二點。其實對於我來說，這個牌子同樣不很實用。」雲千千感慨道：「可封收亞神級坐騎……這個噱頭是挺不錯的，問題是創世大陸上總共才幾頭亞神坐騎？我就算買了，拿回去頂多收個黃金級坐騎，多出來的價值對我來說根本沒用啊。」

「這您就錯了。」攤主神神秘秘的湊近說道：「我告訴您一個秘密……」

「你說說看？」

攤主的聲音更小了：「其實這裡是龍谷……」

「……」雲千千沉默半分鐘後抹把臉說道：「感謝，拜拜！」神經病，她當然知道這裡是龍谷，這跟坐騎牌有什麼關係?莫非他的意思是叫自己抓隻龍來當坐騎？

世界如此美好，她還沒活夠呢！

攤主慌忙一把拉住起身要走的雲千千解釋道：「誒，您別急啊，先聽我說完……龍族當然是不可能隨意和冒險者簽訂契約的，但我們還有翼龍、地形龍、巨龍等等種族啊！」

又沉默半分鐘，雲千千突然瞪大雙眼，倒吸口冷氣，一臉震驚的站起身，蹬蹬蹬倒退三步驚訝道：「對

不起，剛才我一時沒理解你醜陋的思想……你的意思莫非是讓我去收服那些亞龍種族當坐騎？」

臥槽！攤主怒道：「怎麼，有問題？」

「……沒什麼，但冒險者裡有句話叫『本是同根生』……」雲千千婉轉的表達了自己的顧慮。莫非這位攤主兼職龍口販子？雖然自己很動心，但是後果也很難消受，還是冷靜點好。

攤主鄙視道：「你們這些冒險者不也是猴子進化來的？莫非妳去動物園的時候不會拿香蕉餵猴子？」

這……什麼時候創世紀的 NPC 也知道動物園的存在了？雲千千噎了下，隨即義正詞嚴道：「最起碼我就不會拿香蕉餵猴子。」自己拿的都是香蕉皮，香蕉她吃。

香蕉皮裡塞上衛生紙原樣封好，再用透明膠帶繞一圈丟進去，依靠這一招數，雲千千調戲小猴無數，還差點被管理員發現而惹來抗議。曾經有隻非常有個性的猴子，在發現上當後還憤而妄圖拿皮砸她……

攤主愣住。

雲千千嘆口氣又道：「算了算了，看你這東西也賣不出去，我放放血，給你 20 銀買了算了。」

一手錢一手貨。

交易完畢，雲千千邊收牌子邊問攤主：「對了，你說的那些亞龍族在哪裡可以抓到？」

攤主吐口血：「妳不是說本是同根生……」

「同根個頭，我哪裡和那些亞龍像同根？」

「……」

於是，在攤主的非自願介紹後，到了龍族的第一天，雲千千就瞄上龍族第三禁地放牧場。

這次洩密事件充分說明了一樣米養百樣龍這句話的正確性。大部分龍族都是剛直不阿的存在，但這並不代表所有龍都足以堪稱道德典範。罪惡根源無非都是來自於思想，只要有了思考的能力，就必然會有千百種性格的產生。

這個死奸商！

摸索到放牧場觀察一小時後，雲千千終於忍不住憤怒。

這裡確實是龍族的棲息地。亞龍族不是純血龍族，能力自然也就沒那麼強大，不僅不能化形，等級、實力有所削弱也是可以理解的……可是、但是……這踏馬的弱得也太誇張了吧？

不是每個長了長脖子、配了四隻爪子還甩根尾巴的四腳蜥蜴都能叫龍的……馬的，剛才自己居然還看到一隻25級的壁虎路過，誰要敢跟她說這也算亞龍族的話就別怪她翻臉啊！

「難怪那個死龍透露情報的時候那麼爽快。」雲千千黑臉嘀咕，要換成自己是龍族的話，肯定對這些生物也升起不了什麼同族維護意識。

她再有牢騷也沒用了，既然都已經來了，總不能白罵幾聲再什麼都不做就回去。當然了，隨便抓隻跟外面普通白馬差不多的坐騎回去就更不可能了，單是那等級都對不起她手裡的牌子……

亞龍的棲息地很大，畢竟人家龍多口雜。雲千千思索了一下，猜測這片區域要嘛像挑戰BOSS的地圖那樣，越厲害的品種住在越深處，要嘛就是零散的幾隻在該片地圖上隨機出現。

整個放牧場的範圍包括七座大山、三處裂谷，但是找龍的話倒還不算十分麻煩。真正麻煩的是，這裡一旦發生戰鬥，附近巡邏的巨龍小隊感覺裡面的元素波動，將會以最快速度趕到。

換句話說，雲千千只能先解決巡邏巨龍小隊的問題，不然想毫髮無傷、不驚動一龍的在放牧場中游弋是件完全不可能做到的事情。而解決的辦法她也打聽到了，只要自己身上有禁地巡邏腰牌，就可隨意出入……

所有屬於龍族但是沒有能力、或暫時沒有能力成功化形的都叫巨龍。

仗著藝高人膽大，雲千千覺得就算自己打不過龍族，對付幾隻巨龍應該還是沒問題的。她的目的也只是偷腰牌，完全可以採用迂迴手段智「取」，不必非要跟巨龍們打上一架不可……

巨龍小隊長徹底陷入水深火熱之中，不為別的，就因為自己洞中屢屢發生的失竊事件。有人敢偷巨龍？放在其他人身上，絕對覺得這是件不可思議的事情；但放在雲千千身上的話，這樣的行為卻是再正常不過了。

網遊不就是多人線上的RPG遊戲？RPG的經典就在於掃地圖，透過擅闖民居、翻箱倒櫃等行為找到一切可幫助通關的道具，以及獲取主角住宿、吃飯、換武器時所需要的錢錢……要是在現實世界，所有RPG英雄主角都得先抓去鐵籠子裡關幾天；可是在遊戲裡，卻變成了多麼理所當然的行為啊。

所以雲千千偷得理直氣壯、偷得心安理得……

打聽到巨龍小隊長住宅所在後，雲千千翻牆入戶行竊。單身漢宿舍就是沒品味，單身龍宿舍更沒品味，珠寶丟得到處都是，牆角的幾筐鮮魚大概就是巨龍的主食，一大堆雜物隱隱透露出一種後現代的……呃，凌亂美。

香蕉的，沒門鎖她很高興，但是這麼多東西她要翻到什麼時候？

而且再香蕉的，這些珠寶鑒定後居然提示不可加工、不可鑲嵌，商店回收價1銅幣一顆……雲千千心痛到吐血。

等到巨龍小隊長收到提示、匆忙趕回家中時，一無所獲的雲千千已經直接跳窗跑路。她一路殺奔放牧場，隨手電死一片小壁虎，再馬不停蹄的扭頭奔返巨龍家；而此時，巨龍小隊長已經收到禁地被襲提示，氣都沒喘勻就不得不再次離家……

如此往復幾次後，巨龍小隊長終於鬱悶。家裡，財物沒有損失；禁地，死的只是一堆低級小怪。認真說起來的話，這根本不算什麼損失，但卻是綿延不斷的發生……來來回回在兩地間奔波了好幾圈，他連到底是怎麼回事、犯人是誰都不知道。

而雲千千折騰許久後，終於在最後一次幸運翻出腰牌。原來巨龍把腰牌隨手丟進鮮魚堆裡，八成連他自己都不記得還有這塊東西了。雲千千在珠寶堆裡翻找，當然是翻不到。

系統在腰牌入手同時提示：佩帶該腰牌擁有在放牧場隨意釋放技能資格，不會因此引來巨龍特別關注。但因為是偷竊來的，所以最好還是避開巨龍耳目，一旦被發現後，將有可能因偷竊而受到被關押處理。另外也正因為這牌子來路不正，所以可能在不久後就會引起巨龍們懷疑，從而前來求證腰牌使用者身分。玩家在佩帶腰牌進入禁地後，僅有兩小時安全時間……

臥槽！兩小時就兩小時！

腰牌一掛，雲千千拍開翅膀閃人，加到最大馬力，一路向禁地中心衝去。

長得醜的不要、被自己一記雷就劈暈的不要、不會飛的不要、飛得不快也不要；體形太小的不要，騎了不舒服；體形太大的更不要，騎了自己太渺小……一路挑肥揀瘦，最後她終於到了放牧場最中心……

136 龍騎士

到達放牧場中心地帶時，雲千千能夠確定這裡應該有隻實力不錯的亞龍。根據創世的設定，未化形的龍都有威壓，對周圍一定範圍內的低等級小怪有震懾效果。從三分鐘前發現附近不知何時變得一片靜謐後，雲千千就滿意了。

即便如此，要搜索出那隻龍也不是件容易的事情。畢竟人家不可能閒得沒事學RPG裡的BOSS那樣守著制高點擺POSE，一副生怕通關主角找不到自己的樣子……

還好，不用她糾結多久，一座挖在山壁中的巨大洞窟已經呈現在眼前。

「龍穴！」雲千千雙眼瞬間閃亮，飛快鑽進洞窟。

她剛一進洞，一股灼炙氣息撲面而來，熱氣流規律的拂出。由此可見，洞內深處毫無疑問有個體型巨大的生物存在，而其是龍的可能性高達百分之九十九點九九九九……

洞內雖然沒有小怪，但氣溫高得讓人難以忍受。雲千千看了下自己的狀態，才走了不到五百公尺，掉血已經接近四位數，且有虛弱狀態……看來想收服這坐騎也不是那麼簡單的事啊。又一次往嘴裡灌了瓶藥，雲千千嘆息，繼續前進。

如此靠血瓶掙扎十多分鐘後，雲千千終於走到了最深處，一個足有籃球場大小的洞穴出現在眼前，裡面有隻火紅色巨龍正在沉睡，呼吸間，口鼻中還不時噴吐出細小的火星。

「Yes！」

雲千千壓低聲音，歡喜握拳。運氣真是太好了，睡著了的 NPC 類似昏迷狀態，收服機率相當於自己把對方打到殘廢再動手。前段時間被追得那麼慘，如今果然是否極泰來呀！

她拿出牌子正要上前，突然前方一個鬼祟身影從一塊大岩石後探了出來，小心翼翼的四下張望。雲千千一發現動靜，立刻反射性縮回腦袋隱蔽，然後才發現不對勁。

咦，還有其他人？這人是誰？雲千千萬分費解。

龍族的聚居地之難入程度，絲毫不遜於修羅族一類的隱藏種族。首先這裡很偏僻……單從龍谷周邊那個連自己都感到陌生的景色看起來，如果沒有意外，創世紀再發展一年大概也不會有人找到這裡。

其次，想進入龍谷中心至少要通過三道關卡，每道關卡的難度一個比一個高，充分融合了機關、迷宮、BOSS 挑戰、智力謎題等種種關卡精髓，就連自己能進來都是因為龍哥引見，不然憑實力的話她還真沒那個自信。

眼下突然不聲不響的冒出一個看似玩家的角色，而且對方似乎沒驚動任何人就到了這裡……這讓雲千千如何不好奇？

她偷偷往外面看了一眼。那個人似乎是查看了一圈沒發現異狀，現在已經放下心來，往火龍方向小心移動。

屠龍？不是。只見那人靠近火龍後並沒有拿出武器，反而是在那龐大的龍身周圍仔細摸索尋找著什麼，從龍頭繞到龍尾，再從龍尾繞回龍頭，似乎找到目標，輕手輕腳的停在了火龍前爪靠近腹部的位置。

對方彎下身來，屏住呼吸，小心翼翼的探出手，伸到龍腹下輕巧謹慎的摸索，一邊注意火龍動靜的同時，一邊也緊張得出了一頭熱汗。

接著他眼睛一亮，似乎找到了自己要找的東西，慢慢把手往回撤。等到對方手臂和手上拿的東西都從龍腹下抽出的時候，雲千千眼睛也亮了——哇！龍蛋耶！然後她再一愣——哇！龍騎士耶！

臥槽！同行見同行。嫉妒萬分的雲千千終於猜出了對方身分，這十有八九就是龍哥口中提到過的那個要來盜蛋的龍騎士。

不過，龍族產蛋不是有專門的場所？這條龍女士怎麼會到放牧場來孵蛋？

雲千千疑惑了一瞬，說不定是龍族想故布疑陣，結果卻被對方識破？更重要的是，現在那人居然真的拿到了龍蛋……踏馬的，憑什麼自己以前當龍騎士當得那麼可憐，人家就能跨龍提矛睥睨天下？

這麼一想後，雲千千心理不平衡了，她不平衡所以她動了，擴音器一刷，攏在嘴邊突然一聲大喝：「不好啦～有人偷蛋啊——」喊完順手再放個炸雷……

龍騎士順利拿到蛋蛋，聽著耳邊悅耳的任務完成提示聲，心裡正是高興的時候，準備馬上撤走出去再行簽約。沒想到他還沒來得及動彈，一聲大如洪鐘的吼聲在整個龍穴中迴蕩，把他驚了一跳。更倒楣的是，這鬼山洞裡面竟然還打雷？

這也太賴皮了！一瞬間，龍騎士淚流滿面；尤其是在看到身邊巨龍猛的被驚醒、一副驚嚇且茫然的樣子四下張望的那一刻，他更是有想要淚奔的衝動。

「吼——」

張望一陣後，火龍女士終於恢復清醒，發現到自己前爪旁邊那個一臉悲憤的傢伙了——混球！居然敢偷良家婦龍的蛋蛋？

大家都知道，突然被從睡夢中嚇醒的人本來情緒就不是很穩定，醒來了還發現一件讓自己很不爽的事情，那更是不可能有什麼好脾氣。

火龍女士一團濃焰噴吐出來，頓時將整個洞穴填得一片明亮火紅。

這時雲千千在洞穴外面躲著，突然感覺到一陣陣可怕的熱浪席捲出來，生命值刷刷刷一瀉千里，掉得很是暢快。

沒想到人家一上場就大招，沒有前置時間不說，波及範圍還那麼大，雲千千也被嚇了一跳，連忙掏出一把血藥看也不看的塞進嘴裡，差點噎住，再灌下個超大血瓶順口氣……嗚嗚嗚嗚，終於活過來了……

可惜她現在放心還太早。

洞穴裡的火龍女士噴完一團烈焰後，一聲怒吼，頓時整個洞窟地洞山搖，緊接著一聲巨響傳來，彷彿是什麼重物拍在地面上的聲音，於是碎石飛濺。

雲千千才探了半個腦袋，頭上就「鐺鐺鐺鐺」被砸出四個包。

趕緊又縮回去，雲千千摸著包包悲憤了。

為什麼？為什麼啊!?自己是在見義勇為耶！

「還我蛋來——」

洞穴裡的火龍女士還在咆哮。

單聽這一句就能猜出來，那個堪比小強的龍騎士在正面直迎這麼強力的打擊之後還依舊頑強的活著，

並沒有喪生在憤怒龍族的巨爪之下……

果然不愧是敢闖龍穴的漢子，藝高人膽大。

雲千千這時也有些詫異了。以前她還是龍騎士的時候，也不覺得這職業有多麼剽悍啊？最起碼沒有坐騎龍的龍騎士絕沒有這麼剽悍。莫非她錯了？龍騎士的強悍不僅僅限於得到坐騎之後？

網遊中有句老話：沒有垃圾的職業，只有垃圾的玩家。那麼同理可以反推，當年把自己玩成廢人的其實不是龍騎士這個職業，而是她自己本身垃……呸呸呸，馬的，絕對不是自己垃圾，絕對是她的專長在其他方面！雲千千悲憤握爪。

她胡思亂想間，硝煙滾滾的洞穴內飛快的竄出一道身影，懷裡還緊緊抱著一個什麼東西。接著又是「砰砰」驚天動地的腳步聲，火龍女士也不那麼飛快的追了出來。

雲千千藏身在石壁後面，連氣都不敢喘，生怕這一人一龍中的誰發現了自己。

丟了蛋的火龍女士心情肯定不好，偷了蛋卻又突然被曝光的龍騎士心情肯定也不怎麼好。這時候不管誰見到自己，不直接衝上來殺了再說就算好的了，根本不能指望他們還心平氣和的詢問自己出現在這裡的理由。

等一人一龍先後衝出洞窟後，雲千千這才緊跟著追了出去。她剛追出去就發現人家兩個根本沒跑遠，不知道是速度原因還是其他原因，龍騎士無法脫離這片地圖，只好無奈的正面迎戰火龍女士。

於是洞窟外山下的空地上，一龍一人再次打得熱火朝天、山崩地裂。

雲千千乾脆在洞窟旁邊坐了下來，扒著山壁探頭往外面看熱鬧。嗯，這位置好，比剛才的觀眾席安全多了，起碼不會再誤傷到自己。

龍騎士一手抱蛋，一手狼狽的回擊火龍女士，戰得雖然辛苦，但是本事確實夠好，硬挨了幾下攻擊都

沒倒，吞把藥下去就又頂了起來。

雲千千圍觀半晌，摸下巴沉吟道：「把蛋收空間袋裡不是更方便？」莫非是有禁制？

★

137 龍蛋

龍騎士黯然到心碎。在這次的龍蛋偷竊計畫中，他準備得非常充分，從自身實力的鍛鍊到事前情報的收集，再到得了禁地腰牌一塊，最後還加上運氣甚好，碰上了火龍女士的睡覺時間……直到龍蛋到手的那一刻，一切計畫都如預期般的最順利狀態進行，他彷彿已經看到了自己騎乘巨龍翱翔九天的美好未來……

可是，幻想的破滅就是一瞬間的事。一眨眼的時間裡，局勢劇變，自己還沒來得及撤出龍穴就遭遇示警；接著火龍女士醒了，接著空間被禁制了，再接著就連想把龍蛋收回空間袋裡拚著一死回城，都赫然發現做不到……馬的，莫非這次真的是賠了夫人又折兵，註定白跑一趟？

現在還能苟延殘喘，是因為他來之前從職業導師那裡拿了個守護道具的緣故，對龍族技能抵抗力增幅50，時限一天……可是即便這樣，自己也撐得很是艱辛，再沒有奇蹟發生的話，不出預料自己將會被龍族通緝、打回新手村……

一想到這裡，龍騎士就忍不住淚奔——踏馬的，剛才洞裡示警的到底是哪個王八蛋？

雲千千不知道自己此刻已被深深的記恨了，不過就她的人品來說，這種事情知道與不知道根本沒有差別，反正無愧疚、無負擔、無心理壓力……自己的職業生涯曾經那般艱辛，所以她迫切的希望看到別人比她更艱辛。可惜已經許久過去了，下面依舊打得熱火朝天，並沒看到哪一邊的選手有力竭不支的跡象，這讓山壁上坐等撿便宜的雲千千好生寂寞。

要不要加把火呢？……雲千千捏下巴想了想。這麼耗下去，萬一到時候巡邏糾察小隊一來，把自己也揪出來了，那多冤枉？

主意打定，卑鄙小人雲千千刷出法杖瞄了瞄下方局勢，趁著火龍女士又噴出一團火焰、燒得周圍一片視線不良的空檔，一片天雷地網撒下……

「吼——」好卑鄙，居然趁自己技能的冷卻時間放大招！

「嗚……」好無恥，這龍居然是雷火雙修……

兩方選手同時受挫，且同時認為對方才是那個隱藏實力、攻自己不備的猥瑣小人。這樣一來，一人一龍都怒了，只有雲千千趴在洞壁裡捂嘴偷樂。

火龍女士憤怒到小宇宙爆發，攻擊頻率及強度驟然上升；而龍騎士爆發不了，此消彼長之下，應對頓時更為艱難。單從這點來看，系統對玩家和對NPC的保護始終是不一樣的。各種BOSS都有被觸發狂化暴走的基礎體質，但網遊不像熱血動漫，只要把正義夥伴打到吐血瀕死，就能迎來一次技能升級或小宇宙爆發。

因為雲千千偷襲的緣故，僵持局面終於被打破。龍騎士節節敗退，火龍女士步步緊逼。眼看巨龍就要推倒人類男性，龍騎士終於咬牙棄蛋保帥，一個遠距離拋投，龍蛋被遠遠甩出……

啊！王八蛋，你看準了再投啊！

雲千千淚奔，抱著準確落入自己懷裡的龍蛋，心中十分懷疑此人是故意報復……

火龍女士和龍騎士的目光一起追蛋而來，同時驚訝——怎麼會有人？

接著下一瞬間，龍騎士想起自己的本來目的，趁這難得機會轉身就跑。

火龍女士則是回神，一團巨焰向雲千千噴去，伴隨著怒吼：「放下我的蛋！」

「這是誤會！」雲千千淚流滿面的迅速拍翅滑出龍穴，隨手把蛋往空間袋裡一扔，撈出法杖，二話不說一個魅影加速躲開被放火區域。

火龍女士看這一套動作，沒有繼續追擊而是大驚問道：「妳把我的蛋收到哪裡了？」

正在奔跑的龍騎士聞言一個踉蹌，震驚回首——不是有禁制？

「就是空間袋裡啊。其實我是龍族的客人，剛才本來是想幫妳幹掉這個偷蛋的卑鄙小……咦？」在袋中翻找一陣卻不見龍蛋蹤跡，雲千千話說一半即愣住：「蛋呢？」

龍騎士顧不上跑了，漲紅了臉，吐血悲憤道：「這龍蛋上面有禁制，不能放入空間道具，妳怎麼可能收起來!?」這事情不弄清楚他死不瞑目。要不是因為這個禁制，自己早就把東西收起來了，哪怕為此被龍族掛掉一級，未來也是個名符其實的龍騎士……但是為什麼自己功虧一簣沒能做到的事情，對方卻能辦到？

吼！太不公平了！

火龍女士投鼠忌器。剛才她敢那麼欺負龍騎士，完全是因為知道對方逃不掉也藏不了蛋。自己下的蛋乃是由天地間至精至純的火元素及龍族血肉凝結而成，刀槍不入、火燒不裂，別說小小的戰鬥顛簸，就算把它從萬米高空砸下來都不會有事。綜合以上原因，火龍女士這才敢打得那麼豪放。

可是現在局勢不同了，後面出來的這人不知道把自己的蛋蛋藏到哪裡，萬一要是一個不小心把她殺了，

再想拿回龍蛋幾乎就是機會渺茫……

「……妳把蛋交出來，我饒妳不死。」火龍女士咬牙讓步，小心翼翼的盯住雲千千，生怕此人攜蛋突然消失。

「妳真的誤會了，我不是來偷蛋的。這蛋當然會還妳，但就算沒有這蛋，妳也不應該殺我……」碎碎唸碎碎唸，雲千千一方面雖然有拖延時間的不良居心，另一方面卻也是真委屈。她確實想幹壞事，但這只是一個預謀，還沒成為現實，為什麼認定她也是偷蛋賊……

「廢話少說！」火龍女士噴了團火威脅道：「趕緊把蛋還來！」

臥槽！蛋到底掉哪去了，莫非口袋裡破了個洞？雲千千越翻越是冷汗淋漓。

龍騎士好奇插話：「小姐，妳到底是怎麼把蛋收起來的？收哪了能告訴我嗎？」就算死也要把這最關鍵的秘密問出來，不然下次還是會鎩羽而歸……龍騎士一時忘記了，其實他失敗的最根本原因是有「某人」示警破壞的緣故。

「這個……」雲千千繼續汗。她又找了一會，怎麼都找不著那顆蛋只好敷衍道：「要不然我賠妳一筐雞蛋，妳拿回去慢慢孵，沒事還可以改善伙食……」

「吼——」

烈火代表龍的心，一團豔紅火焰將雲千千燒得灰頭土臉。還好火龍女士知道分寸，不能把拿了自己蛋的人幹掉，這才留下了雲千千半條命。

「……」雲千千鬱悶的灌瓶紅藥下去，破罐子破摔的攤手道：「反正我是找不到妳下的那顆蛋了，妳要殺要剮隨便。」

火龍女士沒見過這般無恥的人，氣急之下剛想動手，雲千千又來一句：「不過我可提醒妳啊，我一死

就不會再回來了，到時候妳要想拿回蛋蛋……嘿嘿。」

火龍女士喉嚨裡的一團熱焰噎住，現在她不想吐火想吐血。

空地上一人一龍面面相覷，龍騎士淪為路人。

沉默一會，火龍女士終於咬牙妥協：「妳再仔細找找……」

「再找也是那樣子。」雲千千撇撇嘴，一臉漫不經心的把空間袋翻得亂七八糟。

她抬頭剛想說話，空間袋裡的風月寶鑒突然出聲尖叫：「妳到底找什麼呢？動作輕一點行不行！我這鍋都差點翻了！」

「我找蛋，沒你的事，繼續幫我看著火啊。」

「蛋？我這裡有兩顆，妳要的是哪顆？」

「……」雲千千差點被自己口水嗆死，問道：「兩顆？」存個蛋還有利息，真不錯耶。回頭自己埋堆金子進去，不知道能不能生出座金山來。

「一顆妳生的，一顆火龍王生的……唔，剛剛我看妳想存那顆蛋進空間，但空間袋又不能裝，所以就順手拉到鏡中世界來了。」鏡靈隨口解開龍蛋失蹤之謎：「對了，我雖然不能代妳收寵物，但妳的空間袋裡有塊坐騎牌，所以我順便幫妳把契約打進去了，現在還沒孵化，妳確定要取？」

雲千千驚：「……」

火龍女士震驚：「……」

龍騎士淚流滿面：「……」

果斷把風月寶鑒捂死在荷包裡，再在空間袋外面拿根繩子繞了好幾圈打個死結，動作流暢的做完這一連串行為，雲千千才捂緊袋子，警惕的看火龍女士：「妳也聽到了，就是這個情況，妳看看怎麼辦吧。」

怎麼辦？龍蛋一旦被簽訂契約就不能取回，這是法則。火龍女士還能怎麼辦？

現在的問題已經不是在場的人和龍可以私下解決的了，於是很快的，巨龍巡邏小隊被呼叫，消息第一時間傳送至龍族族長處。

巨龍小隊長發現闖進禁地的冒險者居然不止一個，頓時當場抓狂。雖然他不至於一爪拍死二人，但顯而易見臉色並不好看，可能是覺得自己的責任區被闖入很沒有面子……

雲千千和龍騎士被巨龍態度很不好的一爪一個拎起空運，兩人在寒風中被拎得東搖西晃。

雲千千打個噴嚏，轉頭看身邊難友，伸爪自我介紹道：「你好你好，我是蜜桃多多，請問貴姓？」這可是暫時的盟友，雖然可能轉個身自己就得出賣人家，但在這之前能不得罪盡量不得罪，說不定以後養龍還得靠人家幫忙。

雖然上輩子沒能撈到龍騎，但好歹也做過一陣子龍騎士，雲千千對這職業還是有點了解的。龍騎士身上有一個其他職業都學不來的技能——馴龍。

一般龍族在創世紀的法則中，那是一百年成熟一歲，十歲為一階，要長到能載起一個成人騎乘的時候，至少也得是五階巨龍。換句話說，這龍蛋要是簽訂了寵物契約還好，就算不能騎，也能充當戰鬥力，升級靠打怪就行。但現在簽訂的是坐騎契約，就必須按坐騎的成長值算……餵養一頭巨龍啊，還是未來可以化形的龍族巨龍啊！雲千千想想就覺得憔悴。沒有龍騎士用技能幫忙，她得熬到哪年哪月才能騎得上龍去？

龍騎士雖然覺得到手的龍蛋飛了非常不甘心，但聽到雲千千自報家門還是驚了一下：「妳是傳說中的那個蜜桃多多？」

「傳說中？」姐不在江湖，但江湖依然充滿了姐的傳說……雲千千不知道自己該鬱悶還是該得意。她用頭髮想都知道，外面關於自己的傳說肯定不會多麼正面。

「其實大家都是成年人了，應該知道什麼叫人言可畏。」雲千千委婉的喊了一下冤。

「唔，也對。我叫飛天神豬，職業是龍騎士，妳好妳好。」龍騎士艱難的探出手臂來，很勉強的和雲千千勾了下手指頭當是握手：「早聽說過蜜桃多多大名了……妳別誤會，我指的是妳拿下天空之城和創立水果樂園的事。」

「沒誤會、沒誤會，換個名片吧。」雲千千和對方互加好友，拉開通訊器才繼續道：「在見龍族族長之前，你看我們是不是先串口供？」這個事情可不能當著巨龍的面說，所以非常有必要私下溝通。

龍騎士飛天神豬苦笑道：「怎麼串？龍族早知道有人接了偷龍蛋轉職的任務，根本不用審就能確定我的罪行。要是我任務完成了還好，顧慮著有龍族後嗣和我訂立契約的分上，他們還不會趕盡殺絕。可是偏偏功虧一簣……咦，話說回來，我剛才在龍穴裡聽到的那個示警和炸雷……」

「咳咳咳，其實這是個誤會。」雲千千狂汗，差點忘了自己前腳才陰過人家，雖然人家剛才暫時沒想起來，但不代表人家老年痴呆……

「啊！是妳這個王……」龍騎士大怒，但還是沒法對一個女人罵出太過分的粗話，於是只好咬牙忿忿。

「大哥，人在江湖，身不由己啊……其實我接了雙向任務。」雲千千淚奔。

「真的？」龍騎士狐疑。

「真的真的。」雲千千小雞啄米般點頭：「如果不是接了雙向任務，我幹嘛特地跑過來跟你搗亂？你應該也聽說過，我是法師，又不是龍騎士，沒事簽個龍騎好玩啊？」

龍騎士還算正人君子，聽說人家不是故意的，果然面色稍緩：「雙向任務的話就沒辦法了。算我倒楣，碰上妳接了我這邊的對立任務……不過妳也夠倒楣，簽個騎不了的小龍不說，還莫名其妙的任務失敗……」

「是啊，同是天涯淪落人。」雲千千嘆道。

龍騎士也嘆道：「還是想想怎麼過待會那關吧。」

巨龍速度非常之快，再加上不必遮掩行蹤的關係，兩人出禁地的速度比進來時快了不止一倍。不一會工夫，龍族聚居地中心就近在眼前。龍族族長早就已經得到通知，知道本族千方百計想保護的那顆龍蛋還是被冒險者到手了；而且最令人生氣的是，拿到龍蛋的還不是本族的敵人，而是龍族族人帶回來的朋友……

龍哥也覺得十分沒面子，畢竟雲千千是他帶進來的。左思右想之後，儘管族長沒有通知他過來陪審，龍哥還是義不容辭的帶著兒子來了，就站在族長身旁，同樣臉色難看。

負責空運的巨龍只管運人不管審判，掠過建築物上空，直接將雲千千二人丟下，一個瀟灑的低空滑翔加飛空轉身就飛走不見。雲千千反應迅速的在被丟下瞬間展開翅膀，這才避免被摔得七葷八素的下場；可龍騎士則沒那麼好命，結結實實的在地上砸出一個大坑。

「呃，那個嗨～大家好啊……」雲千千降落地面後，抬爪尷尬的和眼前一字排開的眾龍人打招呼。

「哼！」龍族族長很不滿意的看雲千千，怒問：「我們一點都不好……蜜桃多多，我們本來當妳是龍族的朋友，可是妳竟然幹出這種事情，難道不該給我們個解釋嗎？」

「我都說過是誤會了。」雲千千淚流滿面解釋道：「我只是路過，沒想到坐得好好的都有龍蛋從天而降，更沒想到這蛋一進空間袋就被簽約……」

「可是妳出現在龍族禁地卻是事實！」龍哥皺眉接話：「難道妳不知道，龍族禁地是禁止進入的？」

「這不能怪我。」雲千千攤手道：「我一開始就說了，你告訴我禁地在哪，我保證不進。可是你都不說，我哪知道那是禁地!?」

「……」

痛失愛子的火龍女士早就已經先二人好幾步到了，這時正化成人形在族長的會議室裡痛哭順便接受族人安撫。

龍族族長揮退其他不相干龍等，把兩人一帶進去，兩人頓時就受到了火龍女士的殺人目光洗禮。尤其是雲千千，身為新生小龍族的契約對象，更是承受了相當大的壓力。

「哇，女士妳化形之後好漂亮。」雲千千一見火龍女士當即眼前一亮，上前一步拉起對方小嫩手，無視火龍女士的不友善態度安慰道：「其實妳也不用太難過，我照顧小孩子很有一套的。現在養一個小屁孩的費用多高啊，奶粉、衣服、尿布的就不提了，如果再加上各種營養品和補習費用，基本上能讓一個上班族家庭傾家蕩產……」

「你們龍族本來就沒有正當職業，還不如交給我，我有一座城的稅收在後面頂著，怎麼也不會虧待妳

兒子。而妳不僅節省了撫養費，還相當於幫妳兒子找到了一份穩定工作……妳看龍哥，他只能帶兒子睡山洞、吃野食不說，想弄點錢都得去幹打家劫舍的非法勾當，最後還差點被實權人物這樣那樣，連反抗能力都沒有……」雲千千故作哀痛的嘖嘖兩聲。

火龍女士愣得連悲慟都忘了，隱隱覺得這番話有些不對勁，但又好像句句在理：「可是……」

「別可是了。」雲千千拍胸脯，義正詞嚴的說道：「我是一個講義氣的人，就算吃虧也不會跟妳要撫養費的。」

「……」沒人想給妳撫養費。

龍族族長和龍哥對視一眼，發現苦主媽媽已經氣結且被繞暈，短時間內好像無法恢復戰鬥力，於是趕緊接過話題：「咳，現在我們先不談誰撫養的問題，關鍵是妳不應該擅自搶走我們龍族的孩子……」

「我沒搶啊！」雲千千驚訝委屈道：「我在旁邊坐得好好的，沒錯吧？那蛋是自己掉到我手上的，沒錯吧？本來我不想做什麼，是這位女士突然發難，我才自衛還擊，同時為了不傷害蛋蛋順手丟進空間袋，沒錯吧？」

她每說一個「沒錯吧」就看火龍女士一眼；火龍女士想想確實如此，於是無奈點頭。

把一切關係撇清後，雲千千攤手總結：「所以你們看，這一切真的只是個誤會。」

「……」

龍族族長有千百種處置方法可以整死雲千千，但是就像龍騎士在路上曾經說過的那句話，現在龍族子嗣在人家手裡，看在那顆蛋的分上，他要真敢把雲千千怎麼樣，人家就能照樣把那顆蛋怎麼樣。

投鼠忌器啊！最可氣的是自己這邊說也說不過人家，一番胡攪蠻纏下來，彷彿變成龍族在胡攪蠻纏。眼看不僅丟掉一顆蛋，自己族還有要割地賠款的趨勢，龍族族長只好盡快結束這個話題。

「既然事情已經變成這樣，多餘的話我就不說了。但妳一定要照顧好我們族的孩子，不要辜負了龍族的信任……」

「其實我真的不想要這小屁孩，那麼慢的成長值，等我死了他都還沒長大……要不然這樣吧，那位火龍女士跟我簽個坐騎約，這樣可以就近照顧孩子，我還順便解決了坐騎問題。」

龍族族長連忙把蠢蠢欲動、母愛氾濫的火龍女士抓住，轉身瞪了雲千千一眼，斷然拒絕道：「想都別想！」

怕雲千千還想說什麼，龍族族長連忙帶其他龍撤退，剩下雲千千和飛天神豬兩人相對無言。

「咳，這位豬哥，你接下來還有什麼事？」

「……任務失敗了，我還能有什麼事。」飛天神豬看看任務面板，很是黯然嘆息：「我回去找職業導師取消任務，妳慢慢玩吧。」

痛失愛龍的飛天神豬揮揮手剛想閃人，卻被雲千千一把揪住。

「我這小龍不好養，如果要按正常飼養方法的話，等我兒子開始玩創世了他都還沒長大……嘿嘿，聽說你們龍騎士有個馴龍技能？」

飛天神豬驚訝的瞪眼反問：「妳也知道？」

「當然知道啊，龍騎士這職業如此光輝、如此耀眼、如此……」

雲千千還在拍馬屁，空間袋裡的風月寶鑒不甘寂寞的再次出聲搶鏡頭。「別費心了，反正這龍又不是妳騎。」

「……此話何解？」雲千千默了默，把龍騎士放開，拎出鏡子問道。

龍騎士聽這意外發言也好奇，於是暫時不離開，留下來打算聽個八卦現場。

風月寶鑒在雲千千手中得意洋洋的閃了閃繼續解釋道：「很簡單啊，我現在執行的任務是幫妳培養兒子，那麼很自然的，所有在這階段內收進鏡中世界的輔助道具及坐騎、隨從、寵物之類，都是默認成培養道具綁定在妳兒子身上……」

聽到這裡，雲千千都有掐死對方的心了。雖然自己嘴上抱怨小龍難養，但不可否認內心深處還是很自得的。可惜美夢易醒，還沒等自己得意多久，殘酷的現實就披露在眼前……

莫非她舌戰群龍，過五關斬六將，費盡心血冒著被龍族通緝的危險，千辛萬苦保下的龍蛋，結果竟然是替別人做了嫁衣裳？雖然那個別人是她未來兒子……

飛天神豬小心翼翼的看了一眼倍受打擊的雲千千問道：「妳沒事吧？」

「……」

「喂？Hello……有人在家嗎？」

「……」

「別白費工夫了，她現在已經傻了。」風月寶鑒在雲千千手裡顫動，努力吸引飛天神豬注意力：「那位，我這邊的蛋快孵出來了，能幫忙接一下嗎？」

「嘎？哦。」

三分鐘後，飛天神豬手裡多了隻白胖胖、圓滾滾，水靈大眼裡不斷發射冷厲眼刀的胖包子；而包子他媽還在旁邊震驚呆滯中，好像打算冒充雕像到天長地久……

魔王出世。

這個消息是震撼的，雖然沒有全服公告，但是包子他爹和包子治理名下掛著的整個魔界還是得知了這個訊息。前者是因為系統提示，後者勉強可以用心靈感應現象來解釋。

九夜的反應很淡定，只是跟身邊的無常知會了一聲，就再沒有其他動作了。反正自己現在也不在現場，再加上孩子他媽一直沒回消息，他就是想激動也激動不起來。

而魔界，尤其是三魔神、七魔將諸人的動靜則大得多了。這個沉痛的消息一經傳出，頓時魔界上下哀鴻遍野，舉國悲痛——蒼天啊！大地啊！那麼一個讓人頭疼的女人終於還是成功上位，登上魔界太后的寶座了嗎？

連魔王都成了小桃子，他們再也不相信愛情了……

大勢已定，魔神黯然揮散了本要繼續追擊雲千千的魔軍，帶著一顆千瘡百孔的心，和一支士氣降到史上最低點的軍隊，回到魔族在大陸上的屬城頹廢療傷。

而魔族的異動被默默尋注意到之後，後者經過多方探問，最後終於輾轉從無常口中得知了其退兵的原因。

接到最新消息，默默尋當即振奮鼓舞，立刻表示要開新版特刊，做一個魔界魔族的專輯。一來是為了宣傳，二來更主要的則是想用這震撼消息刺激一下玩家，順便也刺激一下自己的收入。

可是等到風風火火的把所有前期準備都做完，精英狗仔和白金寫手也調集完畢，萬事俱備，只欠採訪錄稿的時候，默默尋才赫然發現一個最重要的問題——蜜桃多多在哪裡？

有人曾經說過，世界上最偉大的人就是母親。

幾乎所有女人都有著母性堅強和慈愛的一面，她們細柔纖弱，卻可以冒著生命危險和十級疼痛義無反顧的分娩下一代。她們嬌慣任性，卻可以無怨無悔的為自己的孩子煮飯洗衣無微不至。

如果是一個男人得罪了一個女人，她們可以和你冷戰十天半個月，若沒有對方萬般哄勸、懺悔認錯，絕不給好臉色。

如果是一個女人得罪了女人，她們則拉幫結派，充分發揮合縱連橫的精髓，以狂風掃落葉之勢將對方從精神到肉體打擊成渣。

而一旦當了媽之後，幾乎所有家庭裡面，女人都會被自己子女吼個一、兩回，末了她們還會賠著笑臉小心翼翼，生怕自己寶貝賭氣不吃飯了云云……

可是請注意上一段開頭，「幾乎」所有女人在當了母親之後都會改變，但這個「幾乎」裡面絕對不包括雲千千……

終於解除石化狀態之後，重新振作的雲千千拉了飛天神豬一起研究剛出殼的小龍，討論成長培養的問題。雖然是兒子的坐騎，但從間接關係上來講，她還是可以嘗試騎乘的，只不過每次騎乘前都要先拉出路西法來才行。

139 太后之路險且阻……

在別的玩家那裡絕對是千金萬貫、新出爐的魔王小包子，現在被隨意丟在小床裡，光著身子努力轉著小脖子用眼刀凌遲雲千千。

「小豬，你看，這是龍族成長公式，我個人覺得……」

「呃，那什麼，算公式之前妳是不是先去照顧下孩子？」起碼給人家一個奶瓶啊！萬一餓死了多虧本，這可是魔王！飛天神豬狂汗，完全不能接受小魔王被如此冷待。

魔王表示絕不接受來自敵人的好心憐憫。

我瞪，我狠狠的瞪！再看？再看等老子恢復行動能力了第一個滅你！

雲千千手拿資料表格，瞥了一眼小床上的小魔王說道：「沒事，孩子死了可以去牧師那裡復生的。再說現在我上哪裡去替他弄奶瓶？」

「啊啊啊啊啊……」本王不要奶瓶！憤怒的小魔王握緊小拳頭，忍無可忍的用自己稚嫩的、誰也聽不懂的嬰兒音抗議。

「你瞧，他自己一個人也玩得很開心嘛。呵呵呵，我們繼續。」

「……」妳哪隻眼睛看到人家玩得開心了？

飛天神豬為小魔王默默哀悼，再默默轉回頭來，默默接手雲千千遞過來的資料記錄，開始研究……嗯，這種時候果然還是盡量淡化自己的存在感好了，這對史上最強悍母子無論哪一個都是自己得罪不起的……

重生的路西法魔王陛下震驚、震撼、震動，他萬萬沒想到這女人居然敢真的不甩自己。雖然他確實一開始就不接受自己會投胎成冒險者後代的事情，但這不代表向來唯我獨尊的魔王陛下會樂意看見別人同樣不喜歡他。

不會吧？這不是真的吧!?

有自己這個手握實權、天賦異稟、前途無量，幾乎不用費半點心思培養就可以百分百確定未來一定會大放異彩、統馭一界、轟動萬教、震驚武林、仙福永享、壽與天齊……呼，好累……的魔王做兒子，對方到底還有什麼不滿意的？

她踐個屁啊！

小魔王包子在小床上風中凌亂如癲似狂。好吧，他本來還想著要好好給這個妄想自稱他老娘的女人一個下馬威，讓她知道魔界太后不是那麼好當的。雖然自己倒了八輩子楣才投胎成她兒子，但她最好也不要因此有什麼不必要的幻想，否則自己一定會狠狠打碎她的如意算盤，讓對方知道魔王不是好算計的等等等等……

結果沒想到現實很殘酷，從出生到現在，冷眼旁觀了這麼半天，路西法終於可以確定了，對方好像、彷彿、大概……真的是沒拿他當一回事？

其實無所不能、高高在上的路西法老大真的想錯了，雲千千確實是想沾他的光，從魔界撈點好處沒錯。但與一般人不同的是，這個卑鄙小人根本沒有「要利用人之前先要討好對方打好關係」這一類的基本交換認知。

雲千千的處世守則向來是能利用的直接利用，不能利用的拐著彎利用……討好？反正利用完後人家肯定要翻臉，何必費這工夫。當然，必要的欺騙有時候還是需要的。可是這一招用在已經明白知道自己本來面目的魔王身上，那不是明擺著送上去讓人欺負嗎？

也正因為這樣，雲千千心裡根本就沒有考慮過巴結小魔王的可行性。

如上總結下來，就可以得出結論了——小魔王陛下犯下的最大錯誤就是，他用應對一般壞蛋的標準，來同樣應用在比壞蛋還壞的雲千千身上……

沒有人搭理的小魔王自己在一邊胡思亂想了一陣之後，終於抵不住無聊的睡了過去。而雲千千和飛天神豬則討論得漸入佳境，就關於小龍之騎乘養成計畫羅列了長期、完整、全面且循序漸進的一整套待執行方案。

等到終於討論完畢，拍板定下最終完整方案後，雲千千順手把飛天神豬拉進了自己公會以便長期合作，揮手告別順便叮囑對方盡快到去公會報到。接著她再把床上的小包子往肋下隨意一挾，戒指一轉，包袱款款……抱歉，是包子款款，就去找九夜去了……

落盡繁華莊重大氣的議事廳內，一方長桌，幾個創世紀中的風雲人物齊聚一堂，正在圍著桌子上的小包子默默無言，等待有人率先開口打破這片平靜。

小魔王輸人不輸陣，雖然全身軟綿綿，但還是努力躺出一個端莊有威嚴的姿勢，企圖從葡萄似的水汪汪大眼睛裡擠出冷酷、霸氣的目光，和桌邊的幾人對視……

臥槽！對個屁！一個平躺，另外幾個站得端端正正，有本事你來對視看看？這視線又不能拐彎……

「……」無常抽抽嘴角，下意識的推了推眼鏡，乾咳一聲後道：「這就是小九的兒子？」

「好像。反正不會是你的。」雲千千用胳膊肘捅捅身邊九夜道：「找你不是讓你和路哥拚眼刀的，以前我們準備好的嬰兒用品呢？」雖然她沒必要刻意討好未來魔王，但也不能把人家養死。

九夜默默從空間袋裡拎出碩大包裹一個。早在收到系統提示的時候，自己就把東西從倉庫裡取出來了，畢竟誰也不知道這太后什麼時候過來，有備無患總是沒錯的。

雲千千興致勃勃的開包裹，第一件拿出的就是副老虎耳朵，很乾脆俐落的幫小魔王戴上……

小魔王一恍神的工夫，就發現自己的光腦袋上多了個別說自己這輩子，就連上輩子都沒戴過的東西。這是什麼！

路西法怒，大怒。自己的威嚴，自己的王者之尊，自己冷血絕情、睥睨天下的豪情，豈能被如此玩意褻瀆？

「魔王……好像心情不是很好的樣子？」一葉知秋戰戰兢兢的盯著桌上漲紅了臉、氣得手舞足蹈的小包子，不知道這種時候該說些什麼才好。

雖然人家小，但人家是貨真價實的魔王啊，有朝一日翻了身，會不會對自己現在的見死不救耿耿於懷？萬一真要被記恨上了的話，搞不好自己公會被人一怒揮軍剿滅也是有可能的，畢竟這裡也算是人家的傷心之地……

根據遊戲中的養育法則，對方翻身的日子還真是不會太久，一個月幼年，一個月少年，一個月成年……

三個月啊，自己的落盡繁華不會就只剩這三個月的氣數了吧？

被雲千千以往種種劣跡打擊到草木皆兵的一葉知秋越想越覺得前途無亮，他覺得自己的人生從沾上這顆爛水果之後就一直是一片黑暗：「還是把那耳朵……」嘴角忍不住抽搐一下，發現小魔王聞言狠狠向自己瞪來，一葉知秋默默的扭過臉去，好一會後才接下後半句：「把那耳朵摘了吧……」

就這麼一會工夫，誰也沒注意到雲千千已經拿出DEMO狂拍：「摘了?開什麼玩笑，你知道魔王戴老虎耳朵的照片值多少錢嗎？」其他玩家生的孩子一落地就能走路，養起來省了不少心思，就算不可以馬上打怪也能幫著撿戰利品什麼的。自己額外操心費錢的，總得找點什麼入帳來心理平衡下吧？

眾人默了，而後汗了……原來就是因為這個嗎？

路西法也默了，而後淚了……難道這樣的折磨還要持續一個月嗎？

「現在先不說這個。」又是無常頭頂光環出來拯救眾人於水火，果斷冷靜的扯開話題：「魔族那邊出了點小問題，不知道妳收到消息沒有？」

「什麼問題？」

簡簡單單的一句話，不僅把雲千千的注意力拉走，更甚至還連帶吸引了小魔王的關注。雲千千問：「前陣子他們為了把路哥撈回去，特意跋山涉水來找我麻煩，這個我倒是可以理解。問題現在大局已定，他們還能出什麼問題？」

路西法心中暗恨，組團都沒把這爛水果幹掉，自己這群手下看來不教訓教訓是不行了，一群廢物。

無常冷笑道：「就是因為現在大局已定，魔族中有些反對的聲音，認為妳兒子已經沒資格再做魔王了，不然整個魔界都會毀在妳手裡，這些魔準備造反……換個角度也可以這麼理解，妳生下魔王的事情觸發了隱藏事件。」

「啥？」

如果說雲千千只是驚，那路西法就是震驚——這群混蛋想造反？

就在魔王出世的消息剛剛傳出、還沒來得及被媒體炒熱之前，新一輪的系統活動就又出現了；而且這次沒有系統廣播，完全是靠玩家口耳相傳。該次活動的主題十分直接明瞭：魔界平亂。

因為魔王轉生成玩家後代，魔界之主的權威受到質疑，魔界境內也因此出現叛亂，由三魔神、七魔將率領的勢力為保王派，另外一支由新秀 BOSS 哈迪斯率領的則是反王派。兩方勢力共同爭奪魔界的統率寶座，將魔界分為東、西兩面分隔而治。

加入黑暗陣營的玩家自動歸入保王派，其餘陣營玩家可自行選擇願意協助的勢力。當然了，想不去湊這個熱鬧也行，只要別進魔界就可以了。

魔界的通道入口因為這個新興活動的關係也被打開了，進入魔界的玩家會在踏進通道的同時就被登記好加入勢力。在平亂活動中，玩家殺死敵對勢力的任意 NPC 或玩家，都有可能獲得珍稀裝備道具、經驗和金錢獎勵加倍。活動中殺敵有功勛，功勛足夠的話，本方勢力獲勝後，玩家可在魔界中擔任部分職務。

平亂活動以三個月為限，若是三個月內兩方勢力沒有分出勝負，則彼時已成年的路西法會直接再度繼位魔王……

「我們有多少人手？」雲千千聽完消息後，匆匆攜夫帶子趕回天空之城，抓來彼岸毒草直奔主題。

彼岸毒草當然知道對方為什麼會有這麼一問，很鎮定很冷靜的迅速報出早已計算好的答案：「可調動人手一萬……但是我必須提前聲明，雖說有一萬人手，可這些人終究都是玩家，他們的線上時間和參與程度可能會有不同。如果要算平均每小時線上戰力的話，數字大概還要砍掉一半。」

「才一萬!?還要砍掉一半!?」雲千千飛快算計：「聯盟的那幾家公會怎麼說?落盡繁華的就不用彙報了!」

自己剛才就是從那邊過來的。一葉知秋的態度看起來不是很積極，雖然這對他們來說也是個刷怪練級的好機會，但是路西法能不能繼位對人家影響確實不大。到時候保王派占優勢就什麼都好說，萬一要是另外一派占優勢……雲千千毫不懷疑一葉知秋見勢不好後叛變的可能性。

「銘心刻骨那些人有交情，當然是我們這邊的。」彼岸毒草面露危難之色繼續報告：「可是龍騰那邊我去談了下，看他的意思好像是想要些好處。」

雲千千滿頭大汗道：「你意思是他想當個魔界公爵?還是封個齊天大魔?」

「不知道。」

「……那你和他談的結果是什麼?」

「結果就是妳找個機會再去和他談一次。」彼岸毒草無奈攤手道：「這個人很精明，雖然他在妳手上吃過幾次虧，但妳別把他當傻子。他想找妳親自談，意思就是是有些事我做不了主……」既然連他這副會長都沒有許可權做主的事情，那就肯定不是那麼好答應的。

要下血本啊!雲千千心痛到黯然。龍騰擺明了是趁機勒索，偏偏自己還不能不讓他勒!馬的!自己的好處是那麼好拿的!?她倒要看看他吃不吃得下!

「胖子!」通訊器一刷，雲千千直接聯絡自己的首席情報後勤：「這邊有點事……」

龍騰這人很乾淨！

這個調查結果絕對出乎雲千千的預料之外。從混沌胖子傳來的資料看，龍騰確實不是什麼善男信女，也確實做過些壞事，但對方的乾淨就在於他即使做壞事也做得光明正大。

自己是理直氣壯的坑蒙拐騙，人家也是理直氣壯的橫行霸道。從某種意義上來說，雲千千和龍騰其實都是真小人，根本沒有當了婊子還想立牌坊的念頭，所以也就不怕人家踢場上門要砸牌坊……

「這個可難辦啊。」雲千千摸下巴，沉吟苦思，一時還真是想不到對方有什麼小辮子可抓。

龍騰抬眼皮，看了眼面前的小夫妻，接著視線再轉到旁邊桌子上正對自己冷眼嗤鄙的小魔王身上……眼皮跳了跳，嘴角抽搐一下，若無其事的把視線又轉開，龍騰終於忍不住問道：「兩……咳，二位，你們到我辦公室坐了半小時了，到底有什麼事情可不可以明說？」

「其實我是在想，富貴權勢皆是過眼雲煙，有沒有必要為了這些虛名賠上自己的幸福……」雲千千汗。坐了半小時不開口確實是有些不像話，但自己還沒找到掌握談判主動權的關鍵嘛。要不然……這太后她不當了？反正名下已經有了個天空之城，怎麼也餓不死自己和自己老公。

「……」龍騰遠目作深沉狀，無語半分鐘，再無奈轉回頭來，乾脆把話挑明：「妳不就是想看看能不能找到讓我白幫妳，或是盡可能白幫妳的方法嗎？妳若勝了，獎勵可是一整個魔界，現在有必要這麼斤斤計較？」

「斤斤的好說，就怕你要的好處是以噸計……」雲千千發愁道：「大家都是打過交道的，明人不說暗話。我以前那麼欺負你，現在好不容易逮著機會了，你難道不想像我欺負你似的欺負我……」

「……妳也知道以前欺負我？」龍騰氣急反笑：「既然如此，妳憑什麼覺得我會倒貼幹沒好處的事？」

「我就是覺得你沒那麼傻……呃，沒那麼良善，所以正在發愁啊。」

龍騰皮笑肉不笑的扯了下嘴角：「妳爽快我也爽快。一口價，我要魔界裡面的兩塊主城駐地，繁榮度和安定度都分別至少在500以上的。每城城居功能NPC人口至少一千，基礎設施完備，有整編制駐紮魔軍，城市流動資金100萬以上，所有NPC要求未被拖欠薪水或簽借據的。每月向上級的額定上稅不超過50萬……」他滔滔不絕，毫不猶豫把一長串經過公會智囊團推敲過後的條款唸出。

其實不是龍騰想囉嗦，把一條條要求都擺得那麼仔細，主要是經過他公會一致上下討論過後，管理層的人都全票認為若不把條款羅列詳細，則蜜桃多多有極大可能鑽漏洞……這是以往多少血淚的教訓，也是在對蜜桃多多的深刻認知下才得到的結論，其權威性不容質疑。

足足聽了十分鐘，終於等到龍騰口乾舌燥停下講述，端起茶杯潤喉，雲千千這才委婉的插了句嘴：「你覺得我拿兩座主城出去競標的話，有幾家公會會來投標參戰？」

「噗──」

龍騰知道蜜桃多多無恥，但他不知道她能這麼無恥。確實，自己只想到對方需要人手，卻沒想到人家不一定非要自己的人手。萬一真要辦個競標，而且還被別家公會得標的話，自己以後在人家手裡別說肉，估計連湯都喝不上。

放下茶杯，努力冷靜了下，龍騰笑道：「我不否認自己開的價碼確實高了點，但是說句不客氣的話，我手下公會的人，平均實力是外面人的至少兩倍，而且絕對令行禁止。不管是要求幾點上線作戰，或是哪怕要求他們當炮灰堵槍眼，只要一句話，絕對忠忠實實的執行。」

「在錢的誘惑下，哪怕是天使也可以變成魔鬼。」雲千千嘆道：「但是那是在你手下作戰的時候。如果我來帶隊，沒有好處的話，他們還肯這麼衝鋒陷陣？」

龍騰九霄的人之所以聽話，不是因為他們不計較，而是他們計較得比明面上的這些更多。龍騰大方，有事沒事隨便一揮手就是打賞，但要讓雲千千也這麼帶兵的話，不出兩天她就得傾家蕩產。

「你開一口價，我也一口價。」雲千千繼續道：「你求的是名，我求的是利。光兩座主城誠意不夠，我再另外給你三座次級副城駐地和十座附屬小鎮，總計十五塊地盤，想怎麼發展隨便你。每月稅收按城池規模分別是100萬、60萬和10萬。你願意的話，我們現在就簽合約，先繳一個月稅金當訂金。你不願意的話，我頂多開個競標會。」

半小時後，彼岸毒草拿著雲千千帶回來的合約咬牙氣道：「人家只要兩座城，妳親自去談，結果反而還多給了十三座？」自己會長生孩子生傻了吧？以前那麼錙銖必較的一個人，這回簽合約簽得那麼大方，還主動當冤大頭？

莫非狗仔日報上的傳聞是假的嗎？其實蜜桃多多紅杏出牆的對象是龍騰吧？肯定是這樣沒錯吧？

「別激動。」雲千千安撫道：「我也是經過充分考慮的……就魔界的地盤面積來說，就算我們公會的規模比現在大上十倍，那些地方肯定也是占不完。到時候要嘛是我們主動轉手給其他公會，要嘛是等那些公會壯大了之後自己攻打。反正水果樂園也不可能真的一統魔界……既然如此，早點賣掉還能早收些稅金，免得以後想賣都沒人肯出錢了，那才是哭都哭不出來。」

彼岸毒草和外面的人都被她兒子魔王的身分沖昏了頭，可她卻還清醒。創世紀公司根本不可能白送玩家這麼大一個餡餅，就算她真能靠著路西法在魔界橫行一時，可魔界也不等於就全歸她了。

就跟大陸地圖上的那些主城國王和中央教皇一樣，這些身分說白了就是一個虛名。比如說現在，大陸不就被玩家們的公會把地圖打得東一塊、西一塊，各自據守一方嗎？除了玩家拿到駐地後需要按時上稅以外，她真沒看出那些NPC王者們還有什麼出場露面的機會。

就算她當的是魔王，估計登基那天系統也會頒下個禁制，比如說國庫內的錢不可取出流通，只可用於基礎建設扣款之類的。更別說她現在當的只是魔王他老母……

雲千千和龍騰簽下的協定，表面上說的是稅金，其實系統根本不可能承認。究其本質，這還是她的一次敲詐。自己簽完合約就拿到對方給的訂金，也就是首月稅金回來了。至於龍騰拿到駐地以後還要不要交稅、要交多少稅，那就是他跟系統的問題了……要不是怕引起對方懷疑的話，其實她還真有心把整個魔界的地盤都打包「賣」給人家。

480萬啊……雲千千摸摸空間袋，萬分感慨。估計等事情敗露那天，龍騰又要跟自己翻臉了吧？

小魔王躺在自己的小搖籃裡，仰望一臉蕩漾憧憬的雲千千，很是鄙視。要不是現在他還不能說話，自己肯定在簽約現場就揭露這女人的險惡用心了。

賣城？笑話，她哪有賣城的權力。

附庸玩家之NPC守則第一條就規定得明明白白，已經確定和冒險者確立主從關係的原住民，其身分、地位、名望等帶來的許可權皆與冒險者不可重疊。以冒險者之身分陣營為主，若附庸原住民地位特殊，則雙方許可權互不干涉……

無常從九夜那裡聽說了龍騰與蜜桃多多的簽約協定內容後，思索片刻，隨即冷笑。他專門負責網路治安，當然知道這些條條款款之中的問題。嚴格來說，這是一場還不算詐騙的詐騙。

「480萬……」切斷通訊後，無常扶扶眼鏡，冷笑道：「要不是網路判定犯罪與否的條款和現實有差異，這個數額都夠判十年了。」

根據雲千千簽訂的合約細則，480萬其實是她給予對方十五座城的代價，而稅金只不過是個幌子。也就是說，判斷對方是否觸犯網路安全條款的關鍵，是看三個月後龍騰是否真的得到了十五座城池。

有路西法在，這可能嗎？

無常很期待……

「當然可能。」

有九夜這個已經叛變的叛徒，雲千千自然不可能不知道事情的關鍵點。相對於對方的憂慮，她反而顯得很是自信：「我又沒把希望真的放在路哥身上，用頭髮想都知道，以他討厭我的程度，想讓他主動交出十五座城是根本不可能的事情。」

「那妳……」

「大哥，他不給，難道我不會自己拿？」雲千千無奈，自己看上的男人什麼都好，就是有時候腦子不會拐彎：「條款是我訂的，裡面有什麼細則我最清楚。十五座城而已，平常不好說，但這種平亂的特殊時期裡，想拿十五座城太簡單……」真正的困難在於經營。如果到時候龍騰自己保不住城，那就跟她沒關係了吧？

當然，雲千千也不會把事情做得太絕。上輩子有什麼仇都早就報完了，她也不會抓著這藉口理直氣壯的說什麼只是報應之類的話。如果對方實在不爽，大不了自己以後再多送點好處過去就是。

雲千千貪便宜，但也是有撈有送，不會真把人惹紅眼。不然以她以前的那些行事風格，被人抓去交給無常蹲小牢都不是不可能……

接下來的日子裡，心情最激動的是龍騰，心情最期待的是無常，心情最忐忑的是九夜；而心情最差的，則是新出生的路西法小魔王陛下。

連少年階段都沒達到的魔王，即使再有權柄、再有潛力，此時也不過是個普通小嬰兒。什麼忙都幫不上的嬰兒能引起雲千千的興趣嗎？答案當然是不能。

於是心情不爽的路西法連抗議的機會都沒有，就被雲千千毫不留戀的丟給各種各樣的人代為照顧。她和孩子他爹很忙，沒空成天抱個軟體動物培養母子親情，哪怕這軟綿綿的小包子有個很拉風的身分也一樣。

可想而知路西法小包子對雲千千的怨念會有多麼的深刻。如果說曾經的上輩子，他對她的行為還僅僅是單純的不滿的話，現在則已經徹底進化發展成了仇深不共戴天、此生誓不兩立的不死不休狀態……

「呀——」一聲驚喜的尖叫發出：「好可愛～」蕩漾的尾音充分表達了聲音主人同樣蕩漾的心情。理所當然，發出這種聲音的人不可能是雲千千。

「送妳玩兩小時。」雲千千很大方的把懷裡的小包子丟給剛尖叫完的考拉，轉頭帶著九夜找銘心刻骨談公事去了。

不要啊娘！比起即將遭受的待遇，這種時候路西法甚至能夠忍受，或者說更加喜愛待在雲千千的懷裡。

考拉小心翼翼的抱起不斷掙扎的小魔王，眼睛閃星星的跑到雲千千身邊連聲問道：「孩子餵奶了嗎？換尿布了嗎？」

除了普通生育系統培養的可協助作戰孩子以外，創世紀為照顧生活玩家和純娛樂玩家，其實還有以嬰兒姿態出現的 NPC 幼兒存在。這樣的孩子依舊是可以長大的，但更多的目的只是讓玩家增加育兒經驗，展現自己充沛的母愛天性。

雲千千深以為然。看這段時間不斷出現在自己身邊的女人數量就知道，選擇後一種孩子的人不可能在少數，她們似乎把軟綿綿、粉嫩嫩的小孩子當成了某種寵物，無微不至的細心照顧，痴迷其中無法自拔。

「餵了，也換了。」剛回答完就看到考拉失望的面孔，雲千千想了想，看了下眼中閃現企求甚至都快要哭出來的路西法，沉吟許久後，還是昧著良心加了句：「不過應該也快餓了。反正魔王體質好，消耗量肯定也大，就麻煩妳再餵一次吧……」

又來了！拚死掙扎的路西法小包子絕望的看著熟悉的奶瓶瞬間閃現自己面前，那個抱著他的死女人還不斷企圖把奶嘴塞進自己嘴裡，心中只感覺各種絕望、各種抓狂、各種生無可戀……

除了餵奶、換尿布，妳們還能不能有點新意啊嗷嗷！？本王不是玩具啊吼！

銘心刻骨抱歉的看了一眼雲千千說道：「不好意思，考拉替你們添麻煩了。」

「沒關係，沒關係，孩子如衣服，朋友如手足嘛。」雲千千很大度的一揮手：「如果你心裡真的過意不去的話，不然多加點兵力給我們？」

「這個……我的駐地就這麼幾塊地方，能僱傭的 NPC 駐軍力已經達到最上限，能撥給妳的也盡量調過去了。再給的話，駐地安定度就要下降了。」銘心刻骨也很無奈，有個喜歡小孩子的女朋友，自己在這桃子面前為她讓了多少步啊。

人家抱個包子來，直接就換走了自己三萬五千駐軍；再換下去的話，自己就得傾家蕩產……難怪都說孩子就是吞金的無底洞，尤其這孩子還是魔王，驚天動地的實力自己暫時沒看出來，驚天動地的出場費倒是看出來了……

九夜冷眼旁觀，憐憫的看了一眼考拉懷中不斷掙扎的小魔王，再看了一眼自己身邊談笑晏晏的蜜桃多多，想了想，還是覺得當自己什麼都沒看到吧。

有個沒良心的媽，還有個沒責任心的爹，小魔王的悲慘可想而知。從接到魔界內亂的消息、開始和雲千千東奔西走面見各方談判之後，這幾天來，小路西法覺得自己一直沒從水深火熱中爬出來過。

凡是出現在自己身邊的雌性生物，見到他後的模式無一不是先一聲尖叫表達驚喜，接著就是要求餵奶、換尿布展現母愛，然後再要求自己陪著她們做各種幼稚遊戲。比如說拿個波浪鼓在自己身邊死命敲打，完全不顧他是不是想睡覺或是嫌棄聲音嘈雜，不見自己笑絕不停手，而且還得是踏馬的「甜甜的、軟軟的笑哦～」……光是這些也就算了，可是這些女人到底知不知道什麼叫矜持啊敷敷！

不准親本王！拚著一死硬嚥下去幾口奶，終於哄得對方滿意的放下奶瓶，可是路西法還沒來得及鬆口氣，感慨下沒有奶腥味的新鮮空氣的清新，緊接著就發現這段時間以來最讓他絕望和無法面對的場景又出現了。

這個要臉蛋沒臉蛋、要胸沒胸的死女人居然想親他？還是親嘴？

死桃子！快來救駕——

141 情殺事件

等到雲千千花了一個禮拜搞定各方勢力，終於組建起一支陣容不小的N會聯軍，宣布可以不用再出去奔波時，路西法已經瀕臨崩潰。他從沒像現在這樣正視過女人的可怕，也從沒像此刻這般強烈珍惜與雲千千在一起的時光。甚至他已經初步發展到了一離開雲千千懷抱，立刻開始各種忐忑不安、各種凌亂癲狂、各種生不如死的地步……

從某種意義上來說，這勉強也可以算是另外一種母子羈絆的體現……吧？

「九哥，你能看見接我們的魔來了嗎？」

雲千千左手牽老公，右手抱魔王，雖然很想踮起腳極目遠眺，無奈周圍人流實在太多也太擁擠，再加上她身為女人，身高比起男人來確實是不怎麼占優勢，於是只好無奈放棄，把希望改而投注在身高一百七十八公分的九夜身上……

九夜環顧一圈，很認真的搖頭答道：「好像沒來。」也許來了，但他實在看不見。

這個位置是傳送到魔界的通道出口，因為活動的關係，最近從大陸來到魔界的人流量異常之大，從而形成了類似春節高峰時期的火車站般的局面。由此產生的效應就是，魔界平亂戰爭發展是暫時無法定論，但魔界接待服務業的GDP指數狠狠上漲了幾倍卻是顯而易見。

擁擠中，一個瘦小玩家眼尖的發現雲千千這兩個新人。他很俐落的從人群中擠過來，笑呵呵的搭訕拉客：「兩位要觀光還是參戰？保王派還是反王派？我們這裡提供目前為止的魔界最詳細地圖介紹，上面還有兩方勢力的戰局城池標注以及兵力說明……」

「如果你們暫時沒決定好接下來要去哪裡的話，本公司還可以提供臨時落腳點，保證安全，保證舒適。因為是按樓棟區域分開安排入住的關係，一邊是城南，一邊在城北，您也不用怕會遇到敵方陣營。一晚僅需50銀，供三餐，等您決定出行時還可以幫忙租車馬……」

小個子玩家劈里啪啦一串話下來，雲千千樂了：「喲，挺熟練的嘛，以前幹過？」

「呵呵，您慧眼。」小個子玩家笑笑道：「怎麼樣？決定好了嗎？我看二位也是人中豪傑，肯定能在平亂活動裡幹出一番大事業……就當我跟二位結交個朋友，給您打八折？」

「如果是打掉八折的話倒是可以考慮……」

「呃……哈哈，您真會開玩笑。」小個子玩家擦把冷汗，尷尬的乾笑兩聲後，突然眼前一亮，向另外一個方向再次奮力擠去：「幾位請留步，本公司提供住宿車馬……結交個朋友，給您八折……」

雲千千手搭涼棚目送小個子玩家遠去，忍不住感慨道：「人才啊～」接著她再一細看，喲，那幾位正被拉住的女人居然還挺眼熟，領頭的好像是覬覦自家九夜的傾城紅豔豔什麼的……

她連忙轉頭拉上九夜，趁對方還沒發現之前，豪情萬丈的說道：「走，我們先擠出去再說。」

魔王小包子在雲千千懷裡打了個呵欠，瞇上眼睛冥想了下，拉拉雲千千衣襟，抬起藕節般的短手臂，堅定的指向某方向。

「兒子，你的意思是說接我們的魔在那裡？」雲千千想了想，徵詢小魔王。

哼。小魔王撇撇嘴，意圖用一張萌殺系的胖包子臉擺出冷酷睥睨鄙視的高難度表情，結果就是雲千千和九夜還沒什麼反應，身邊已經響起了幾聲女性的驚喜尖叫。

經歷了一個禮拜水深火熱、生不如死的遭遇，現在的小魔王一聽這種尖叫就情不自禁渾身冷顫、手腳冰涼。此時他再也顧不上鄙視自己老娘，連忙拚了老命的點頭，希望抱著自己的這個女人能夠趕緊高抬貴腳，遠離這片是非之地。

自己可是俊美、邪魅、冷血、無情的魔界至尊啊……小魔王淚奔。究竟他是做錯了什麼，主神才要用這樣悲慘的人生來考驗他？

堅定擁護路西法的保王派魔族早在收到了魔神從大陸傳來的傳訊時就派出了人手，一連幾天蹲在傳送通道外面等著迎接自己老大和老大爹娘。

等雲千千終於帶著九夜擠出人群時，才發現這個接站的居然還是個熟人。

「小薩薩，原來是你啊！」雲千千很歡樂的和熟人打招呼。

「……魔后殿下。」薩麥爾心情糾結、淚流滿面。

其實他並不想來，可是誰叫自己手氣差，九個人一起抽籤，只有九分之一的機率居然都會被自己抽到。想想，運氣不差的話當初也不會被這死女人陷害到神界去了……

「原來我還真有尊號啊？」雲千千驚嘆，順手一拉九夜問道：「那我老公叫什麼？」

「呃，魔尊……」

「我們有城池嗎？」

「……沒有。」

「有薪水嗎？或者生活費？」

「……也沒有。」薩麥爾咬牙回道。

雲千千點點頭，偏了偏身子跟九夜感慨道：「我們還是跟神王談談，把兒子賣給他吧。」

「……」薩麥爾汗，大汗，瀑布汗。

「哈哈，別緊張，我開個玩笑。」

「……」薩麥爾假裝淡定的移開視線。剛才那一剎那，其實他還真希望對方當真，撕破臉來，大家正好趁這機會一了百了，免得以後求生不得、求死不能……

回歸正題，薩麥爾道：「不說這個了，現在戰局已經白熱化，我們正等著魔王……和二位，一起商量接下來該怎麼辦。」

「這個別找我，我把兵馬都交給彼岸毒草了，打仗的事情他負責，我是來觀光順便撈BOSS的。」

「……」薩麥爾擦擦額頭繼續說道：「可是現在情況真的很險峻，對方的增兵源源不斷，我們……」

「教你一個方法。」雲千千打斷他的話，豎起一根手指頭。

薩麥爾一愣，反問：「什麼？」

「瞧見那邊沒？」雲千千手指城南某大型建築：「我聽說出了通道後的反王派玩家都是住那裡……」

「咳咳，這個大家都知道，可是有連接通道的地方屬於中立城，我們和哈迪斯的人都不被允許在這裡動手……」

「嘖，沒出息，看我的。」

把小魔王丟給九夜，雲千千大搖大擺拍翅升上天空，一手舉法杖刷出天雷地網蓄勢待發，一手刷出擴音器朝腳下建築喊話：「傾城紅顏的臭女人敢搶我老公？給老娘死出來！」

有八卦！眾玩家眼睛一亮，閃閃發亮的齊刷刷抬頭，興高采烈的對著天空中的雲千千指指點點。

紅顏會長聽到有人指名道姓，連忙中止開到一半的小會議，帶著一眾美女們從休息區出來，莫名其妙的問其他人：「怎麼了？」

不用別人回答，剛才聽到過的聲音已經再次響起，直接替紅顏會長解開了疑惑。

「小三！納命來！」

紅顏會長抬頭，驚恐的發現一張熟悉的雷網鋪天蓋地向地面罩了下來——臥槽，是蜜桃多多！

圍觀玩家蕩漾嚮往，對於正妻PK小三的這齣高潮戲幕火熱期待中——靠，真夠力！

誰知不到一秒鐘，突然之間局勢突變。紅顏會長由驚恐轉為滿頭黑線，圍觀黨由驚嘆轉為怒罵，場面突然變得混亂。

「臥槽！這麼大一片還能打偏？」

只見天雷地網撒下，卻沒有如大家預期的那樣將紅顏會長秒殺，反而是將其左邊一片區域玩家清空。場地人群中央出現一片空白，空白圈外的人突然感覺無比空虛，觀眾們噓聲一片。

「死女人，有本事別躲！」雲千千對喝倒采聲浪聽若未聞，再接再厲，一片片雷網在大家還沒來得及反應之前再次傾瀉而下，無差別覆蓋攻擊。

所有人一怔神之後，接著就是驚叫嗷嚎、抱頭鼠竄。

紅顏會長在紫電銀蛇中傲然屹立，周圍是滿地玩家死亡掛起的片片白光，唯有她及她身邊小部分區域半點事情沒有。

「……」誰躲了……紅顏會長滿頭黑線。

雲千千的技能之無恥不僅在於它的殺傷力之大，更多的是在於其瞬發及幾乎沒有冷卻時間的連貫性。當然要破解也不是沒有辦法，這套攻擊方式的最大缺點就在其耗藍巨大。雲千千頂多能放五、六次技能，閃避比較強的玩家只要能躲過這幾次打擊，雲千千就只能任人宰割。

當然，接下來就是雲千千的技能更無恥的一點了，她居然還有逃命第一的魅影。見勢不好拔腿就跑，這一點雲千千領悟得絕對爐火純青，而且絕對不會有什麼「身為高手不戰而逃是種恥辱」之類的愧疚感。

結果就是人家在放雷，你跑；等人家沒藍了，你好不容易喘過氣來正要追，卻發現人家跑得比你還快；而且人家還能趁這機會喝點藥水，恢復夠了重新拖著飽滿豐盈的藍條回來跟你耗……

再加上現在鍊金技術的發展日新月異，瞬血、瞬藍藥已經不是什麼太難被接受的稀罕物了，就算是依舊比普通藥物偏貴，以雲千千現在的身家也完全有能力拿它當零食嗑。

一輪轟炸後，反王派玩家落腳點被轟炸得焦土殘垣一片。能在這無差別攻擊之中倖存下來的，無一不是血條高的人物，或是有什麼特異道具或神級丹藥。

雲千千停下轟炸，喘了幾下，掏出一把藥往嘴裡一塞。

剛剛緩過勁來、正期望煞星趕緊滾蛋的眾倖存者頓時心裡一涼。看這樣子，好像人家還想繼續？

「紅豔豔給老娘死出來！躲躲藏藏算什麼英雄好漢？」雲千千把藥丸嚥下，繼續吼道。

「……」從一開始就沒動彈過的紅顏會長剎那間淚流滿面——老娘真沒躲……

「蜜……」紅顏會長覺得到了自己說話的時候了，張開嘴剛發出一聲，雲千千就已經休息完畢，重新舉起法杖。

旁邊的玩家看雷電重新醞釀後猛然回神，知道眼前此局無法善了，乾脆先發制人向紅顏會長群起而攻之：「蜜桃會長您歇著，我們來幹掉此等無恥之人！」

可憐紅顏會長從出場到現在，臺詞加起來總共不超過五個字，就被一道道技能刷成白光。對從頭到尾發生的一切，紅顏會長均表示茫然……

雲千千一看幌子要掛，頓時急忙吼道：「放著我來！」她把最後一片雷雲撒下。

於是，行凶者緊隨被行凶者之後一起白光遠去，現場只剩雲千千……呃，還有另外一個剛才撲得慢了點的。

此人呆若木雞的望著空茫茫一片大地，彷彿還無法從震撼中回神。

雲千千猶豫許久，覺得現在再補個技能好像給人的印象不大好，終於良心發現，決定放人家一馬。她和顏悅色、無比慈藹道：「兄弟別緊張，我只是來殺小三的。」

「……」此人環顧四周，無語。

「雖然對方很狡猾，過程很艱辛，但事實證明正義永遠是會勝利的。」雲千千握拳繼續說道：「對其他人造成的傷害我很抱歉，不過這也是小三連累，相信大家應該能夠諒解……好了，不說了，我老公兒子還在外面等著，以後有緣再見吧。」

話畢，雲千千拍翅迅速升空遠去，不一會就消失不見，唯留一地蕭索……

其時皓日在天，焦土硝煙，樹巔魔鳥吱呀而鳴，此人再也忍耐不住，淚珠奪眶而出：「妳踏馬的再也別來了——」

「魔后威武！」薩麥爾瞻仰神人般仰望雲千千，萬萬沒想到這人居然真敢去屠掉半城，而且還是單槍匹馬。

「威武個頭！」雲千千匆忙拉上九夜就跑：「這是趁著他們沒反應過來的空檔。等一下萬一要是死回去的那些人喊援兵過來，一人一箭就能戳死我……還不快閃？」

薩麥爾滿頭大汗：「在剛才如此酣暢淋漓的戰鬥之後，妳就只能想到這個嗎？」

真是太不符合魔族的審美了。想到這裡，薩麥爾忍不住就將目光游移到九夜懷中的小魔王身上——陛下，您老母真沒風骨。

小魔王翻了一個白眼，轉了轉小身子，把頭埋進九夜懷裡，裝作自己什麼都沒聽到。

「你是問感想？」雲千千嘿嘿一笑道：「其實滿爽的。」自己老早就想宰了那個女人了，趁這機會公報私仇，感覺挺不賴。

「桃子。」九夜皺眉，很嚴肅的開口。

「嘎？」臥槽！忘了自己老公跟那內褲反穿的死變態一樣是個正義使者，萬一他看不慣自己扯幌子濫殺無辜，那就糟糕了。

「九哥你別誤會，其實發生這些事情我也很無奈的……」雲千千死命苦想，準備扯個理由糊弄過去。

可是她還沒等想到，九夜已經接著開口，依舊是認真的語氣：「我不喜歡那個女人。」

「所以說這一切其實不能怪我，都是命運的安……呃，哪個女人？」誰啊？自己殺的人裡面除了那紅顏會長以外還有幾個女人？吼，莫非其中還有自己不知道的什麼紅顏知己？

「就是這樣。」九夜沒有繼續解釋的意思，點點頭，表示自己話說完了，然後轉身就走。幾步後發現人沒跟上，他詫異回頭：「還有事？」

「……沒。」有事的是你吧。

「那還不走？」

「……」雲千千抹把臉：「呃，其實你走反了……」

駐守在大陸的創世時報發現復活點出現大規模人群的現象之後，隨機對被害人進行了採訪，接著順理成章知道了這樁由第三者引起的血案。緊接著，隨後復活的紅顏會長被群眾發現、被狗仔圍堵，於是繼肉體傷害之後再一次遭遇精神傷害，一個個問題轟炸得其頭暈眼花，四肢乏力。

收集了足夠的資料之後，默默尋小手一揮，批准發稿。接著，這件震驚創世大陸的首次因情殺引起的大範圍屠殺事件就引起了社會的廣泛關注，各大中小媒體紛紛轉載報導，聯繫最近出現過的煙花易冷第三者插足事件，以及魔界平亂事件，對此事進行了深入的分析和評論。

當事人與非當事人們紛紛踴躍參與進評論熱潮中來，將新聞炒得極為火熱……自從蜜桃多多生孩子以後，這遊戲裡的八卦真是越發的少了，大家都很寂寞啊……

彼岸毒草拿著新出刊的報紙，嘴角忍不住的抽搐。

「副會長？」旁邊人小心翼翼的觀察彼岸毒草的表情，嚥了口口水，忐忑不安的開口：「那個，我們的人已經準備好，隨時可以開進魔界了……」

「嗯，讓大家到就近傳送點集合，一小時後出發。」彼岸毒草把報紙反手蓋到桌子上，扭過頭去，眼不見心不煩。

「……」旁邊人繼續嚥口水道：「呃，要不要通知爛水……呃，我是說要不要通知會長一聲？」

嘴角忍不住又抽搐一下，彼岸毒草滿頭黑線的咬牙氣道：「……不必了，通知下去，在魔界如果碰到

會長就當不認識！」

「……哦。」

142 魔界（上）

一回到自己的魔宮，路西法立刻如魚得水……這麼說有點不大恰當，但有長眼睛的都看得出來，他在魔宮時的表情明顯比在雲千千身邊時安詳了許多。

雲千千正好順水推舟的把這未來魔王丟給薩麥爾等人照顧，任這群 NPC 抱著個小包子欣喜若狂、一臉虔誠感激。自己則毫無疑問去執行她的觀光搶 BOSS 計畫……

終於不用抱孩子了。雲千千呼吸自由空氣的同時萬分感慨，才當媽沒幾天呢，怎麼覺得如此疲憊？看來自己確實是沒辦法對一堆資料產生什麼母愛。

看魔尊、魔后兩口子好像打算出去逛街，薩麥爾抱著小魔王連忙出來送一程，順便小心試探道：「兩位如果沒決定具體路線的話，不妨去東魔界逛逛，那裡風景不錯……」

「東魔界？」雲千千腦子裡過了一遍資訊，然後問道：「你意思是說那些反王派現在盤踞的位置吧？」

「嗯嗯。」

薩麥爾現在的心態說白了就是禍水東引。與其把這個絕對不可能安分又得罪不起的人物放在西魔界裡供著，還不如讓人家去敵人地盤上逛一圈，搞不好沒幾天人家兵不血刃就把那些叛軍KO了也說不定。這經驗自己豐富啊，想當年……想著想著，薩麥爾就縹緲了，一臉的感嘆加往事不堪回首。

雲千千想了想，點頭道：「也行，反正去哪裡都能玩。那你好好照顧我兒子，我和孩子他爹出去玩一圈再回來。」

薩麥爾真誠而恭敬的歡送二人，直到兩人身影消失，這才如釋重負般直起腰來，鬆了口氣。

小魔王一臉沉肅，在薩麥爾懷裡很努力伸出小短手，搆著對方肩膀加上力道拍了拍表示讚許：「啊啊唔咿哦……」小子幹得好。

「對不起，陛下，您想說什麼？」薩麥爾回神，虔誠恭敬的問道：「是餓了嗎？還是尿布濕了？」

「……」

雲千千對BOSS的愛之深，好比她對龍騰的恨之切。當然，現在該報的仇已經都報完了，龍騰在其眼中已是浮雲，唯有BOSS，依然是雲千千心心念念之嚮往所在。

可是雲千千也知道，想單槍匹馬的拿下盡可能多的BOSS，無論自己有多強悍也是比不上團體。單是資訊收集，即使她的個人速度快，但人家有團隊共同收集情報，劃分巡邏區，能搜尋的範圍至少也是自己的幾十倍。

於是飛快計算了一下得失之後，雲千千果斷決定加團。

魔界已經開放了一段時間，來到這裡的玩家不算少；再加上戰爭也早已經打響幾天，所以成規模的玩家戰隊此時初步有了雛形。

目前西魔界保王派中最火爆的一支戰隊是縱橫，這是一個非常俗氣的隊名，但那麼多戰隊競爭，它卻能在其中脫穎而出率先搶注商標成功，這難道還不能說明實力？

為了不那麼招搖，雲千千和九夜特意先戴了易容面具才去報名，分別使用銘心刻骨和考拉的身分……自從見過了小魔王之後，考拉突發奇想也想生個可愛的孩子，正好銘心刻骨手頭上的兵力大部分也都交給了彼岸毒草調遣，公會駐地裡又沒什麼事情，於是小夫妻二人去教堂祈禱三天，成功懷孕，接著就雙雙消失，不知道去了哪裡度他們不知道第幾次的蜜月……

雖然銘心刻骨也是大公會會長，但是他和老婆在江湖上露面頗少，所以雲千千會選中這二人不是沒有道理。

問題是這兩人的名號雖然不招搖，雲千千和九夜的等級卻太招搖了。這一男一女現在分別是穩占高手榜一、二名寶座，雖然等級不一定代表實力，但是有實力的人，等級就絕對不會低。兩人一遞加入戰隊申請，那高高在上的等級頓時差點晃瞎了接待處人員的鈦合金狗眼。

臥槽！那麼高等級？這是接待人員的第一念頭。

臥槽！該不會是來踢館？這是接待人員接下來的第二個念頭……

有這樣的顧慮也是理所當然。雖然自己戰隊出名，但縱橫的成員們心裡明白，有現在這樣的局面，主要還是因為有實力的大公會都沒有出現的緣故。

老牌公會就不必說了，有點本事的人聽說都被那顆爛桃子輪流遊說徵召，好像想直接組軍大幹一場，自然沒有閒散人手出來折騰戰隊。

新生代公會中有實力的也是差不多的情況。新十二公會聯盟在這次的活動裡同樣沒有例外，直接整編

制造訪NPC求接待、求包養，同樣不會出來做戰隊。

換句話說，現在兩方勢力中的這些戰隊，其實全都是一些散人玩家或不得志的中小型組織，想借這次活動的機會一舉揚名，順便看看能不能趁勢發展……

在這麼一個平民化的組織中，突然出現了如此金光閃閃的兩位高手，尤其「銘心刻骨」雖然不高調，但好歹也是一會之長。綜合以上看下來，也就難怪別人會誤會他們二人是想來踢館的了。

縱橫幹部們的小會議火速召開。縱橫戰隊隊長一拉開通訊，首先就來了一句先確定主題：「人肯定是不能踢的，這次會議大家主要探討下他們的目的，還有就是確定下我們應該採取什麼樣的態度。」

很好，主題確立了，接下來就可以省下一部分爭辯的力氣和時間。這隊長其實也是有些眼力的，知道高手不管能不能拉攏，首先是不能得罪；尤其在這高手還很有背景的情況下，這一點就更是要貫徹。

某分隊長在這個大前提下開始發表自己意見：「聽說這兩人平時也沒什麼爭霸的野心和動作，對內對外都很和善友好，雖然是那個蜜桃多多的盟友，但瑕不掩瑜，算是兩個難得的中庸分子，不偏不倚……按照這對小夫妻以前的行事風格來看，他們說不定只是來度蜜月的。」

「度蜜月？」另一位分隊長表示不能理解：「到這麼戰火紛飛、危機四伏的地界來度蜜月？這推測是不是有點不大可靠？」

「……」其餘人默。這推測不是有點不大可靠，準確來說應該是很不可靠。

不管誰帶女朋友約會都會找個山青水秀、氣氛良好的地方，最好是無人打擾，這樣想幹點什麼不軌的事情才方便。

「這個，也許是人家玩膩了普通地方，現在想改走另類路線，在自己女人面前展現自己的英雄氣概？」

「……」其餘人繼續默。這裡的人跟銘心刻骨都不熟，以前他們只聽說這人和老婆感情很好，經常到處遊玩，但會不會遊玩到戰亂魔界這種事情還真是不大好說。

也許……銘心刻骨真的覺得這種地方比較有情趣？

遠方的銘心刻骨毫無預兆的打了個噴嚏，考拉連忙展現體貼關懷。

「怎麼了?身體不舒服？」

「沒有……不知道是怎麼回事。」銘心刻骨不以為意的笑道：「遊戲裡怎麼可能身體不舒服，妳想太多了。」

「哦。」

「話說回來，妳的狀態還好吧?桃子懷孕的時候聽說挺痛苦的，好多東西想吃不能吃……」

被情郎關懷，考拉覺得分外甜蜜，羞澀一低頭，聲如蚊蚋：「我還好，只要能生個像桃子家寶寶一樣可愛的小貝比就好了……」

銘心刻骨會心微笑。

考拉甜蜜微笑。

笑得白痴般的兩人你儂我儂噁心兩下，很快就順利將剛才的小插曲忘到了腦後……

而此時，縱橫的內部小會還在繼續。

縱橫戰隊隊長清咳兩聲，發言道：「銘心刻骨風評不錯，可以初步判斷他沒有惡意。不過對方的目的到底是什麼還是說不清，也許就算他沒有惡意，但卻依然會做出些對我們戰隊不利的事情……畢竟大家也知道，銘心刻骨和某個女人是盟友。」

最後一句說得比較委婉，他就差沒直接點明蜜桃多多可能會慫恿利用銘心刻骨來幹壞事的可能性了。

桃子凶猛，不得不防！戰隊隊長堅定表示——寧疑錯，莫放過！此等在江湖上赫赫有名之危險人物必須以SSS級防禦標準來應對，哪怕是她身邊的人也至少得是S級……

眾與會人員心有同感，連連應聲。

比起蜜桃多多出名的戰鬥力，大家更嘆服的是對方的卑鄙無恥。要說她會算計人，這事一點也不奇怪；要說她會算計盟友，那就更不是不可能的事情。說不定銘心刻骨真的在不知情下被人利用？

就算人家不主動替他們搗亂，但人家等級高是事實，這就是一個現成的最大不穩定因素了。

建過公會的人都知道，一個公會中的會長等級可以不是最高，但至少不能太低，否則很容易人心散亂。比如說底下基層人員對神般存在的高手高手高高手產生仰慕之心，會長及幹部們的威望淡化等等……

縱橫戰隊隊長被「銘心刻骨」和「考拉」的等級這麼一壓，頓時表示壓力很大，彷彿坐在自家門前小山丘上仰望珠穆朗瑪峰……臥槽！以前怎麼沒在高手榜上注意到有銘心刻骨夫妻這兩個人物？

關係到戰隊的穩定和未來發展，大家都不得不慎重對待。

「不管怎麼樣，暫時把人招進來吧。」縱橫戰隊隊長沉吟半晌，還是想不到最佳的解決辦法，於是無

奈道：「我們做點宣傳，把這兩人定義成是慕戰隊之名而來的外場高手，戰隊名譽成員……這樣多少可以增強戰隊內部人員的榮譽感和凝聚力，同時也不至於讓他們對戰隊產生太多影響。」

經過討論後，所有人一致認同自己隊長的方案，於是各小隊長分別火速在自己手下分隊展開宣傳，聽到基層眾成員驚喜驚呼議論之後，感覺預防針已經打好，這才通知隊長可以加人了。

於是雲千千二人順利打入戰隊內部，成為縱橫戰隊一員。

「大家好，隊長好，副隊長好，各小分隊長好~我們是蜜……銘心刻骨和考拉，能加入這個大集團我們夫妻表示萬分榮幸，也希望大家能在未來的日子裡多多關照，並肩作戰。如大家遇到 BOSS 請儘管說話……」

眾玩家都很是驚訝，沒想到這個等級甚高的考拉姿態還挺低，好像很謙虛的樣子。

正準備說歡迎詞的縱橫戰隊隊長也驚訝。早聽外界傳聞說銘心刻骨和考拉伉儷情深、夫唱婦隨，如今這一看似乎有點誤差，好像那個考拉才是對外發言人，反倒是銘心刻骨有點婦唱夫隨的意思……

驚訝歸驚訝，縱橫戰隊隊長也是風裡來雨裡去過的人物，見人說人、見鬼說鬼已是本能，一轉眼就恢復正常，很大方的笑道：「歡迎二位加入我們。大家都是為任務來的，客套話就不多說了，從今天開始大家一起並肩作戰，二位如果對我們戰隊規定有什麼不清楚的也可以隨便問。」

「當然當然。」雲千千連忙應聲：「不知道戰隊裡現在有什麼活動？」

「有個前鋒任務，主要是去東魔界刺探情報或者進行騷擾。一份情報完成度0.1，一座據點的騷擾完成度0.3至0.5不等，完成度達到100時，隊長可交任務。」縱橫戰隊隊長介紹後問道：「考拉小姐有興趣和我們的人一起去玩玩嗎？」

「OK，地圖發來，我們現在動身。」

雲千千和九夜兩人分到的任務是從A據點到D據點的騷擾破壞。這種團體類型的任務大抵都是如此，一群人各自完成任務的其中一個部分，既提高任務完成率，同時也保證每個人在該任務中的貢獻度不至於相差太多，避免惡性競爭。

負責帶隊的小隊長對傳說中的高手夫妻二人組已經很是照顧，其他人頂多負責一個據點，這兩人是其他人的兩倍……當然，九夜對此還是有些不滿的。畢竟按照他的戰鬥力來說，就算想要騷擾一座城池都再簡單不過。

而雲千千想要搗亂的話就更是簡單，她連落地都不用，直接在天上一路雷網丟過去，破壞速度絕對是九夜的幾倍。

正因任務如此簡單，所以兩個人都沒什麼激情，風風火火連推三座據點後，就一起蹲在最後一座據點外面發呆……這是最後一塊責任分擔區了，一下推掉了自己幹嘛去？

兩人跟其他人的目的就不一樣。其他人是為了做任務，早點完成就可以早點收工。雲千千二人則是為了消磨時間，一下把事情做完了，接下來就得回戰隊去交任務。萬一自己剛一走，後腳小分隊裡就有人遭遇BOSS，等二人再心急火燎的趕回來，估計BOSS已經成灰灰……

「好慢～」雲千千百無聊賴的打個呵欠，對東魔界中BOSS的巡邏效率表示十分不滿：「橫跨幾十個據點的地圖範圍，難道就沒一個BOSS出來閒逛刷玩家的？」

「對那些人來說這是好事。」九夜瞥一眼雲千千，解釋道：「他們應該都是盡量避開BOSS可能出現的地方。」

「說得也是。那莫非真要我們親自去找？」本來是指望提高發現BOSS的機率，照這樣看起來，這機率

不僅沒有擴大，好像還被拖了後腿？

「再等等吧。」九夜也很是寂寞。

又是一陣無聊煩悶，雲千千突發奇想的問道：「九哥，這算不算約會啊？」

約會？九夜一怔，突然想起自己的糾結心事，正好趁這機會問清楚：「妳想跟我約會？」

「唔，其實也不是，你這人性格已經定型了，跟你約會大概挺無聊的。」雲千千順口回答。

九夜眼神一暗，還沒來得及失望，就聽前者繼續道：

「不過你也知道，我對你垂涎已久嘛哈哈哈，如果有機會約會的話，基本上就相當於確立綁定關係，到時候我再想宰小三、小四也名正言順多了……」

「那妳……」眼睛再一亮，九夜剛想說話，誰知今天註定了不安排言情戲碼，剛吐出口兩個字，戰隊分隊頻道就開始一陣狂閃。

「F小組發現BOSS，火力甚猛，血皮堅硬，請求已完成任務的空閒小組支援。重複一遍，F小組發現BOSS……」

雲千千瞬間能量滿格，一下從地上跳起衝九夜喊道：「快快快，有BOSS！趕緊清了據點過去！等了半小時終於皇天不負苦心人啊哈哈哈哈……」她邊吼邊迫不及待的拔腿狂奔，衝向最後一座據點甩雷，身後帶起一串塵煙，轉瞬間衝上天空成為一個小小的黑點……

「喂……」九夜無奈的看這女人絕塵而去，只發出了一個單音節就已經看不清人影，一腔剛剛蠢動起來的少男情懷瞬間遭受狠狠的重創。

「……」這就是對自己垂涎已久的態度？

「天雷地網！」雲千千在半空中激情萬分的一片狂雷朝腳下據點甩去，耳邊聽著分隊頻道的求援聲，只覺得心情格外舒暢蕩漾……嗯，就是這個勁頭，兩三下搞定趕緊去撈BOSS。

九夜站在地面，分外蕭索，明媚憂傷四十五度角仰望天上的小黑點到處飛竄放雷……自己看中的女人不黏人，這很好，他很滿意。但要是一點都不想黏他的話，未免也太傷自尊了……

他正垂首思索著，突然分隊頻道突兀傳來一道新的吼聲。

「C小組發現BOSS，火力甚猛請求支援啊！臥槽槽！」

這聲音？九夜一驚，再次抬頭，就見到雷光一片中，十個比小黑點略大些的小黑點也衝上了天空，頂著閃電霹靂，飛快靠近原來的小黑點，也就是他老婆蜜桃多多。

薄唇一抿，九夜刷出雙刃拍翅騰上空中，同時打開通訊呼叫，迅速詢問情況：「什麼狀況？」

「反王軍十魔將正好開會中……馬的這裡是隱藏據點啊靠，S級！」雲千千也是剛剛收到系統提示才知道是什麼情況。本以為自己沒有遇BOSS的命，沒想到一遇就是十隻……從一開始的失落等待到歡欣再到絕望，天堂地獄的距離原來竟然只是咫尺之遙。

九夜聽到這個情況也驚悚了下。自己最剽悍的記錄也不過是同時頂住五隻BOSS而已，而且還是一隻主BOSS、四隻精英小BOSS，曾幾何時遇到這種十大巨頭同時出動的情況？

這到底該說運氣不好，還是運氣太好啊？

還沒等九夜趕到，雲千千已經被十魔將追上。能當上魔將的都是物法雙全，雖然各自都有特別擅長的攻擊手段，但這不代表其他方面人家就完全不擅長。以雲千千的速度而言，想攔截她實在不太容易，但若單單只是追在後面放魔法就簡單得多了。

十魔將先後在手中凝出黑色光團奔襲而來。雲千千一驚，丟出片雷在身後阻擋的同時卸下翅膀，頓時整個身子遵循物理重力定律飛快下墜，雖然險險擦過黑光未被正面擊中，但生命血條仍是狂跌三分之一。

九夜終於趕上，雙臂一劃，頂出一片巨大光盾擋在二人上方順勢推出，將十魔將的追擊速度拖滯了一瞬；但也僅僅就是這麼一瞬而已，十魔一人一下輕鬆碎掉盾牌。

九夜頓時狂汗道：「這盾可以吸收十萬傷害啊……」這可是修羅族族長親傳的群防禦的絕技，不是路邊地攤貨，更不是個人用戶精簡版……這次敵人似乎比他想像的還難啃。

「閃！」雲千千一手拉起九夜，重新揹上翅膀，轉身就疾掠出去。

她其實也沒想過魔將的實力會剽悍至斯，以前跟薩麥爾雖說勉強也算是對戰過一次，但那次她是借刀殺魔，直接把人引到神界就跑。哪像現在，完全是面對面的硬仗，更何況人家不僅有品質，現在更有數量……

說起來還是神主太小氣，活動一結束就把她的通道地圖收回去了，不然自己隨便劃拉個通道出來，完全可以故伎重施一次……

縱橫戰隊正在外面執行任務的小分隊早就收到了雲千千的求援呼叫，但是大家都是頗為好奇和忐忑。實力如此驚人的考拉遇到BOSS竟然也會呼救？這究竟該說是BOSS太強悍，還是女人太膽小？

「大家準備下，敵人大概很難纏。」沉吟片刻後，負責帶隊的小隊長還是很快做出了指示：「任務暫時停下，先把BOSS解決……兩支小組到F組地點支援，其餘小組都跟我去C組。」

雲千千亡命天涯中聽見指示，連忙狂呼：「光是我們小分隊不夠，再去戰隊調點人過來！」

普通戰隊成員只能在各自小分隊頻道說話，沒有去其他頻道的許可權，這是為了防止閒聊影響決策管理的情況。

分隊小隊長想了想，委婉道：「其實我們戰隊的實力還是不錯的，一隻BOSS就算再怎麼厲害……」也許是女人太小題大做……

「不是一隻，是十隻啊！反王軍十魔將！」雲千千一聲狂吼把他聲音壓下。

小隊長一聽，差點沒當場坐地上去。愣了一瞬，他不可思議的反吼：「十隻？」臥槽！小姐您是不是到人家大本營去偷看哈迪斯洗澡了啊？

小分隊中頓時人心浮動，眾人「轟」的一聲的炸開，在頻道裡七嘴八舌開始各種驚嘆驚訝驚呼；甚至有人自稱在某報紙兼職編外記者，要求採訪「考拉」遭遇十魔將的全經過。

「立刻去調人！」雲千千不堪騷擾，再加上本來就被追得驚險萬分，雖然有九夜絕技頻出擋下十魔將，一時半會的不會有什麼危險，但心情依舊是好不到哪裡去的。聽到有人唧歪不斷，雲千千最終還是忍不住一聲怒吼，王霸之氣側漏。

小隊長恍然回神，連忙關掉該頻道，轉去戰隊主頻道，將雲千千那邊發生的事情如此這般一報告，縱橫戰隊幹部們頓時群起譁然。

「十魔將？」縱橫戰隊隊長驚訝得聲音都有些變調：「你確定？」

「呃……其實我也不是那麼很確定，不過考拉說的應該沒假吧。」小隊長有些忐忑惶恐。

「說得也是，而且騙我們她又沒好處。」縱橫戰隊隊長終於認真對待，語氣一肅：「如果是這樣的話就棘手了，目前我們戰隊的實力根本不可能對抗十隻魔將，如果只有一隻倒是可以拚一拚。」

魔將的等級已經等同於公會BOSS，平常哪怕只有一隻，規模稍微小點的公會搞不好都得舉全會之力來應付。縱橫戰隊畢竟只是戰隊，規模再大也不可能大過公會，所有線上、不線上成員綁一起也只有兩百人，怎麼打？

「要不然……」另一個小隊長狠狠心咬牙氣道：「棄子保全吧。」

「銘心刻骨是能讓你拿來當棄子的人物？」縱橫戰隊隊長苦笑道：「我們整個戰隊還比不上人家一個堂口人多。如果不是因為蜜桃多多把聯盟公會的精英都要走去組聯軍團的緣故，你以為他會帶自己老婆兩個人就出來瞎逛還加入別人的戰隊？」

自己可以救不了那兩人，但是不能不去救。前者是實力限制，沒人能說什麼；後者則是態度問題了。和一個三級公會的會長交惡，這是傻子都不會去幹的事情。

「那怎麼辦？」

「依我看，把情況跟人家明說了吧，問問銘心刻骨的意思。」意思也就是說，讓人家主動開口犧牲。縱橫戰隊隊長相信，以銘心刻骨和考拉在外的口碑，這兩人應該是不會做出讓人為難的要求……

受命轉達消息的小隊長再次轉回分隊頻道，把上面傳來的意思如此這般一表述，雲千千立刻恍然。

「意思是讓我們掛個一次算了，免得把事情鬧大還連累其他人？」

「呃……」是這意思沒錯，但您能不能別那麼直……

小隊長擦汗，對自己老大莫名其妙的自信感覺萬分不能理解——老大，您到底從哪裡看出來這兩口子是有口碑不會讓人為難的人物？江湖上那都是誤傳吧？

「沒關係，沒關係，你也別為難。」雲千千想想，確實不能太為難人家，反正人就算來了也是炮灰，連忙再出口安慰：「世態炎涼嘛，你們老大現實點也是可以理解的，畢竟我們兩個和他非親非故，犧牲了也不影響自己人。」

「……其實我們老大不是這個意思。」小隊長淚奔。這真是字字誅心啊，自己可不敢揹上這麼大一頂帽子。

「別管是不是這意思，反正我們會自己想辦法搞定。」

小隊長鬆了口氣，表示關切：「你們打算怎麼搞定？」

「既然縱橫戰隊實力不夠，我就多找點人手幫忙。」比如說魔界傳送通道外面的城南聚集區……都過了好幾小時了，人流量應該已經恢復了吧……

小隊長聞言驚訝：「你們公會來了人手？」

「沒。」

「那你們是打算……」

「呵呵……」雲千千溫和一笑，沒說話。

小隊長腦中頓時警鈴大作，心中升起一股不祥的預感……

傾城紅顏的女孩子們自從被殺之後一直保持怒氣槽全滿狀態。理由很簡單，她們都是漂亮女人，凡是漂亮女人都有天生自矜屬性，就算表現再溫和、再大方，那也是凜然不可侵犯的。平常被哄被寵都顧不過來了，哪想到居然有人會對自己下黑手？

……不對，向自己下黑手的那個也是女人。根據同性相斥定律，再加上人家喊出來的那個「小三」，由此可以判斷對方確實有十足理由和動機。

但是事情還是不能就這麼算了，自己的名聲被破壞得一乾二淨不說，單是被殺的這口氣，她們全都嚥不下……

於是傾城紅顏的成員們都怒了，所以找上幫手又殺回來了。

一個高手的好友名單也許不會滿，但一個美女的好友名單十有八九都是滿的。女在江湖飄，誰能不被

泡……

十幾個美女，每人喊上三五個人，那陣容就足夠龐大。她們完全有信心，有這麼多高手在，就算一人只打中那個爛桃子一下，其殺傷力總和也絕對夠送對方去復活點喝茶。而且為了避免對方日後報復，所有人還都配備了蒙面巾一條，準備十分充分，只等守株待桃。

「會長，那個蜜桃多多真會來嗎？」

「絕對會。根據我對她的了解，這女人做事都有目的，說我搶了九夜來報復只不過是個藉口，更大的可能是因為她想找理由屠殺加入東魔界反王派的玩家。」

不得不說，能了解一個女人的永遠是另外一個女人，而且還得是互為對手關係。

「妳以為她上次在一開始打偏的那些技能是因為氣急激動？不是，我只是一個幌子，她本來的目的就是其他人……別忘了，蜜桃多多出名可從來不是因為她的武力，而是因為她的算計。」

「原來如此，她果然陰險！」

「沒錯。」紅顏會長點頭，自信微笑道：「所以只要她還在魔界，就一定會再來這裡搗亂。」

「可是我們難道就在這裡乾等？」提問題的女孩有些不甘心也有些不耐煩，她實在不喜歡這種只能被動等待的狀態。要知道，美女約會向來是讓別人等的，什麼時候鍛鍊過等人的耐心？

「怎麼叫乾等呢？進魔界領土之前我們本來就要先聯繫 NPC 的接待人，註冊戰隊或軍團分屬，還要分派任務，開會討論計畫……這些沒個一、兩天都是弄不完的，不然妳以為通道外面為什麼會有這個聚集點？」

紅顏會長其實是個極有頭腦的女人，社會閱歷也夠豐富，所以對很多事情都能夠直接透過現象看到本質。但是這女人再怎麼厲害也是個平常人，一切行為反應都是受到社會、團體、環境等等因素的影響，依照不超越常理範圍的、約定俗成的方式做事。

這一類人對於超出常理之外的事件往往會失去應對能力，因為她們根本就沒有這樣類似的經驗。這就好比有人打招呼說「你好」的時候，如果跟對方關係不錯，可以回問一聲「你好」表示友善；如果關係不好，可以「哼」一聲表示不屑；如果生性冷淡，甚至可以和人家擦肩而過。

可是沒有人會在別人說「你好」的時候，笑容滿面的揮手回個「拜拜」……這就屬於超越常理。

就在紅顏會長淡定自信的等待雲千千的時候，她們落腳的大客棧外面漸漸變得騷動，一開始先是小聲壓抑的驚呼聲偶爾出現，接著慢慢變得嘈雜喧嚷。

紅顏會長眉一皺，繼而眼睛一亮，飛快跑到窗邊推窗看去。只見遠方天空中有兩個蠶豆大小的黑點正在飛快向這邊移動，後面還跟著十個黑點。

兩個小黑點不時停滯一下，放出絢眼的技能阻滯後方十個小黑點，再趁機飛快拉開距離。而這樣的阻滯往往只是一瞬，很快十個小黑點又衝破截堵，不死不休的繼續纏上，拉近距離；接著又是停滯，放技能，拉開距離……

「那麼多人？」紅顏會長沉吟了下，有些疑惑，不僅是疑惑來人之多，更是疑惑這看起來應該是兩批的人馬身分……莫非不是蜜桃多多？

本著不可大意的心態，紅顏會長立刻叫來一個弓手開鷹眼。

弓手凝目只看了一眼，頓時臉色大變：「會長，是魔族！」

「什麼？」紅顏會長也驚訝，不是說東、西魔界的人都不能在這裡濫殺無辜？「妳確定沒看錯嗎？是內鬨？」

弓手搖頭道：「絕對沒錯，不過不是內鬨，是十個魔族在追殺兩個玩家。」

「蜜桃多多和九夜？」紅顏會長飛快反問說道。

「是銘心刻骨和考拉。」

銘心刻骨夫妻怎麼會被追殺？紅顏會長還在疑惑不解中，弓手已經看得嘖嘖驚嘆。

「銘心刻骨居然還是個深藏不露的高手，這技能、這身手、這反應速度……比起九哥來估計也差不了多少。」她邊說邊馬不停蹄的連開幾處頻道，通知自己好友、自己會友、自己隊友等等所有沾親帶故人員出來看熱鬧。

紅顏會長聽得不舒服了，一皺眉不悶道：「哼，銘心刻骨哪比得上九夜。」九夜身手自己是見過的，銘心刻骨雖然沒親眼見過，但也從朋友那裡知道一些。這兩個人要真打起來，兩者的差距不是只有一點，不僅是等級和技能的差別，也是指操作、走位等等技術差距。

「會長，這回妳可說錯了，不信妳自己看。」弓手一指天空，只見剛剛還是蠶豆大小的兩個小黑點已經變為碗般大小，此時除了遠方幾人的五官還有點模糊不清以外，身形、技能都已經能看得差不多了。

紅顏會長本來只是抬頭敷衍一瞥，結果看後果然大驚：「這不可能！」

原來銘心刻骨的身手這麼淩厲剽悍？簡直就是九夜的 COPY 複製版啊……當然了，那個考拉倒是一點都不像蜜桃多多，只會在旁邊尖叫拖後腿，實在太讓人看不下去了。從各種角度全方位鄙視同性，是所有美女義不容辭的責任……

這當然不是紅顏會長的人身攻擊，而是雲千千現在的表現確實太拙劣……為了保證不讓自己的身分曝光，雲千千在接近聚集點的時候就已經沒再動用自己手上的任何一個技能了。別說是天雷地網，就是讓她放個法師最常見的普通技能都不行，誰叫考拉本尊就不是法系職業呢。

既然不能幫忙戰鬥，為了加強效果，為了不讓自己太無聊，更重要的是為了搶鏡頭，雲千千義不容辭的扮演了一個嬌弱沒用而且還有點膽小神經質的女孩形象。反正她印象中的考拉就是這德性，至於別人看到後會不會影響考拉形象……靠，這關她鳥事！

九夜再次刷出一片劍刃阻擋身後追兵，耳邊也理所當然接收到雲千千又一次「驚嚇」的尖叫……肉體遭受敵人打擊，精神還要遭受自己女人打擊的九夜吐血，忍不住磨牙，拉開頻道，冷氣森森的放話：「閉嘴。」

「呀——好可……呃，現在閉嘴不大好吧？下面觀眾都看著呢。」

「……」九夜吐口血：「讓妳閉妳就閉。」這噪音比十魔將的絕技可怕多了，再繼續下去的話，他怕自己撐不到把BOSS帶下聚集點的那一刻。

「好吧。」面對自己老公的要求，雲千千只能無奈的攤手表示接受，當然批評還是要的：「你太不專業了。」

「……」馬的。

也許是情敵之間奇妙的磁場感應，雲千千一眼掃到站在大開窗戶後面的紅顏會長，眼睛一亮，立刻拉著九夜就朝那個方向奔了過去。

當然了，還有個比較客觀的原因是因為對方的房間太過顯眼了。明明是來魔界參加活動的，住在聚集點也不過是臨時落個腳而已，可傾城紅顏這群女人卻偏偏要選最華麗、最精緻、最大……同時也是在最頂層的房間。

槍打出頭鳥，做人太囂張是沒有好下場的。

雲千千小臉蒼白（被風吹的）、羽翅凌亂（還是被風吹的）、一臉驚慌（這個是裝的……）的拉著九

夜衝向傾城紅顏成員們租住的房間，雙手閃電般迅速扯住紅顏會長因驚訝而探出窗戶的半個身子，死命搖晃求助道：「救命啊！救命啊！救命啊啊啊！」

「妳先……放……放手！」還是先來人救救我吧！

從未受過如此待遇的紅顏會長被搖得風中凌亂，連吐字都不甚清晰了——馬的，這女人手勁那麼大，她一個人估計就能把那十個魔族都搖散架。

「放開我們會長！」非常護短的紅顏成員們一看自己會長的慘狀，連忙上前想要拉開雲千千。無奈對方實在執著，揪著紅顏會長衣領死都不放，而且臺詞翻來覆去就那麼一句。

「救我啊！救我啊！救我啊啊啊啊！」

「……」妳跳針啊……

紅顏女孩們還在無語中，她們帶來的高手們已經義不容辭的出現了。不管現在情況如何，首先一點是可以確定的，BOSS已進城，不戰生命沒保障。第二，美女們都在旁邊，不戰自己沒面子……

一見高手們升空的升空、架箭的架箭，雲千千鬆了口氣，目的達到就想要閃人，結果卻被終於緩過氣來的紅顏會長一把拉住。

「……」妳想做什麼？雲千千疑惑回頭，用眼神詢問紅顏會長。

後者沒聽到她的心聲，以為是自己沒說話讓對方不抱希望了，連忙笑言安撫：「考拉是吧？妳和銘心會長跑了一路也累了，不如進來休息下吧。」她頓了一頓又道：「放心，我們的人已經出去擋住那些魔族了，這裡還有這麼多人，一定能夠保證妳安全的。」

這個人情一定要賣出去，還得讓對方接收得明明白白。銘心刻骨的公會雖然比不上蜜桃多多的水果樂園，也比不上落盡繁華和龍騰九霄這些老牌，但也是創世紀裡排得上名的公會組織；再加上銘心刻骨本人

心性純善正直，為朋友可以赴湯蹈火，所以與其交好絕對是有百利而無一害……

紅顏會長算盤打得劈啪清脆，可惜她示好示錯了對象。一來雲千千不可能看自己情敵順眼，二來她也不相信這些肉腳能擋住十魔將。

「還是不必了，這些BOSS是我們帶來的，怎麼可以光看著你們出力，我們反而閒在一邊看熱鬧呢。」雲千千握拳，目光堅定作視死如歸狀：「儘管我們人微力薄，但在這等強敵面前也絕不貪生畏死……放手吧，讓我出去，和此等惡魔決一死戰！」

「……」不貪生怕死？剛剛妳還搖人搖得跟篩子似的……

紅顏會長的嘴角抽了抽，強笑道：「妹妹真是太見外了……」

她話沒說完，群眾中突然爆出一片巨大的驚呼聲浪。

紅顏會長一怔，向外望去，就見剛剛升空迎上魔將們的高手已經少了七、八成，一片片隱帶血色的黑光在半空中炸開，幾乎瀰漫了整片天空，十魔將在高手群中左突右撞，強橫無人能匹。

九夜一聲冷哼，看外面情景忍不住戰意沸騰，二話不說刷出雙刃又衝了出去。

雲千千趕緊一把撈人……沒撈到……

「九……」雲千千飛快嚥回話頭，怒喝：「酒都沒喝你跑什麼！」

「咳咳。」旁邊一個紅顏成員尷尬乾咳：「我們這裡酒很多的，放心好了。」

「呵呵，那怎麼好意思。」雲千千傻笑。

「……不用客氣。」

此時外面已經是一片混亂。儘管十魔將目標明確，但是他們手上的技能威力大再加範圍廣，幾招下來

已經誤傷群眾無數。

本來只想當圍觀黨明哲保身的群眾們一看，紛紛揭竿而起，憤怒反擊。十魔將本來也想無視這些微不足道的小螞蟻，但騷擾過多，一時心煩，乾脆連下面人也一起宰了。

於是波及範圍越來越廣，群眾仇恨值也如滾雪球般越滾越大，不一會就將整個城南區域都席捲了進來……至於城北？為保證兩方勢力玩家彼此不會在這片區域起衝突，城南、城北兩處中間相隔了至少五十公尺，這段距離說遠不遠，說近卻也不近。城北觀眾興致盎然的隔岸觀火，萬人空巷圍觀對頭勢力大亂，只要不踏進城南戰火區域，這些人安全著呢。

幾輪攻擊過後，系統終於被此騷亂驚動，拉開魔界頻道報告戰況，吶喊著東魔界十魔將侵入中轉城城南，肆意屠虐冒險者，造成死傷無數，請大家奮起反抗云云……

反王派玩家們淚流滿面——馬的，原來是自己人打自己，奮起個頭啊！

144 亂戰

十魔將在中轉城大鬧的消息一經傳出後，很快就有人上報了反叛統帥哈迪斯。本來哈迪斯根本沒把這事當回事，反正自己手下哪天不出去刷幾趟玩家練級。雖然他們這次去的是中轉站，有點不合規定，但沒關係，自己回頭在主神那裝裝傻，也不是不能把事情頂下來……

可是緊接著，上報的人再補充，十魔將去的不是城北而是城南，殺的冒險者不是保王派而是反王派。

這下哈迪斯吐血了，他無論如何也想不到這群手下會蠢到這地步，冒著違反規定的風險去幹壞事，結果損害的還是自家的利益……

其實雲千千和九夜幹的這事不是沒有先例的，最早的網遊中就有類似的活動，就是引BOSS屠城。

該項活動一般是由玩家自發舉行，執行人多為血厚、防硬、夠閒的無聊人士。這些人去野外拉一隻足夠執著的BOSS，然後邊打邊退一路牽回某城池，由另外一批接應人先行引走城池守衛；接著負責引怪的同

學在城中繁華處喝血、嗑藥、調戲BOSS保持仇恨度，翹首圍觀BOSS放群技秒殺周圍的低等級小玩家……

這一招延續到創世紀中依然不算稀奇，尤其十魔將這種本來自由度就夠高、可以滿地圖溜達的BOSS，牽起來更是順理成章的事情。只不過以前沒人敢嘗試挑戰調戲十魔將，更沒人認為在十魔將的圍攻下，居然真有變態可以一路撐回城池。

於是悲劇就此降臨……

「銘心，怎麼了？」考拉戲水中回頭發現自己老公心不在焉，很是體貼細語關懷。

銘心刻骨一臉莫名其妙的搖頭：「沒什麼……不知道怎麼回事，從剛才開始一直有小報記者CALL我約專訪稿。我在想自己什麼時候突然出名了，莫非是因為他們知道我借給蜜桃多多三萬軍隊？」三萬軍隊說少不少，但要說多也確實不算太多，尤其是多到能讓狗仔聞風而動的地步，這就更不可能。

不僅有小報記者，其實還有幾個不相干女玩家們沒頭沒尾的派來使魔發信稱讚，大意說自己深藏不露，乃是隱世高手云云，同時隱晦表達了其求交往、求名片的意圖……走紅得太突然，銘心刻骨對此表示十分費解和茫然。

考拉認真想想，也感到很是奇怪：「該不會是蜜桃在媒體面前說了什麼……」

「她能說什麼？」自己不存在有任何緋聞可能性，和其他人的關係既光明正大又平靜無波且絕對公開……這樣不鹹不淡到讓所有狗仔都想鄙視的關係還能有什麼可拿來炒作的價值？

考拉被反問語塞：「這……」

「算了。」銘心刻骨嘆口氣說道：「別管這些了，反正不可能是我這邊的問題……我們兩個都切了通訊好好度假，等生完孩子以後再回去問問就是了。」

「嗯。」

於是，兩個最有可能揭露蜜桃多多偽裝的當事人就這樣消失不見，讓所有玩家和事實真相擦肩而過……

「臥槽！銘心大神威武啊！」

九夜在半空中藉助玩家火力掩護，力挑十雄，每每在眾多技能中尋到最不可能的空隙滑掠，突然出現在某一個十魔將身後最薄弱的環節，一擊就走。雖然幾次險象環生，但他最終還是平安無恙的存活了下來。

倖存玩家早就注意到這個生猛的單挑哥，雖然一開始不知道對方身分，但是在紅顏成員們不遺餘力的宣傳之下，很快銘心刻骨之名就順利的流傳散播了開來，甚至連小規模的粉絲應援團也應運而生。

雖然玩家損失慘重，但這座中轉城本身就是通道連接大陸之所在，援兵的到來源源不絕，兵力補充很是方便。死回去的人們口耳相傳，很快創世紀中大半的玩家就都知道了魔界中發生的最新驚天事件。

彼岸毒草剛好踏入魔界的時候就收到了消息，一抬頭正好親眼見證了這一壯烈場面……當然，水果樂園及其盟軍都是堅定的保王派，被引駐到城北，所以安全還是有著十分的保障。

「副會長，精英團的兄弟們請示，問我們要不要趁火打劫？」助手孽六很興奮的跑到彼岸毒草身邊。

彼岸毒草看這群有水果特色且堅定擁護蜜桃路線的人渣就頭大：「告訴那群人，一個都不准出去！」

孽六頓時失望，但還是不敢挑戰彼岸毒草忍耐極限，悻悻然轉頭把這不幸的消息傳達了下去，頓時彼岸毒草身邊一片哀鴻遍野，都是被拒絕的精英團成員們。

說起水果樂園的精英團，那也是絕對有水果特色且其他公會怎樣都無法複製的一個奇蹟。精英團的前身就是水果樂園的初期班底，換句話說，這裡正是那些第一批被拉進水果樂園的隱藏職業玩家們現在所彙集的地方。

越是勇武的隊伍，紀律就越不好；而紀律越好的隊伍，往往在武力值方面都會差上那麼一些。水果樂園的精英團在彼岸毒草眼中就是那種有本事、沒紀律的存在，大錯偶爾，小錯不斷，紀律差到爛大街，無人品、無格調、無恥。但要說懲罰吧，自己又捨不得，畢竟這些一個個都是難得的人才啊，要換作放在其他公會裡的話，絕對無一例外都是被人拿來當大爺、當寶貝供起來的角色。

於是彼岸毒草唯一能做的就是無視，眼睜睜看這群人渣義無反顧向桃子作風靠攏、屢屢挑戰自己忍耐極限。

麻煩，絕對的麻煩。

「讓他們都給我閉嘴！」死力揉揉眉心，彼岸毒草只感覺身心憔悴：「告訴那些傢伙，再不閉嘴我就告訴桃子去。」能鎮住自己公會精英團這些小無賴的，也只有那個比無賴還無賴的大無賴了。

果然，孽六在頻道裡把這句傳達下去後，很快哀號聲、窸窣聲就消失不見。

世界一片清靜……

半空中的激戰持續中。九夜毫無疑問是最強的攻擊及防禦主力，雖然他不見得能像專業火力坦克那樣能憑血防硬扛BOSS，但人家既然身為高手榜NO.1，自然就是因為有其過人之處，在精湛走位和技能操作的輔助下，輕鬆遊走十魔將中。

當然，這也要感謝旁邊牧師粉絲團的傾情幫助，由此造成的歷史遺留問題將成為考拉日後頭疼的根源。

而與九夜相對的，雲千千則是戰場人員中最為委屈的一個。她所有技能都是魔法系統，頂著考拉的身分放雷毫無疑問會被人戳穿。於是，傳說中的第一法師如今只能在旁邊尖叫插花，表示自己其實也沒閒著……

看在她老公奮勇殺敵的面子上，玩家們還是很厚道的沒去鄙視對方，只是偶爾承受一下魔音穿腦的刺激。比起十魔將的壓力來，這點小小挫折基本上可以無視。

就在戰局越發如火如荼的時候，一片黑雲從遠方湧現，群魔獸簇擁著一個俊美不下路西法的男子向中轉城奔騰而來。

眾玩家發現這一現象後幾乎崩潰：「臥槽！還有援兵！」

魔將本來就難應付，現在還加上小怪!?

誰知道魔獸群來後卻並未參戰，帶頭的俊美男子在半空中一聲冷哼，明明聲音不大，卻在嘈雜的戰場中異常清晰，毫無阻礙傳入眾人耳中。

剛剛還殺紅了眼的十魔將一個冷顫停手。

可他們停了九夜卻沒停，趁機一套組合連技打在最近的魔將身上，結果是成績斐然，該魔將血條霎時降下一截，險些暴走。

「放肆！」俊美男子大怒。敢動他手下?手一揮，一片黑色光束閃電般射出。

九夜組合技後藍條耗盡，只能迫降閃避。

男子正要追擊，千鈞一髮之際雲千千摘了面具出來救場，天雷地網揮手灑出，罵：「你才放肆！」敢動她老公？

雷網對光箭，高手打架，死的是圍觀黨。下方人群又掛起白光一片，在一片黑光紫電中異常顯眼。

「終於出現了！」紅顏會長在人群中咬牙，呼叫剩餘高手。

145 戰後

剩餘高手不多，華麗麗的六、七十人現在只剩小貓幾隻。紅顏會長眼見人手如此短缺，自然是趕緊呼叫調人。不過話又說回來，雖然幫手掛掉讓她的計畫出了些小岔子，但能幫銘心刻骨解圍、賣對方夫妻這個面子還是挺值得的，誰叫當時考拉誰都不抓，單抓中了她的壯丁……

咦，她剛才還看見考拉在下面尖叫，怎麼一轉眼不見了？揉揉眼睛在人群中找了一圈，最後實在找不到人，紅顏會長也就收回目光，調兵遣將。

哈迪斯神色平靜的打量雲千千一分鐘，笑道：「原來是前魔王的監護人。」

前魔王？雲千千皮笑肉不笑道：「客氣客氣，莫非閣下就是想做我兒子繼承人的那位哈雷？」

「……哈迪斯。」

「這不重要。」雲千千不耐煩的揮手無視哈迪斯的糾正，質問道：「你到底有什麼事？沒事我還趕回去吃飯呢，大家的時間都很寶貴，就別多耽誤了。」

哈迪斯按下青筋強笑道：「見笑了，我是來領自己手下回去的。」

「就這麼簡單？」雲千千有點驚訝。

「不然妳還想再繼續打下去？」

「其實也不是……不過像你這樣的反派角色不是應該抓住一切機會打擊對手的嗎？我可是魔王老媽耶，你這樣漠視我的存在是不是有點傷感情？」雲千千自認憑自己分量當個人質是絕對夠格了，但是不知道為什麼對方似乎對自己沒有什麼興趣。

「王不見王，這是規定。我和路西法除了三個月後的最後一戰，在那以前是不允許私鬥或向對方下手的。而妳作為路西法的監護人，在活動規則中是與他同樣的存在……」畢竟沒有魔王老媽撫養，魔王也沒辦法順利長大，這個綁定必須有。

其實哈迪斯也很無奈，創世紀中的一切都是為玩家服務，哪怕是魔王之爭也一樣。不然大局太快平定下來，玩家去哪刷活動？

雲千千摸摸頭髮想了下：「那意思是路西法不能動你，你也不能動路西法和我。」看哈迪斯點頭表示沒錯，她好奇又問道：「那敵方陣營的玩家可以動你嗎？」

「當然可……」還沒點頭說完，哈迪斯突然一頭冷汗：「……妳想表達的意思該不會是我以為的意思？」

「嘿嘿，看來我們都是同樣的意思，真不好意思。」雲千千羞澀一低頭。

「……」哈迪斯狂汗。這女人太壞了，非自己這等心思單純的魔可以抗衡。對方是魔王老媽，所以自己不能動她；但對方同時又是玩家，所以她可以動自己……這世界怎麼會這麼混亂？法則呢？法則都不出來限制一下嗎？

地面上的群玩家也汗。這可是自己勢力的老大，不會真被那小人陰死吧？

紅顏會長擦擦額上冷汗，對身後人嘀咕：「馬上準備動手吧，不然局勢恐怕要變了。」

「不行啊，會長。」

「怎麼？」

「妳沒注意？城北新進了一大批玩家，現在就在對面，是彼岸毒草帶隊……」

「……」紅顏會長一愣，繼而悲憤道：「不是都說天理循環，報應不爽嗎!?」

該人憐憫的看了一眼紅顏會長，這明顯騙小孩的話妳也信？「……也許這意思是還沒到報的時候？」

「……」

還好哈迪斯也不是吃素的，手一揮，身後帶來的大批魔獸立刻簇擁上來將他團團圍住……本來這些浩浩蕩蕩的魔獸就是帶來擺排場的，沒想到現在還真能派上用場。

「呃……」雲千千傻眼了，認真衡量了一下敵我實力對比，最後還是覺得不應該太寵小孩，自己兒子的事情就應該讓他自己解決，這才有男人的擔當，這才能讓路西法順利成長為一個有用的魔、一個高尚的魔……

「你走吧，我只是開個玩笑。」雲千千一揮手，語重心長的嘆息，作慈祥長者狀：「其實大家都知道我是一個什麼樣的人，我又怎麼會用這種卑劣的手段來贏得戰爭的勝利呢。」

眾玩家瀑布汗，這句話帶來的影響比剛才那句威脅都還可怕。對方之境界於他們而言已是高山仰止，地球人已經無法阻止她了。

「……」哈迪斯鎮定的擦把冷汗，眨眨眼，果斷揮手命令道：「撤！」馬的，他下次再也不出來了，外面的世界真瘋狂……

哈迪斯揮揮衣袖，帶走了在城南肆虐的十魔將，和一群魔獸一起消失得乾乾淨淨。除了城中滿地的戰火焦土以外，幾乎沒人能看出他們曾來過的痕跡。

對於這個結果，群玩家表示心情很複雜。暴走BOSS離開確實是件值得慶幸的事情，問題前提是這個BOSS不要是自己人……十魔將和哈迪斯未來可都會是他們的上司或上司的上司……臥槽！這算怎麼一回事啊！

「銘心會長。」紅顏會長走出來和九夜打招呼：「沒想到銘心會長還有這身手，以前可是真人不露相……對了，您夫人呢？」

「幹嘛，想挖牆角啊？」雲千千飛回來擋在九夜面前。

「……我不是這個意思。」看在不遠處另座半城內的彼岸毒草及其身後的大軍分上，紅顏會長強笑得異常辛苦。

「不管妳的意思是什麼，妳都沒機會了，別成天盯著有婦之夫。」雲千千翻了一個白眼，轉過頭來掏出一個瓶子，眼睛閃閃的問九夜：「剛才的匕首呢？」

基因炸彈？九夜的眼睛閃了閃，不動聲色的掏出自己匕首，然後眼睜睜看著面前這壞蛋小心翼翼的調藥水。不一會，十瓶粉紅藥劑完成。

146 慈不掌兵

這女人莫非是還掛心著擊殺十魔將能帶來的功勛和寶貝？

不對，基因炸彈成本雖然自己不十分清楚，但隱約大概也知道是很高。一隻魔將的血至少高於十萬，如果真想靠這個去幹掉對方的話，就算掉出十把傳奇武器估計都彌補不了這鐵母雞內心的創傷，那麼……

「打算賣多少錢？」九夜淡定試探。

「一瓶一萬不二價！」雲千千握拳：「咦，你怎麼知道我是打算賣的？」難道他就不認為她是英勇無畏打算隻身刺魔王？

「……」果然。九夜扶額呻吟，已經不想再搭理這女人了……

「雖然我們沒有幹掉十魔將，但騷擾任務好像還是完成了的樣子，現在要不要回縱橫？」

九夜想想道：「剛才我看到彼岸毒草已經來了，不用去和他打個招呼？」

「不必。」雲千千擺擺手說道：「用頭髮想都知道那小子不想看到我，好像我一出現就只會替他搗亂似的……大家還是各玩各的吧，等過一陣子再碰頭不遲。」

「……哦。」對於這等有自知之明的人，九夜已經不想發表任何意見。反正對方是個什麼樣的貨色自己早就知道，沒必要事到如今才感慨。

小夫妻私下商量完，揮揮手不帶走半片雲彩離開……

「會長，看這樣子蜜桃多多和銘心刻骨有私情？說不定考拉突然失蹤就是她下的黑手……」

「這不是我們該討論的事情。」紅顏會長嘆口氣下令：「吩咐下去，不准底下的姐妹們拿這事情做文章，會裡私下討論也不行。」自己手下的女孩就是單純，到這分上居然都沒有一個人看出來所謂的銘心刻骨是九夜假扮……

至於說到自己既然看出來了為什麼不拆穿的問題，這個理由很簡單。當絕大多數人都在犯傻的時候，只有比傻子還傻的人才會當眾炫耀自己聰明……槍打出頭鳥的道理所有人都知道，但能真正做到收斂避嫌的卻是寥寥可數。

不過話又說回來，要不是蜜桃多多後面的言行反常，再加上自己本來一直就在疑惑銘心刻骨的實力為什麼突飛猛進的話，她也確實很難猜到有一個人能那麼相像的偽裝成另外一個人，除了技能和等級以外，這簡直就是完整複製……

另外一邊，脫離了中轉城池群眾視線範圍之後，雲千千左右看看沒有人，就迅速恢復了考拉面貌。她刷刷兩下寫完一封信，再把手裡做好的藥水瓶一併包上，呼出小使魔把東西寄給彼岸毒草……怎麼說自己也是做會長的人，自己手下來了，一點表示都沒有也說不過去，這就當是軍費吧。

「還是想刷 BOSS？」九夜看使魔離開後問道。

「其實我也知道 BOSS 不好對付，還不一定會掉出好東西，可是不刷一刷總覺得不舒服……」雲千千抓抓頭，煩躁道：「再說現在可是全遊戲活動耶，什麼都不做是不是有點無聊了？」

「其實妳不是沒事情可做，真覺得無聊的話可以去教養路西法。」九夜一針見血的指出對方此時其實有更應該去努力完成的首要任務。

全遊戲玩家都以為蜜桃多多現在在魔宮教養魔王，以期順利贏得三個月後的最後之戰，但沒一個人會想到這位魔界太后正閒得滿地圖亂竄。

要說視名利如浮雲，恐怕眼前這人是最符合這個標準的了，雖然看著小氣，實際……實際還是小氣，咳，但是唯一好一點的是她得失心不重，最起碼沒有那麼強的功利心，坑蒙拐騙純屬業餘愛好，摟錢貪財也只是天性使然……咦，這麼一總結的話，她其實挺無可救藥的？

九夜連忙揮散腦中不好的想法，努力回憶雲千千的優點。如果要換作其他人手上有了個魔王兒子，那絕對是不管三七二十一先摟死了再說。培養感情是必須的，拉近關係是肯定的，順便還可以考慮接受一下報紙訪問提高自己知名度。

而明明眼前這女孩是那麼現實的一個人，在對待魔王這支未來潛力股時卻能表現得那麼冷靜……總之，九夜覺得是很難理解對方的思考模式。

面對九夜的提議，雲千千果不其然的再次拒絕。她實在沒耐心餵奶換尿布。相反，以薩麥爾等人的虔誠度來看，他們做這份工作反倒應該是最適合的。

這些西魔界 NPC 們對路西法的崇拜已經近乎魔化，哪怕是路西法當眾放個屁他們也能當聖音來聽。搞

不好這一次把孩子帶下來，以後魔宮裡還能多個「魔王足跡」之類的展廳，展出物就是形狀大小各異的眾奶瓶及一片片畫滿了世界地圖的詭異白色布片……

於是，在魔王媽咪的堅持下，無奈的魔王爹地只好放棄為自己兒子繼續爭取權益。兩人拋子私奔，向著縱橫戰隊的臨時駐守義無反顧的投奔而去。

縱橫戰隊裡，縱橫戰隊隊長此時的心情說不出的複雜。

從前線收來的情報看，銘心刻骨夫妻不僅一路將十魔將奇蹟般的引到了中轉城南，而且銘心刻骨本人好像還大發神威，於萬千人中脫穎而出，勇抗眾魔將數十分鐘不落下風……當然，他也沒占什麼上風就是了。

但是不可忽視的是，中轉城中最不會缺少的就是玩家力量，源源不斷的援兵們只要一出通道就可以直接投入戰場。如果不是因為哈迪斯後來趕到的話，也許還真說不定是鹿死誰手的局面；而真要到了那地步，銘心刻骨的風頭就算是出大了。

早知道會是這個結果的話，自己當時哪怕是拚著全隊掛一次也不會直接放棄銘心刻骨啊。雖然聽說銘心刻骨是個老好人，不愛斤斤計較；但從小隊長回饋回來的消息看，考拉當時好像很不滿意……

一聽說這夫妻二人組回來，縱橫戰隊隊長立刻親自出面迎接：「哈哈，兩位果然神勇，我在這裡都聽說中轉站發生的事情了，尤其銘心會長力敵群魔的表現，真是讓人佩服。」

「能夠表現得心無芥蒂，還不怕我們因為前事跟你算帳……說實話我也很佩服隊長。」雲千千笑咪咪的使壞。

「呃……」縱橫戰隊隊長噎了一聲，乾咳兩聲，雖然尷尬但還是沒打算逃避這個問題：「身在其位，要考慮的事情總是比自己一個人的時候多些。兩位不相信也罷，今天要是只有我一個人，掛了掉級我也肯定會過去接應你們。」

「問題是那麼多兄弟跟著我混任務，為的無非是相信我能帶領好他們……如果我明知兄弟們會有大損失還讓他們過去，這就是對他們不負責任。」

「嗯，我能理解。」雲千千還沒說話，九夜已經身有同感的嚴肅點頭。被放棄算什麼，當初無常還沒成部長，剛被劃分成一個獨立負責小組的時候，整個組裡只有自己和無常兩個人。人手不夠的時候，有時候出任務明知道是送出去當炮灰，自己二人還要搶著去，就是怕會替整個行動帶來變數。

後來慢慢的熬出資歷，兩人能力也被認可了，職位上調才再沒碰到這樣的事情。

所謂慈不掌兵的意思就是如此。有時候有些情況是必須要捨得一部分人的，狠不下心？那抱歉了，沒人有心情為你感動唏噓，大家只會看到你最後的失敗。

作為一個領導者，如果在率領一個團隊的時候還感情用事，那九夜才會真看不起他。

縱橫戰隊隊長愣了愣，繼而很高興的大笑道：「銘心會長果然大氣，那別的我就不多說了，如果你們二位願意的話，以後我們還繼續合作。」

「嗯。」好像今天九夜打算重振夫綱，一而再、再而三不等雲千千表態就聲明立場。

「呵呵……」雲千千笑得溫和慈藹的看九夜一眼，沒說話。

「不過二位回來得正好，我們接到一個新任務，正需要二位這樣的高……呃，高手。」縱橫戰隊隊長說到前面時還好，最後兩字時一轉眼看到雲千千，猛然想起自己得到的報告中，這考拉似乎除了尖叫就沒幹過別的……汗，該不會是個花瓶？看不出來銘心刻骨竟然還有這等耐心，讓這個女人混經驗混到這麼高級。

「呵呵……」雲千千看懂對方眼神中蘊涵的深意，笑得越發羞澀燦爛。

「什麼任務？」

「這次是護衛，也算是剛才被你們觸發的。十魔將被哈迪斯接走以後，因為不忿被人玩弄，所以他們決定去西魔界報復……」縱橫戰隊隊長笑著解釋任務內容：「當然，十魔將不可能親自出馬，他們調動了一批魔獸，預計在六小時後襲擊西魔界邊防某要塞。而且這任務不是單發我們一家，而是所有戰隊及其他組織都可以接取的。」

縱橫戰隊隊長很俐落，一個大型任務的前因後果外加內容用了幾句話就全部說清楚。總而言之一句話，守住該要塞三小時就算過關……

「正好，我從來沒親眼見識過怪物攻城，這次算是補上了。」雲千千感慨。

公會駐地只有大空之城是自己親自參與拿下的，因為地形特殊，怪物沒法攻城；其他駐地守城的時候，彼岸大總管已經走馬上任。身為公會最高領導人，雲千千的唯一作用是只需要在外面混得風生水起，替公會當個活招牌就好；再加上她事情一直挺多的，自然也沒人特意通知她要回來守城。其他公會跟她沒什麼關係，那就更不必說了……雲千千突然有種往事不堪回首的感覺。

縱橫戰隊隊長驚訝道：「銘心會長名下駐地也不算少，莫非妳一次都沒有參與過？」果然是花瓶……

「這個……主要是那時候我剛好都不在線上。」

「哦，呵呵。」

「……」你笑得那麼意味深長是什麼意思……雲千千抓狂。

留給西魔界玩家們的時間只有六小時，要用來準備守衛要塞、抵擋怪物攻城，顯然太短了。

調集人員就是一個大問題。首先要把下線的人都儘快喊回來集合；接著分組，當老大的人確定指揮方案和傳達命令形式……光自己確定沒用，還得跟其他共同參與守城的人開會……

雲千千一聽這類事務就感覺頭疼，非常識相的決定還是當個稱職的打手就好。

可是九夜很快打擊她。

妳想當打手？可能嗎？考拉是不會魔法的。妳會近戰嗎？不會？那妳打誰？怎麼打？要不然就是恢復蜜桃多多真身……那妳打算怎麼跟縱橫戰隊解釋考拉突然下線消失的事情？尤其妳打算怎麼解釋自己居然戴著縱橫戰隊標記參加勢力對戰的事情？

「那照你的意思，莫非我還得做花瓶？」雲千千小心翼翼的問道。尖叫三小時也很考驗人的好不好，到時候別其他人還沒什麼感覺，自己就先崩潰……早知道如此還不如不要接下這個任務，也省得自己進退為難、不知如何是好。

九夜冷笑道：「在守城戰裡光明正大偷懶……妳是不是嫌考拉的名聲不如妳壞？」

「那怎麼辦？要不然我走智慧型路線？」

「……」九夜淡定遠目沉默十分鐘：「還是算了，縱橫戰隊隊長會哭的。」

「喂！」

走不成實力路線，也走不了智慧路線，經過再三考慮後，雲千千決定走後勤路線。所謂後勤當然不是指普通的運送糧草軍資。這種時限較短的守城戰裡，根本不存在什麼軍用物資會不齊的情況。

後勤一詞本來的含義是「計算的科學」，也就是在除了對陣殺敵之外的其他地方籌謀運作，盡量為戰場增加勝數。軍備只是其中一項，卻並不代表全部。既然自己不能直接出手了，雲千千理所當然的決定間接出手——做陷阱。

「妳行嗎？」縱橫戰隊隊長對雲千千表示懷疑。

「放心吧，我來負責這一塊絕對沒問題的。不信你問我老公。」雲千千一副自信滿滿狀。

九夜仔細思考了下。論陰人，自己家女人排第二的話，敢認第一的估計還沒生出來，在這方面讓她負責也算是她的專業了……這麼想著，他很堅定的點頭道：「你放心吧，我保證沒人比她行。」

縱橫戰隊隊長來回打量了這對小夫妻幾眼，無奈道：「好吧。」反正又不是全交給她準備，頂多一、兩塊區域。實在不行的話，大不了這些區域後方多放些兵力……嗯，要和其他戰隊商量下這件事情了，不過得盡量委婉……

雲千千終於得到許可，接下縱橫戰隊隊長給的人手，興致勃勃的出去準備，絲毫沒有注意到九夜還被自己拋棄在大廳內與縱橫戰隊隊長面面相覷。

「這個，銘心會長……」縱橫戰隊隊長想了想，覺得還是得把自己的想法說一下，免得到時候人家發現自己老婆不被信任，萬一升起什麼不滿情緒就不好了。

「……」

「尊夫人的本事我們不是信不過，但什麼事都必須有備無患。所以……」

「……」不放心？九夜挑眉，淡定開口：「放心吧，我會盡量讓她收斂一點。」盡量別把自己人一併陰進去，這已經是他可以做到的極限了。

縱橫戰隊隊長沒聽出話中深意，只以為對方會讓「考拉」收斂的意思是叫她不要插手太多區域，於是鬆了口氣：「那就好。」

★

147 攻城

這是什麼？

守城戰終於即將打響，縱橫戰隊隊長抱著苦戰、血戰、死戰的赴死之心英勇出場，身後跟著自己的老班底。一群人雄糾糾、氣昂昂，懷著某種名為男兒熱血的奇異沸騰感殺入戰場，本以為會有一場就算不驚天動地至少也鬼哭神嚎的激情等待著自己，沒想到現實不如夢想那般美好，剛一踏上城牆，看清戰場情況之後，縱橫戰隊隊長一個腳滑，差點又摔回牆下去。

「下面是怎麼回事？」縱橫戰隊隊長瞪著眼睛，死死扒著城牆往下看，差點尖叫。

「這個，考拉昨天說是你同意的……」

「狗屎！我同意的是設陷阱，什麼時候說讓她把這布置成復活節舞會了!?」他終於還是忍不住尖叫了出來。

縱橫戰隊隊長手指自己戰隊負責據守的這一片城牆下方，一副很想狂化的樣子。而附近城牆上的其他戰隊則一致投來憐憫的目光。

經過幾小時的布置，各個戰隊的後勤隊基本上都已經做好了自己的工作，縱橫戰隊自然也是忙得熱火朝天。可是相對比其他戰隊據守區域設下的陷阱機關，縱橫戰隊這裡則顯得異常詭異。

人家的戰地上是獸夾、竹刺坑洞、絆馬索……自己這邊的卻是蛋，從大到小、林林總總、顏色各異，雞蛋、鴨蛋、鴕鳥蛋……看著城外空地草堆中如雨後春筍般一個個含羞帶怯冒出半個頭來的渾圓物體，縱橫戰隊隊長深深的頭疼。

「……誰去把考拉叫過來。」

「這樣好嗎？她和銘心刻骨可是高手外援哦……」

意思也就是這兩人不屬於縱橫戰隊正式編制。俗話說得好，不在其位，不挨其罵……接到自家隊長發布下來的艱鉅任務，炮灰小卒子表示壓力很大……

「那些蛋做什麼用？」戰場上的九夜同樣對復活節舞會造型的戰場很好奇，特意向趕來殷切送自己上殺場的雲千千問了句。

「哦，那個？」雲千千瞥了外面一眼，不在意的揮手道：「沒什麼，我把方圓百里的魔獸 BOSS 窩都掏了遍，然後它們的子孫後代就都在這裡了。」

想當年在魔島對路西法名下的獸窟就下過一次手，現在再做的時候真有種重溫舊日美好往事的感覺。雲千千一臉懷念神往。

「魔獸 BOSS？」九夜臉色古怪，有點想說什麼又有點不敢苟同的樣子：「我不覺得一批魔獸蛋會比絆馬索來得有殺傷力。」

「這也不是殺傷武器，是人質……不，蛋質。」雲千千繼續神往。和小怪不一樣，能當BOSS都是有點智能的。老話說不孝有三，無蛋為大，自己當初抱了一顆蛋都能在魔族軍隊裡殺個三進三出，更別說現在還有這麼多……

「……」九夜無語，鎮定的擦把冷汗後，斟酌了一下語句：「其實我覺得，妳不能總把自己的對手想得太傻……」

「嘿嘿，不是還有您這道最後防線嗎？」雲千千討好諂媚：「我用這招來震懾BOSS只是個假設，如果能成功最好；不成功的話，退一步那些BOSS也得把蛋叼回去吧？到時候你朝著這些蛋的周邊範圍重點攻擊就好。再再退一步，就算這些蛋根本不起作用，好歹也得噁心下那群東魔界的NPC們，讓他們知道我們這邊是心黑手毒，你敢攻我城，我就敢斷你子孫……」

「……」眼皮眨眨再擦把冷汗，九夜這回是真說不出什麼了。

心黑手毒的就她一個，偏偏自己這邊所有人都不得不陪著人家一起揹黑鍋……自從有了這顆爛桃以後，連地溝油、毒奶粉、瘦肉精都不那麼可怕了，跟她呼吸同一處空氣都是件需要勇氣的事。人類，已經從基因根底開始腐朽瘋狂，她就是最好的證明……

這邊正說得起勁，遠處第一批魔獸群也終於從南面出現了。而另外兩個方向依舊平靜，好像沒到上場時間。

「隊長，攻城怪第一批出現。」鷹眼弓手第一時間向縱橫戰隊隊長報告。

「是什麼怪？」

「獅鷲。」

飛行怪？縱橫戰隊隊長擦把冷汗問道：「不對吧，那些怪好像都停在地面？」

「……也許是還沒到升空時間？」

弓手正說著，戰爭號角吹響，遠處一片片獅鷲呼啦啦升上天空，頓時又讓守城方玩家擦了把冷汗。

飛行怪遠比地面怪難應付，人家直接占據制高點，再高的城牆也可以直接視若無物；再加上現在很多玩家還沒適應空戰，在地面上攔截只需要攔截一個面，在天上攔截就是全方位立體式作戰。很多人根本沒來得及習慣就已經把自己先繞得頭暈眼花。

狗仔隊再次神出鬼沒現身城牆下，對準天空狂按幾下快門後轉身，隨手拉了個人進行現場採訪：「這位勇士晚上好，我們是XX報的戰地特派記者，為這次守城戰進行專訪。請問你對本次事件有什麼樣的看法？就目前來看，形勢似乎不容樂觀，對方第一批就派出了空戰部隊，對玩家明顯有著很大敵意，如果一會戰敗的話balabalabala……」

「滾開！」

「哦哦哦，這就是傳說中的惱羞成怒嗎？」狗仔激動得滿臉通紅，埋頭刷刷刷一陣奮筆疾書：「當小記直言不諱點出事實時，被採訪玩家直接爆出粗口，這是赤裸裸的遷怒？還是單純的素質體現？本次參戰戰隊良莠不齊的素質在此得到初步體現，局勢不容樂觀……」

「再踏馬的亂寫老子扁你！」

狗仔繼續奮筆疾書：「參與該此戰爭的戰隊成員甚至用人身威脅來逼迫小記妥協，企圖掩埋真相……」

「臥槽！」

雲千千在旁邊發現這邊情況後，扶著九夜一陣狂笑道：「直接殺了不就好了，跟狗仔講道理好比和小三講愛情，都是踏馬的扯蛋，而且對方的口才絕對遠比自己專業。」

九夜滿頭黑線，伸出手臂攔了下快要笑倒的某水果，免得這人歪到地上去：「妳以為每個人都跟妳一樣，不爽就落雷？」

「可是你得承認，我的辦法可簡單直接多了。一切所謂公平、人權，包括話語權之類的東西都得有實力做前提保障，不然再怎麼說都沒用……快看，前面那批玩家快不行了。嘖，沒見過這麼打空戰的，看來你們這批就快上場了。」

打城戰並不是所有人一擁而上，作戰人員也是得按批次劃分上場順序的。一來是為了避免戰場上的誤傷，二來也是為了有效攻擊的最大合理利用。前例有過證明，一場指揮混亂的戰爭中，因直接或間接而死在自己人手裡的機率遠遠的大於死在敵人手裡。

「銘心刻骨」因實力問題毫無疑問的被編入精英戰隊，作為最後防線而死守城牆下的這片區域。普通實力的玩家則是先鋒部隊，衝進戰地中央，盡可能在對方未進城牆前就將其擊斃；如果不成，那就算是用自己的親身體驗來刺探小怪攻擊力等情報。

九夜淡然不語，眺望遠處空中半晌後道：「我發現獅鷲BOSS了，長得挺像人，好像確實有智能……妳猜它會不會看上妳埋的蛋？」

「嘿嘿……」雲千千笑得奸詐，小手一揮，後面立刻跑上來一個玩家。雲千千點了點某草堆中一顆白色巨蛋，命令道：「去，架上火堆。」

「沒問題，考拉姐您看著吧。」玩家帶上木柴，興匆匆的又跑了出去，顯然這幾小時的時間裡他們跟雲千千玩得挺愉快。

「等它一過來你就遠遠放一箭，看你老婆蛋退群魔。」雲千千拿了個火把，笑呵呵的占九夜便宜。

哪知道九夜白了一眼過來，對她「老婆」這個自稱卻是沒有太大反應，頓時讓雲千千一陣不自在……

這種時候不是應該高興嗎？怎麼反而有點失落的樣子，莫非自己有身心傷害渴求刺激性情緒感知障礙症候群（簡稱犯賤）？

摸摸鼻子，雲千千咕噥幾聲，走向獅鷲蛋方向蹲下，回頭對九夜點了點頭。

後者刷出弓箭，拉弦上箭，瞄準天空中BOSS一放……

一聲淒厲的長鳴，獅鷲BOSS血紅著眼向下狠狠一瞪，拍翅正要俯衝而下。

雲千千已經在下面熱情招手道：「哈囉～看這裡、看這裡，那邊不重要。」她邊說邊把火把衝蛋蛋靠近，然後威脅道：「你的孩子已經被我們挾持，聰明的話放下武器乖乖投降，不然老娘立刻撕票！」

獅鷲BOSS俯衝的勢頭一滯，險些直接栽到地上。

城牆上的縱橫戰隊隊長身形也是一陣搖晃，搖搖欲墜的看上去很是讓人擔憂。

「臥槽！」眾玩家吐口唾沫。太無恥了！

「狗屎！」縱橫戰隊隊長漲紅了臉，對戰場上的這一變故不知該欣慰還是該羞愧。

銘心刻骨一帶著考拉回大陸，就感受到了極其詭異的氣氛。

以前他是很低調的一個人，雖然小有名氣，但是大部分走在街上的時候還是很自由的。不像現在，許多路過身邊的人在看清自己臉的時候都會愣一下，接著是驚訝，再接著是興奮，再再接著蠢蠢欲動，彷彿在參觀什麼瀕臨絕種動物。

看那些人晶亮的眼神，要不是自己閃得夠快的話，搞不好還會有一、兩個上來要簽名也說不定……真的，他發誓剛才他已經親眼看到一個手腳快的玩家摸出筆和小本了。

「這是怎麼回事？」銘心刻骨擦把冷汗，很是不能適應這樣的圍觀。

「哼。」

「……」銘心刻骨再汗了一下，他差點忘記自己老婆還在生氣中。理由就是因為過多的派信使魔連續

不斷出現在兩人度假的地點，其詭異及熱情程度讓自己毛骨悚然，不得不提前放棄蜜月旅行：「考拉乖，別鬧彆扭了，我下次再補償妳……」

考拉生氣道：「那麼多人發信給你是不是很有成就感啊？以前都沒見你那麼忙，突然一下子出來這些是什麼人？」莫非銘心刻骨背著自己在外面有了小三？雖然對方沒有此類前科，但是這也不是絕對不可能的事情。

「就是因為不知道是什麼人才麻煩啊。」銘心刻骨苦笑道：「我這段時間的行程難道妳還不清楚嗎？這原因大概還是出在蜜桃多多身上。」

一有反常即自動聯想到雲千千身上，已經是銘心刻骨這些桃友們的反射本能了。這不能說是偏見，主要是某水果劣蹟斑斑，實在是沒有什麼人格信用度可言。而且經過以往的例證可以知道，這樣子的猜測中標率高達八成。

「要不然我去打聽打聽？」考拉也開始認真。

「跟誰打聽？怎麼打聽？」

「這……」

「算了，還是去買份報紙來看看吧。」銘心刻骨嘆息。他不知道自己是期待在報紙上找到答案的好，還是找不到答案的好。不過照現在的形勢看來的話，很有可能結果會是第一種情況，畢竟那顆爛桃鬧出來的動靜從來沒小過……

「咦，會長妳看，那不是銘心刻骨和他老婆？」某女孩手指從一偏僻巷道中拐出來的失魂落魄某兩人。

紅顏會長瞥一眼，不甚熱心只發出了一個聲響：「嗯。」

「可是我記得守城戰正在進行中，聽說銘心刻骨還是主力。」

「哦。」

「這就怪了。我們從魔界回來之前才看到過這兩人，剛才還聽其他組了戰隊的姐妹說考拉在城戰中大放異彩，怎麼會出現在這裡……啊，莫非其中有一個是假的？」

「……」紅顏會長不知該翻白眼還是該感動。真不容易啊，自己手下這些女孩終於開竅了。

傾城紅顏的女孩們開始在街上嘰嘰喳喳討論。

在魔界的時候莫名其妙被冷遇，要說沒有心結是不可能的，但是終歸後面嘴賤的是那顆爛桃，銘心刻骨頂多見死不救，所以女孩們也沒真記恨那對小夫妻……可現在突然發現這個疑點，種種在魔界時曾經感到疑惑的地方頓時一起湧現上來。

一分析、二推敲，眾人集合群眾智慧仔細研究，很快得出正確結論——魔界的銘心刻骨夫妻是假貨。既然是假貨，那麼真身肯定是另有他人。綜合「銘心刻骨」犀利的身手及「考拉」在另外一種意義上同樣犀利的行事作風，女孩們再次得出結論——那兩個假貨有九成九可能是蜜桃多多夫妻……

「會長，妳聽我們說！」一推出最後結果，女孩們頓時變色，連忙拉過紅顏會長來：「在魔界的那兩個人，我們大概猜出他們的身分了，妳猜猜是誰？」她們賣弄關子，故弄玄虛。

「……哦，是誰？」

「是蜜桃多多和九夜！怎麼樣，驚訝吧？震撼吧？不可思議吧？想不到吧？」

「……」妳們饒了我吧……紅顏會長淚流滿面，對自己公會裡這群女孩的智商已經不抱任何希望了。

眾女孩討論並發表感言結束後三分鐘內，創世時報即收到線人爆料。

「蜜桃多多卑鄙無恥引怪屠城，還企圖嫁禍他人？」

默默尋嗤笑一聲，把這份爆料隨手往桌上一丟：「別開玩笑了，我們做八卦……咳，我們做新聞的，最講究公平、公正、公開。這樣連證據都沒有的爆料，單憑她們自己的揣測和銘心刻骨兩人逛街的照片就想讓我們發頭版？」

「確實，照片上沒有日期，說是以前拍的也沒有問題。而且銘心刻骨脾氣太好了，萬一我們這邊剛發出新聞，蜜桃多多那邊扭頭就找銘心刻骨一起發表聯合聲明，到時候我們的信譽可就……」

做報紙的人都喜歡八卦，但是怎麼發八卦新聞也是門學問。隨便臆測再加上到處得罪人的那種東西，只能算是最低級的八卦。雖然可以一時吸引視線，但最後報紙收穫的名聲肯定不可能算是好的。到時候就算再發什麼真新聞都沒有人信，直接就會被定死在下三流的出版行列中，極難翻身。

能把八卦做得像真的一樣，達到一個我說什麼、人家信什麼的地步，那才叫真正的境界。

「既然你也知道這個不能發，那還拿給我看什麼？」

「我們不發，但別人會發。到時候就怕人家把這事情炒熱……發的話，我們肯定要得罪人，事後落個隨波逐流的評價；不發的話，現在就得開天窗，人家以為我們沒有新聞敏感度。」

既要刺激讀者感官，又要保證口碑信譽，這實在是很不好掌握的一件事。

149

談判

默默尋倒是不必頭疼，直接把爆料消息和線人ID打包寄出去，讓雲千千自己解決問題。

可惜這個情報來得還是有些晚了。雲千千前腳才在戰場上見到了送信使魔，後腳就接到銘心刻骨氣憤填膺的抗議投訴訊息。

「咦，你們已經回來了？不是說要玩十天……什麼？你們看到了最新報紙？其實事情是這樣的，我開始只是想低調一些，所以才選擇了名不見經傳的你們……別生氣嘛，這又不是在說你們壞話，只不過是事實而已啊。可惜我算中了開頭卻沒算中結局，不小心引動了萬眾矚目。其實這也充分說明，只要是金子，易容成什麼樣子都是會發光的……」

九夜遠目淡定聽身邊雲千千鬼扯，剛才只聽到第一句他就猜到是誰發來的通訊了。正版銘心刻骨夫妻來追究版權問題，順便探討因雲千千擅自使用他人身分而替他們帶來的名譽損失……嘖，他早就猜到會穿幫的。

等雲千千終於掛斷通訊，九夜幸災樂禍的冷笑了下，問道：「被罵了？」

「嗯。銘心刻骨還好，說話比較委婉客氣。但是考拉好像有些激動……」一甩頭髮，雲千千作大度狀道：「不過我是不會和她計較的，孕婦情緒不穩定是經常的事。」

「……」他個人認為這個情緒不穩定跟人家是不是孕婦沒太大關係……

「不過有點為難的是，他們說現在馬上就過來。我現在比較頭疼是等一下該怎麼跟戰隊的人解釋會出現兩個銘心刻骨和考拉的問題……要不然我們乾脆趁現在開溜吧？」

「……想都別想。」九夜黑著臉，咬牙切齒道。

現在戰場的情況已經被控制。因為帶團BOSS們的兒女們都在玩家手中的關係，魔獸攻城也成了一場笑話。基本上各家BOSS也就是出來走個秀、露個臉，確定第一個回去通風報信的獅鷲沒有說謊之後，又一個個氣憤難當的淚奔離去……

不是它們不想盡忠職守，實在是惡人太壞、手段太卑劣啊嗚嗚嗚……

本來滿腹不滿的縱橫戰隊隊長只眨了幾下眼睛，就赫然發現戰場上局勢突變。驚喜來得太突然，自己帶著人居然什麼都不用做，只要閒閒袖手在城牆上站著，就能樂呵呵的看著一批批魔獸們來了又走，倒像特意趕過來閱兵朝賀……嘖，瞧那陣容。嘖嘖，瞧那氣勢……

守城玩家們看得很歡樂，雲千千玩得也很歡樂。

你好我好大家好，唯一不好的就是來自東魔界的飛禽走獸們。它們咆哮怒吼，在邊塞城池外狠狠上演了一齣萬獸奔騰記。

「銘心快到了。」看雲千千玩得差不多，九夜突然冷不防開口。

「這麼快？那我們……」話還沒說完，就看到遠處天空中一片黑雲漸漸籠罩過來，雲千千苦笑道：「還真是不巧，東魔界那邊好像也忍不住了。」

東魔界確實忍不住了。更準確的說，是十魔將忍不住了。

本來就是為了報復而特意派出的騷擾獸群，十魔將對這批畜生們懷抱了莫大的期望。當他們含情脈脈、滿懷期待看獸群出征的那一剎那，瞬間甚至感受到了各種解恨、各種揚眉吐氣以及各種幸災樂禍……哪知禍害註定要遺千年。高興了沒幾分鐘，前線就發來第一份戰報，而這第一份戰報就讓十魔將集體黑了臉。

綁架蛋質？

踏馬的！這女人還敢不敢更無恥一點？

就因為這個意料之外的情節展開，於是本來打算在暗處做幕後黑手的十魔將終於不得不親自出面了。

「妳到底想怎麼樣!?」十魔將從黑雲跳下後就直接衝來，氣呼呼的質問道。

「呃……」這種情況時他們不是應該離遠點喊話交涉，以免刺激到自己這個喪心病狂的劫匪，從而造成什麼令人惋惜的撕票事件嗎？雲千千眨眨眼，滿頭大汗解釋道：「其實也沒想怎麼樣……要不然我們找個地方坐下來聊？」

「不必了！」十魔將之其中一人冷哼道：「我們只是來回收魔獸蛋的，同時作為代價，我們也可以承諾取消這次攻城……」

「不好意思打斷一下。」雲千千驚訝的插嘴：「你的意思是讓我個人放棄這批難得一遇的珍稀高階魔獸蛋，去換取這座城池的和平？」

魔將代表的嘴角抽了抽，反問：「……妳這是什麼意思？」

「意思很簡單，我又不是這裡的城主，這座城被不被占領跟我都沒多大關係吧。就算接了守城任務，

獎勵也只不過是20金外加經驗少許……」

「那麼妳……」

雲千千捂嘴，笑得百花盛開：「別那麼凶嘛，其實人家只是想問問，你們有沒有不要的城池需要找開發商承包？」

「……」十魔將見鬼般的看雲千千。這女人還真敢講，如此凶殘的條件她就不怕他們翻臉？「哼，妳最好弄清楚一點，以我們的實力想弄回這些蛋還是不在話下的。」

雲千千幽幽嘆口氣，踢踢腳邊某蛋下方的草叢，露出底下一片先前被草簇掩蓋住的布，再抬頭深情凝望十魔將：「擺攤模式……」

「……」十魔將汗，狂汗。一接到戰報的時候就知道這人壞，但沒想到她居然能這麼壞。

玩家個人物品的所有權權益保護是由智腦主神親自把關的。人家設陷阱是為了傷害，她設陷阱是為了震懾，按照這個思路考慮的話，用擺攤模式亮出物品來代替機關也沒什麼說不過去，關鍵還防盜、防碎、防刷新……馬的，為什麼戰場上居然還有擺攤功能這麼不和諧的存在？

九夜亂入話題：「給龍騰的城？」

「嗯。」欠人家的承諾早點兌現早點完事，免得自己頭上懸把大劍，一個不小心就得被老公的上司抓去吃牢飯——嘖，她敢用九夜的人頭打賭，那個死眼鏡仔是絕對不會看在誰的面子上留半點轉圜給自己的。

九夜一聽也不說話了。本來他就沒打算做愛與正義的美少年戰士，再說這又事關重大……嗯，雖然被敲詐的一方比較無辜了點，但是人總要經歷磨難才會成長嘛。

十魔將緊急湊腦袋開了個小會，繼而推出代表。

代表臉色難看的乾咳後道：「這個要求太過分了，妳要不要再考慮一下？」

「還要考慮？你們真的不能接受的話，可以乾脆爽快點。」雲千千惡狠狠的劈了個手刀下劃的動作，冷聲道：「把這些蛋都碎掉，看那群王八蛋魔獸還敢不敢臨陣潰逃！」

「……」妳是真心的嗎……

「咦，大家臉色怎麼都這麼難看？別這樣子嘛，我們冒險者裡有句老話，叫無毒不丈夫……既然是想幹大事的人，那有時候該下手的時候就得下手，所謂慈不掌兵啊。」雲千千十分語重心長。

「……」

談判的誠意其實不是沒有，但漫天要價、落地還錢是行規。就算雲千千肯讓步，一開始也肯定會報個天價出來，這樣讓對手拚死廝殺、討價還價的時候才能留有餘地，同時也可替對方帶來最大的成就感。占便宜的心態誰都有，但同時誰也都不願意讓別人占便宜。正因如此，殺價文化才能得以源遠流長、經久不衰……

當然了，如果遇到人多錢傻的冤大頭，連人家特意留下的還價餘地都不看，直接拍板原價僞出手的，那就是大大的驚喜了。賣家最願意碰到的就是這類傻子。

很遺憾，十魔將不傻，不僅不傻，人家還很精明，一番商量後直接告訴雲千千要城不是不行，但是他們也不能白給，這是不符合規定的。而且就算他們願意，哈迪斯也不會允許；就算哈迪斯允許，智腦也不會允許……

想要城池？沒問題，但是得憑實力自己來拿。他們唯一可以提供的便利就是免去各種申請駐地任務，使其直接擁有挑戰城池 BOSS 的權利。打贏了把城拿走，打不贏以後也別再提這事。

雲千千考慮了一下，反正出力的也不是自己，再說她和龍騰的合約裡只說給他城，沒說一個 BOSS 都不用挑戰……如此這般思量之後，再加上發消息給龍騰，得到對方確認答覆，最後雲千千終於笑得賊兮兮的

拍板，同意十魔將的條件。

「合作愉快，我的人過幾天就去貴界拜訪！」雲千千滿足的和十魔將握手。

「恭候大駕！」十魔將代表牙疼般哼哼——哼，回頭自己十人輪流值守去。

150 誤會

縱橫戰隊及其他參加守城的玩家們從十魔將現身開始就一直沒出城池半步，鬼才知道這時候出去會不會被人家「失手」幹掉。所以，理所當然他們也就沒聽到雲千千和十魔將的談判現場，只能艱難的從雙方臉色、動作來揣測其交談內容。也有號稱懂脣語的玩家挺身而出，拿著望遠鏡瞪大眼睛觀察一分鐘後，再含淚表示遺憾，因為角度問題，他根本看不清人家嘴脣張合的形狀弧度。

十魔將離開是離開了，心裡卻還是很憋氣。悲劇的是，正牌的銘心刻骨夫妻走到一半時剛好又與正抑鬱的十魔將打了個照面。

「妳又想做什麼!?」十魔將怒。有完沒完！都答應她條件了還跑回來截道，莫非想黑吃黑？「我警告妳死女人，別欺魔太甚！」

「啊？……是不是有什麼誤會？」

「來人啊！」

「等等……」

「關門放魔獸！」

於是一陣兵荒馬亂後，銘心刻骨和考拉重新掛回大陸。十魔將一口惡氣得出，終於心情舒暢，歡欣鼓舞的收拾戰場戰利品後回家，感想只一個字可以形容——爽！

「嗚嗚嗚，人家流產了啦！」考拉蹲在復活點，傷心得無以復加。

「考拉乖，妳先起來，我們找其他地方哭好不好？」銘心刻骨深感鬱悶，同時深感丟人。不是每個男人都願意站在街邊安慰自己女朋友的，尤其還是人流量這麼大的復活點……

「嗚嗚嗚……人家不管啦！」

雲千千還不知道正牌雙人組合已經被殺的事情，她只知道自己的身分好像快要被拆穿，所以為了不造成什麼惡劣影響，在和十魔將談話完後的第一時間，這傢伙就想閃人。

至於閃去哪裡？當然是找龍騰。自己欠的債得自己還，而且還得儘快。雖然那小子在這方面本性還算純良，但誰知道拖欠得久了人家會不會心存不忿，算個利息什麼的。反正她以水果之心度龍騰之腹，覺得如果換成自己碰到這事的話，絕對不會那麼容易就善罷甘休……

雲千千飛在天上盤算最近收支。一批魔獸蛋到手又吐了出去、簽個合約欠了人家十多塊駐地、還有被羈押的危險、BOSS沒爆到……唯一獲得的好處就是一批玩家加NPC軍隊，這還落到了彼岸毒草手裡。未來可預期的投資回報是魔界，自己只掛個魔后名頭，實質好處全是自己兒子的……

掏私人的腰包，好處全在公家。雲千千越算越覺得自己真乃是天上地下獨一無二的大好人，以後誰再敢說她無恥，她鐵定翻臉……在這個時刻，龍騰簽合約時付的錢已經被她選擇性遺忘。

「衝啊——」

飛過某山頭，路遇兩群玩家PK，雲千千本想掃一眼就離開，沒想到眼角瞥見熟悉的徽章，立即停下聚雷警告道：「動我聯軍者死！」

「桃子！」彼岸毒草大喜。本來他們打得難解難分正是頭疼，突然來個強力炮手，簡直是巨大的意外驚喜。

水果聯軍眾玩家也頓時振奮，同時揚眉吐氣。自己聯盟的最強戰力來了，平時不怎麼喜歡的那張臉，此時卻顯得異常親切。

「桃姐加油——」

「幹掉他們！幹掉他們！」

「九嫂威武，千秋萬代、一統江湖～」

「吼嗷嗷……」

雲千千難得扮演萬眾期待的正面英雄角色，一時之間意氣風發，再加上剛才COSPLAY憋得太久，此時更是動力十足，雷神杖一揚，笑道：「看本桃表演天雷地網！」她展臂向地面一劃，鋪天蓋地的雷電頃刻間傾瀉而下。

彼岸毒草諸人先是大喜，接著大悲。臥槽！這女人放雷的時候不分敵我嗎？

「死桃子妳沒開公會PK遮罩是不是！」彼岸毒草淚流滿面吼道，這也是他被掛出魔界前的最後遺言。

一通銀蛇亂舞之後，地面上敵人連同友軍一起消失，留下滿地金幣與其他戰利品……

「呃……」雲千千熱血冷卻後心虛道：「其實這只是個誤會。」

九夜從頭到尾見證血案的發生、經過，直至結果，此時已是無語脫力。有些人的破壞能力是天生的，哪怕她是想做好事，最後結果也和做壞事一樣。原來這女人這麼壞並不是人品問題，而是她有自知之明……

雲千千迅速逃離凶案現場，抵達和龍騰約定的地點時，後者早已經帶著幾個幹部在那裡等候了。

「桃子。」龍騰心情不錯，知道她是替自己送駐地來的，難得笑出幾分真心：「等妳半天了，要不要先吃點東西休息一下？」

「不用了，早點把事情弄完吧。」雲千千嘆氣。

「這個不急。」就算急也不能表現出來，這是風度問題。龍騰向雲千千身後眺望下再問道：「妳來的路上看見彼岸了沒？他也說要帶批人過來，可是我等半天了都沒看到他們。」

「這個……其實是小草在半路上遇到了東魔界勢力的玩家群……」

「什麼？」龍騰大驚：「妳沒幫他們？」

「……幫了。」

「然後呢？」

「……然後他們就成功的死回去了。」雲千千汗，狂汗。這種事情說出來真是有點丟人，不過自己確實不是故意的，只能說是好心辦錯事……單P作惡混太久了，一時不適應群架模式，有誤傷也是在所難免。

龍騰瀑布汗。每當自己以為人家已到極限的時候，人家都能再次有所超越：「呃……那就不等他了，我們先研究地圖吧。」

「你們討論你們的，我出去轉一圈。」九夜不怎麼感興趣，轉頭對雲千千道：「等妳弄完這邊再用戒指拉我回來。」

某幹部連忙接話：「九哥不嫌棄的話，我陪你轉轉吧。」

說是研究地圖，實際上雲千千只需要把跟十魔將事先圈定好的城池位置分享給其他人就行了。

大小城池一共有二十座是可以直接挑戰的，勝利則直接獲取城池占領權。占領滿協議的份額後，其餘城池不允許繼續挑戰；反之如果占領不了的話，則自動丟失該次機會。

十魔將的思考模式雲千千大概都猜得到一些，這些傢伙肯定不會那麼簡單就把城池讓出來。她認為幾座主城池裡最少分別會有一個魔將把守，多出幾個也不是不可能。反正人家可以趕場，走完這臺走那臺，走完那臺再走下下臺……

就連龍騰也知道這塊骨頭不好啃，一個不小心說不定還會傷了牙。

「按照協議，裡面是沒有小怪的，但是單BOSS也不好對付，估計以一敵千是最低標準。防禦和補血不及時的話，去多少人都是白去。人家是BOSS，範圍技是基本。」雲千千把話直接挑明。

單挑和群毆比起來，未必一定是群毆占便宜，最重要的還是實力。如果個人實力太過強悍，敵人數目再多也是沒用。技能傷害又不能平攤，全是共用。一個大招甩下去，打一個人是1000血，打十個、百個也都是1000……反而是自己人太多了，到時候局面一混亂起來，說不定還會礙手礙腳。

俗話說，不怕神一樣的對手，只怕豬一樣的隊友。只要跑位一個不正確，輕輕鬆鬆就能把自己人也連累一批進去。

「站位分散些，提前做好調度，這些問題大概可以盡量規避。」龍騰眉頭也是皺得死緊：「最好是能在對方要放大招前提前識破，或者抵禦……」

雲千千嘿嘿笑道：「這時候是不是十分懷念以前的動畫？那裡面的主角多傻啊，每次大招前必要吼出招式名稱，然後正鏡頭、側鏡頭，從上到下、從下到上，蓄力個差不多十多秒才出手……」

龍騰懶得和這人說廢話，消息拿到手後立刻委婉的請人滾蛋。其實他一開始也想過，讓這對戰力剽悍的夫妻跨刀幫忙，可是後來又一想，九夜還好說，迷路不是大問題，頂多是幫他安排一個導遊。可是這蜜桃多多問題就有些大了，從以往多次和其打交道的血淚教訓可以看得出來，此人的破壞力絕對遠遠超出其建設力；而且每每幫人一次忙之後，總會有心或無意的替對方帶來更為巨大的損失和麻煩。

綜合以上考慮，龍騰果斷死了想讓雲千千助陣幫忙的小心思。她不是豬一樣的隊友，但她絕對比豬一樣的隊友和神一樣的對手綁在一起還可怕……

正好雲千千對這興趣也不大，很乾脆的閃人去找混沌胖子喝茶。

「我覺得龍騰至少能拿下一半駐地。」混沌粉絲湯接待雲千千，聽完對方描述後斷言說道。

「哦？你對他很有信心嘛。」雲千千笑得賊兮兮。

一看這笑容，混沌粉絲湯警鈴大作：「妳該不會是想去搗亂？」

「有這打算……」樂呵呵看混沌粉絲湯的臉色變得古怪鬱悶，雲千千大喘氣後才接著道：「但是考慮到這畢竟是我和他合約約定的內容，所以真要做點什麼是不可能的。」關鍵是得防著人狗急跳牆，萬一龍騰到時候真的惱羞成怒，無常肯定樂意借這機會扒下自己一層皮來。

再說恩恩怨怨已是往事，雲千千現在真沒那麼高的興致老去做那損人不利己的事情。光出力，沒回報，這得是多無聊的人才能無聊成這樣子啊。

混沌粉絲湯鬆了口氣：「我也不希望妳老去惹龍騰。也不知道妳在想什麼，創世紀裡那麼多人，妳偏偏就是愛針對他。要不是知道妳垂涎九夜的話，搞不好別人會以為妳是對龍騰有意思才故意吸引他的注意力。」

未成年和心智有缺陷的人都愛這麼幹，愛你所以欺負你，不在變態中失戀，就在變態中爆發。

「你不知道，這是他上輩子欠我的。」雲千千沉聲道。

「咗！」

玩過遊戲的人都知道，高手不一定都有錢，但是有錢的一定會是高手。只要手裡有鈔票，就能輕而易舉的獲得其他人費盡心機都難以獲得的資源，比如說裝備、技能書、上好藥水……就算是做任務也可以僱傭別人來代打。一路上金銀鋪道，想不變成高手都難。

這就跟漂亮女人一樣，天生麗質的寒門國色不是沒有，但精品聚集的地方永遠是在豪門。沒錢？沒錢連個雙眼皮都拉不起，人家錢多到能把肚臍眼都改成水滴形。

所以總結，錢是惡物，但錢同時也是好物。你可以清高不凡的鄙視有錢人，但你無法不承認有錢人能做到的事情就是比你多。

當然，雲千千特意來這裡不是為了和混沌粉絲湯討論龍騰的。主要是這老小子催得急。前面人家幫過忙，自己答應人家在魔界開天機堂分館，正好趁著這機會，乾脆一起把事情解決了。

好在混沌胖子和龍騰的目標不一樣，後者是要整座城池，前者只需要在其中一座城池裡有圖書館經營權即可。這樣兩者的利益就不會互相衝突，做起事來也少了幾分束手束腳。

雲千千幫這胖子分析道：「你有兩個選擇，一是直接去和龍騰談。但這人很現實，未必肯白幫你忙。如果他真的表示願意白幫忙了，那就更麻煩，因為這代表著他肯定是日後想用這人情讓你幫他。」

「我也是煩惱這個，天機堂最好是不要明顯依附某勢力。跟妳已經是上了賊船了，再跟一個的話會失去中立立場，到時肯定會降低在其他客戶那裡的信譽度。」

「所以你只有第二個選擇，把好處先給他，然後要他回報。」雲千千握拳：「這人既然打算圍剿BOSS，有情報總比沒情報來得好。所謂知己知彼，百戰百勝。如果不要你的情報，他就得提防你把情報反手賣給東魔界。」

「……我有那麼無恥？」混沌粉絲湯有些無語。

「相信我，你最好讓他相信你有那麼無恥。」雲千千很誠懇。

「……」

不得不說，雲千千提出的建議確實是好，雖然因為她本身的性格，出的點子肯定都不那麼正派，實施過程中也有些敗壞自己的形象。但反正自己連情報販子也做了，對於正面形象也沒多麼執著，所以並不是很不能接受。

於是猶豫一會後，混沌粉絲湯很痛快的就接受了對方第二個提議，準備搜集情報去找龍騰。

事情談完了，順便吃了頓飯慶祝，雲千千吃飽喝足後準備閃人。

混沌粉絲湯指揮人撤走酒席，順便找了幾個手下來吩咐幾句，很快把任務分配下去。一切搞定後，他才回身笑笑道：「我送妳吧。」

「算了，沒必要這麼客套。」雲千千叼著牙籤擺了擺手。她還沒被人送過，整個創世紀最危險的人物就是自己了，還怕別人在半路劫道不成？

「好吧……不過話說回來，我今天看著妳總覺得像是缺點什麼。」

「缺什麼？我現在最缺的就是錢。養城、養公會不容易啊，以後搞不好還得幫兒子養魔界。」雲千千不放過任何一個哭窮的機會，說完皺了皺眉，不自在的左右看看：「不過你這麼一說，我還真感覺好像忘了點什麼……胖子，該不會是你偷藏我什麼東西了吧？」

「……」混沌粉絲湯無言送上中指，默默的鄙視著。

「哈哈，開個玩笑。可能是心理作用吧。」反正她都想不起來，證明應該不是什麼重要的事情。雲千千只遲疑兩秒鐘就很快揮散腦中疑惑，擺擺手，瀟灑飛走。

而此時，魔界一個很沒情調的山谷中，兩個大男人正在很沒情調的散步。

此處黑草萋萋、陰風切切，到處是一片獸吼風嘯的恐怖景象。雖然某人等級很高，不懼這危機四伏的所在，但是另外一個某人卻是越走越心驚：「九、九哥？我們散步快兩小時了，眼看越走越荒蕪……要不然還是先回去？」

「……」

「……呵呵呵呵，您該不會是迷路了吧？」

「……」

嘴角抽了抽，某人強笑下，繼續道：「不過話又說回來了，桃姐說了完事會來找我們，應該沒太大關係……」

九夜無語。某人亦無語。

默默無言沉默半分鐘，某人小心翼翼：「呃，我不是質疑你們夫妻感情，可是……桃姐不會是把我們忘了吧？」

「……」

枯藤老樹昏鴉，古道西風瘦馬……斷腸人在天涯……

命運的齒輪

龍騰很高調的對媒體宣布自己將要攻占東魔界駐地，一共二十座城池等待採擷，無前置任務、無小怪騷擾，甚至連拿下駐地後的怪物攻城都沒有……無論對哪一方勢力的玩家來說，這都是一個十分震驚的消息。

西魔界自然是揚眉吐氣，東魔界則是在警惕的同時帶了分羨慕。瞧瞧人家混的，這才叫囂張跋扈、橫掃千軍、霸氣測漏呢。

龍騰九霄的會員們也很沾光。畢竟要打駐地的不是別家，正是他們公會。哪怕是被調到聯軍裡的龍騰軍，在和聯盟裡其他幾家公會的人一起行動時也多帶上了幾分得意傲氣。

彼岸毒草很體貼的讓所有人放了半天假，愛休息休息、愛慶祝慶祝。

龍騰比彼岸毒草還要給面子，聽說此事後立刻趕來，揮手帶走一批放假中的人，直接上餐廳開流水席，

上臺發言感謝了數家媒體支持，感謝了老母等親屬的培養，最後感謝和自己一起走來的兄弟姐妹等等等等。

在其感言終於結束時，席已過半，現場氣氛一片熱烈，無一不說明了此次聚會的成功……唯一一點讓龍騰感到不滿的就是沒人理他……

雲千千得知龍騰如此高調的消息時沒有太大反應。他風光，他頹落，與她何干？也許很多玩家習慣性總看到了一顆桃子站在風光無限處，眼裡再看不見其他人，於是突然出來個如此矚目的存在，再一對比此時低調的雲千千，就會不由自主有種江山代有人才出、一代牲畜換舊桃的感慨，甚至自動腦補雲千千因此而失落的心情。

可是事實上雲千千從來就沒有過想當一代霸主的打算，她關心的無非就是自己小金庫豐盈與否，還有九夜情歸何處的問題。更重要的一點是，龍騰這次的行動本來也就是她促成的，考慮到這一點，雲千千當然更是沒有什麼嫉妒的必要。

所以，在全創世紀人民都等待著蜜桃多多對龍騰的宣言做出反應時，後者卻早已經揮揮手不帶走一片雲彩的飛走，回西魔界找自己兒子培養感情……

幾天時間過去，小魔王現在終於有了兩、三歲大小，雖然還是很幼齒、很賣萌，但值得慶幸的是他總算可以說話了。

小路西法等待自己長大到可以表達自己心情的這一天已經等得太久，一聽外面魔兵傳報說自己老娘回來，當下把蹲在自己面前的薩麥爾手中的麥糊一推，跳下小凳子，咬牙切齒、幹勁滿滿的衝出去。他小腿雖短，動力卻還十足，一晃眼就爬出門檻消失不見。

薩麥爾一愣，繼而端著麥糊趕緊跟上小路西法：「陛下，您的午膳還沒用完……」

「妳這個死女人！」

雲千千正在魔宮門前調戲小動物，轉眼就見一個圓滾滾白胖胖的小身子從裡面衝了出來。

「喲，這不是我兒子嗎？都長這麼大了呀。」雲千千不懷好意的笑笑，故作欣喜感動的擦拭下眼角作慈母狀，張開雙臂說道：「快投奔到我溫暖的懷抱中來吧，讓為娘好好看看。」

小路西法氣極，一團黑火毫不猶豫的甩出去，可惜人小力微，以前氣勢磅礴的技能，現在也只有乒乓球大小，而且僅是晃晃悠悠、苟延殘喘的在空氣裡堅持飄遊了半公尺距離，就結束了它的開場秀，消散在風中。

這還不是最頭疼的，更讓小路西法鬱悶的是，追出來的薩麥爾還在旁邊欣喜感慰，聲音激動到顫抖。

「陛下，您的魔火現在能飄半公尺了半公尺啊！真是太讓屬下感動了。」

「……」小魔王鐵青著包子臉，滿頭黑線。

雲千千爆笑捶地。

無論如何，路西法現在畢竟還是白胖粉嫩、任戳任抱、任揉任捏、求包養的小小萌物一枚。就算心智成熟，內在實際上已經是千年不死老魔物，外表和肉體卻始終還是跟不上的。

「妳找本王到底有什麼事？」實在看不下去這女人的囂張了，小魔王只好忍著委屈主動開口。

「唔，其實也沒什麼大事，主要就是來逛逛，順便送幾件小玩具給你。」雲千千怎麼好意思說自己是閒得無聊了，想來魔宮看看有沒有油水可撈的，隨便敷衍一句就轉移話題：「對了，我看你這似乎養了不少魔獸，不如再送我一批吧。」

「這個以後再說。正好，我倒是找妳有事。」

「哦？」

各界候補王儲人選。」

「再過兩個多月，我和哈迪斯有雙王之戰，妳知道吧？」

「廢話，全世界人民都知道了。」雲千千翻個白眼表示鄙視。

小魔王強忍怒火繼續說道：「其實不僅是魔界，在整個創世紀包括神界等地方，也都有類似哈迪斯的各界候補王儲人選。」

全世界的神話體系繁雜而凌亂，民族有民族的信仰，地域有地域的信仰，比如亞洲就有佛、釋、道；而除此之外，流傳比較廣的宗教神話體系還有基督教和希臘神話等等。

創世紀以魔幻為背景，盡量不偏向某一方，所以是在各個體系中抽取了其中人氣比較高的角色，設置入遊戲中擔任地圖BOSS或關卡BOSS。比如魔王一角，很明顯路西法以陰柔俊美邪魅而廣受女性好評，於是他就從各個神話中的魔王人選中脫穎而出，成了這裡的魔界之主。

在一般情況下，特殊NPC是具有唯一和不可替代性的。但是凡事都會有例外，在前任魔王出現重大過失或不可彌補的墮落失足時——比如說路西法被玩家收成兒子的情況——其他神話體系中的魔王或類魔王角色就有了爭奪並取代前任的機會。

「哈迪斯只不過是一個探路人，如果他真的成功從我手上奪任魔王職位的話，接下來各界各族就會陸續有其他人也舉起反旗。」小魔王冷笑道：「神主前日已經發來公函，說在神界發現了一個自稱宙斯的老色鬼，甚至連你們修羅族也刷新出一個叫婆雅的小鬼……妳知道這些都意味著什麼嗎!?」

雲千千無語望天，冷汗：「……知道。」

眾神之戰！

153 活動轉型

怎麼可能會不知道呢。雲千千從兩年後重生回來之前，正是眾神之戰剛剛拉開序幕的時候。

三界地圖的完全打通、領主功能開放、NPC勢力收服……群雄逐鹿、硝煙四起，那就是眾神之戰。

那時的她還只不過是個小卒子，跟著個沒出息的老大混了個沒出息的傭兵團，做了沒出息的炮灰，最後沒出息的被暴走的某人隨手砍掉。她再一睜開眼時，自己就回到了兩年前。

而要說到有什麼不一樣的，除了自己已經不再是以前的小炮灰以外，最不一樣的大概就是這次大更新爆發出來的時間吧——明明還沒到兩年呀！

雲千千稍稍困惑了下，不過她知道有個詞叫「蝴蝶效應」。亞洲蝴蝶拍拍翅膀，就能讓美洲在幾個月後出現比狂風還厲害的龍捲風。自己拍了幾下？

只回憶一秒鐘，雲千千就連忙滿頭冷汗的放棄了追本溯源……馬的，從回來到現在，自己做過的事情

好像沒有半件是和上輩子一樣的。

「你說的是眾神之戰吧？」雲千千鎮定的擦把冷汗問道：「想讓我做什麼？」

小魔王略顯吃驚的看了一眼雲千千，繼而冷嗤道：「沒想到妳還不全然是草包。沒錯，本王說的就是眾神之戰，雖然不知道妳是從哪裡知道這件事的。」

「廢話少說。」要不是看在這包子畢竟是從自己肚子裡蒸出來的，雲千千早翻臉了：「開個價吧。」

「哈？」小魔王傻眼了下，怔愣後忙道：「妳可能沒理解我的意思，現在三界各族都已經岌岌可危了，動亂並不是只有本王這裡……」

「我理解，我理解。」雲千千點頭，表示自己聽力和智力都沒退化到溝通不能的地步：「我還能理解你的另外一個意思，大致就是想讓我出面去殺個什麼BOSS或者是發展個什麼勢力吧……所以我才問你願意出多少錢？」

「……出錢？」小魔王吐口血：「難道這不是妳該做的嗎？身為魔界魔后……」

「其實我早就覺得你對我有什麼誤會了。老實說，我對這身分的興趣真的不大。」雲千千委婉的表達了自己的意思。想讓她出手？沒問題，拿委託費來。

別說只是去刷BOSS、解任務、建勢力，只要價碼足夠，她把自己拆了論斤賣給他都行。拿個魔后身分想糊弄誰呢？這又不是封建社會，自己也沒興趣垂簾聽政。就算她有這個興趣，小魔王也不是任人宰割的窩囊廢。

意識到雲千千不是在跟自己開玩笑，小魔王的臉色頓時由白變紅、由紅變青、由青再變黑……小拳頭捏了又鬆，鬆了又捏，如此幾下後才終於平復下了起伏的情緒，他強忍怒氣咬牙氣道：「好，本王出五十顆四星魔獸蛋，再加一座魔界主城領地。只要妳能把任務辦妥，這些就都是妳的了。」

「這才乖嘛～」

「薩麥爾，送本王回宮！」小魔王冷哼一聲，轉身搖擺著肥胖的小身軀離開。

「我會再回來的！」雲千千揮小手絹，朝一大一小兩個背影喊了句動畫片中反派配角們被打飛時的經典臺詞。

薩麥爾比較厚道，回身欠了欠身。小魔王根本連理都沒理她。

雲千千一踏出魔宮，系統又開始全遊戲公告，大致意思就是說新資料片開啟，眾神時代降臨，在一個月內，神、魔、人三界彼此連接的通道將陸續打開，除了駐地外，另外開放領主功能。玩家現在不僅可以駐紮，更甚至可以全面占領某地圖。隨從系統進化，玩家可收服長期跟隨的NPC，組建整合出屬於自己的勢力……用句即時戰略的話來說，就是他們以前只能招兵，現在還可以招武將了。

公告一出，幾家歡喜幾家愁。歡喜的當然是那些自恃頗有實力，想當然能在這個新時代中一展拳腳的。而愁的則是實力不佳、和暫時抽不開身的那一群。

尤其是彼岸毒草麾下的聯軍，這個團隊皆是由水果樂園的聯盟公會們出借出來的人手，雖然沒有簽屬正式合約，但大家有口頭協議，要在這三個月內助西魔界打敗或者說至少大挫東魔界。

誰知道世界風雲變幻太快，幾家公會前腳剛把手底下人送走，準備休個小假，順便閒閒看彼岸毒草幫他們變相刷功勛的時候，後腳新資料片就出來了。

領地、NPC勢力，這些爭奪活動哪一個不需要大批人手參與？

把人叫回來的話，自己沒面子，這叫失信於人、見利忘義；可是不叫回來的話，自己連裡子都沒了。眼睜睜看其他勢力趁著這大好時機大肆撈好處，等過一段時間此消彼長之後，江湖上未必還有自己的座次。

左也是為難，右也是為難。怎麼偏偏就在這時候出了這麼樁大事呢？

水果聯盟眾公會會長咬手絹的咬手絹，咬被子的咬被子，一個個恨不得穿越回半個月前，怎麼說也不能把人手再出借出去啊。

彼岸毒草也發現了這人心浮動、暗潮洶湧。如果這時候的統帥是雲千千的話，別人怎麼想她才懶得去管。可是彼岸毒草就要含蓄了許多，眼看著大家的情緒都不穩定了，瞅自己的眼神也越趨哀怨，他實在是沒那麼厚的臉皮裝傻。

於是彼岸毒草趕緊聯繫雲千千，詢問接下來的調度該怎麼安排，是硬撐著繼續對付東魔界？還是就地解散聯軍讓他們各回各家，跟著他們的老大參與風雲逐鹿去。

「發展勢力又不是一定要解散聯軍。」雲千千想想後做出指示：「你以為領地是那麼好拿的？以前你只是駐紮，所以城池守軍懶得搭理你，反正名義上的長官還是NPC，大家只是有個駐紮權和輔助管理權。但是現在是直接要搶人家老窩了，那碰到的抵抗力量就完全不是以前那點小打小鬧就能應付過去的。」

實際上，除了天空之城是自己直接就任城主以外，水果樂園的現有其他駐地也和其他公會的占領模式一樣，只有駐紮權。現在大家都不動，NPC還沒什麼反應，可如果一旦有人想當領主取NPC而代之的話，到時候就跟哈迪斯對陣路西法一樣，原城池城主也一定會站出來，率領全城力量外加城外周邊小怪一起瘋狂抵抗玩家。

按照雲千千以前的經驗，一個五級公會傾全會人力、物力，想要拿下一座中級城池至少也要大半個月。主城則是想都別想，至少她死回來前還沒聽說誰有本事拿下主城領地。

而如果把所有力量集中，合幾會之力依次攻克領地的話，事情則會變得簡單許多。唯一比較麻煩的，無非是先後順序和利益分配平均與否的問題。

彼岸毒草也覺得這個提議很有道理，但他還是不放心的繼續問道：「這個姑且不說，如果真按妳的建議，把人手都拿去占領地了的話，那麼魔界的事情妳打算怎麼辦？」

「不怎麼辦。」雲千千嘿嘿笑道：「一會我整理下倉庫就去找九哥了，然後直接殺去東魔界找哈迪斯。」

以前人家是反派主角，占據活動中的終級BOSS地位，分量自然是很重的，這樣的角色一般都會到全劇終的最後時刻才會被主角收拾。

可是眾神之戰一開，魔界之亂就從獨立大型活動變成了新資料片序言。哈迪斯也從反派一號變成了反派配角……還是個只能當馬前卒、探路兵的反派配角。

哈迪斯掛了的話，魔界活動怎麼辦？別開玩笑了，全世界人民都去下海撈領地了，現在誰還在乎魔界姓路還是姓哈？

再說了，就算魔界活動真要繼續，也不是非要哈迪斯活著才行啊，到時候只要有餘黨就夠了。無非是「魔界之亂」改成「魔界平亂」，玩家由兩方勢力全部變身西魔界勢力，合力圍剿哈迪斯殘餘亂黨的問題。敵人總是有的，殺不了這個可以殺那個。敵人有了，經驗就會有的，賺不了這邊賺那邊……

彼岸毒草倒是愣了下，不過很快想明白雲千千的話中深意。

確實，就算讓哈迪斯活滿三個月，魔界之亂也順利持續三個月，可是現在誰還有心思在這裡攪和？到時候估計最多的情況還是NPC們自己互打，打完了兩邊BOSS出來亮個相再放大招對轟，最後誰夠堅挺誰就接著當老大。

「好吧！」沉吟了一會後，彼岸毒草點頭：「我現在就聯繫其他會長碰個頭，看下他們的意見，是繼續組軍團混還是有想自己闖的……妳那邊帶上九哥就夠了？要不要我替妳再安排幾個人？」

154 眾神時代

也許是知道自己的超然地位不再，哈迪斯的行動一夜之間變得密集而瘋狂。

本來他扮演的是反派一號角色，在保障活動的順利進行中占據著舉足輕重的地位，就算真有人想直接殺上門來，也得評估這個舉動是否恰當，會不會惹起眾怒等等。

但現在一下被降職，說不失落是不可能的。雖說還是魔王預備役，但明眼人都看得出來，他在活動格局中已經不像以往那麼有地位。

這就跟拍電影一樣，你不管在劇本裡的設定背景有多高，只要曝光率和鏡頭沒主角多，那肯定就是炮灰，專門為了襯托其他角色英明神武、智詭多端而存在的。

而哈迪斯既然出手了，路西法自然不可能憋著。人家魔小傲氣高，聽說哈迪斯的態度變化後，淡定不驚，捏著小湯匙的小胖爪一揮，也派出自己座下的高手及千軍萬馬出陣……

玩家們以前參加活動就是為了刷怪、刷功勛，雖然熱鬧，但並沒有多少緊張感。畢竟兩方魔界勢力都沒怎麼出手，大家死傷不大，自然就不怎麼在意。可是現在就不一樣了，大家突然發現魔界變得很危險，首先是自己勢力中一夜之間多出無數通緝令和任務，範圍將對手從最高領導人到最低編制的小隊長全部囊括在內，其中甚至還有玩家的名字。

其次是身邊往來調動的軍隊突然多了起來，隨便走到哪裡都能看到一隊隊士兵雄糾糾氣昂昂的路過，行色匆匆開向不同的方向。

這天，是要變了？玩家們竊竊私語、議論紛紛，興奮的同時也有些惶惑。直到有某玩家軍團長官被暗殺的消息傳來……

「關我什麼事啊！又不是我殺的。」

雲千千被聯盟眾會長緊急抓回，聽完慘事經過後，很不滿的抗議：「這個問題就算把哈迪斯宰了也杜絕不了。現在活動進程已經在失控中，他死了肯定還有其他魔繼續打著報仇旗號找你們麻煩。所以歸根究柢，你們得自己當心。所謂少小不練級，老大徒傷悲……」

彼岸毒草咬牙氣道：「叫妳來不是讓妳看笑話的！」

「不是我想看你們笑話，事實本來就是這個樣子的。」這就是她不讓聯軍解散的理由。魔界活動確實被眾神之戰的風頭壓下去了，玩家們的注意力被後者轉移，但這不代表 NPC 也願意配合轉移。

而照現在這個樣子看來，魔界確實不甘心被公眾拋棄，自己開始努力搏版面。自己果然是睿智啊……

雲千千感慨著，順便同情了其他人一下：「如果你們還想爭領地的話，唯一能做的就是兩邊跑。魔界這邊是放不開手了，想占領地的話也得在保障這邊戰局的情況下才能進行。」

「其實我們還可以全面撤出魔界……」考拉提出一個缺德點子。

她對雲千千已經不滿很久。一個男人對某人不滿，通常是拉兄弟開PK，打一次算一次。而一個女人對某人不滿的時候，往往不會直接出手打擊。不滿很深的時候，她們會選擇直接叫罵，罵到火起了關門放老公或放姘頭，反正願意為女人打架的男人永遠不會少。

而如果不滿只是一般程度的話，她們則會更委婉些，雖然表面上沒有撕破臉，私下裡卻抓緊一切機會找對方麻煩。

別說前不久雲千千才拿她和她老公的臉做壞事，就算沒有這件事，自己被對方耍的次數難道還會少了嗎？考拉哼了聲。

「喂，管管你老婆好不好？」雲千千不接招，直接無視考拉，轉頭指責銘心刻骨：「正在開會商量正事呢，一個女人插什麼嘴。」

銘心刻骨滿頭冷汗的把張牙舞爪衝上去要撕了雲千千的考拉抓回來，無奈道：「妳別故意招惹考拉。」

「是我招惹她嗎？」雲千千瞪眼不悅道：「明明是這小妞趁機報復我。」

彼岸毒草敲桌子示意大家注意：「別轉移話題。現在外面的情況來看，魔界已經徹底混亂了。其實這活動本來就沒強制定下結束的期限，兩邊勝出的條件是其中一方勢力徹底完蛋；或是三個月後，兩方老大對戰……我們一直只把注意力放到後面，反而忽略了前一種達成可能。看現在的樣子，哈迪斯和路西法都不想等到三個月了。」

「連神界都發公函給路哥了，神主好像有求和聯手的意思。大家的地盤上都不安寧，他現在無比期盼路西法能夠順利蟬聯魔王寶座，這樣才能稍微克制下各界各族中其他準備起義的新BOSS。」

丟出從路西法那裡複製過來的神主信件，雲千千笑道：「眾神之戰的背景大家還沒聽說過吧？大致意

思就是說有新BOSS勢力想取代現有的各個BOSS，這些人包括各隱藏種族的族長，各主城王國的國王，還有就是你們都知道的魔王和神主。」

一葉知秋頭一次聽說，忍不住為之咋舌道：「大混亂時代啊！」

「所以才叫眾神時代。」

混沌粉絲湯插嘴道：「其實這些混亂和玩家沒太大關係。新資料片的背景本來就需要這樣的混亂，不然玩家也沒機會占領領土。但是把混亂局限在一定程度還是有必要的，比如說各城池中的起義和種族的族長更替可以暫時不管，畢竟這些地方亂起來，波及範圍也有限。可是魔界和神界就不能不管了。」

「還有大陸的中央帝國。」雲千千補充道：「這三個最高BOSS一旦換人的話，很可能引起物價浮動，還有對城池穩定度等也有影響。」

「拯救地球是超人的工作，我們不越俎代庖，現在先把魔界的禍亂解決掉再說。」混沌粉絲湯分析完後左右看看，疑惑問道：「對了，怎麼沒看到龍騰？」

155 交易

龍騰在哪裡？

亂象一現，發現一批批魔軍往來不斷時，龍騰第一時間就眼紅了。

這些可都是經驗、都是裝備、都是功勛啊！

前幾天活動的時候，NPC出現得還比較少，魔界中活動行走的大部分都是以玩家為主力。而玩家和NPC的最大差別就在於，後者行動模式僵硬，容易被摸清規律；前者卻完全隨機……於是可想而知，在這麼大的一片魔界地圖上，想遇到大片的敵人是件多麼困難的事情。

遇不到大規模的敵人，也就代表著無法大量的刷經驗功勛；無法大量的刷經驗功勛，也就代表晉級的進度緩慢……龍騰這幾天一直是靠著刷任務咬牙憋過來的。

從出生到長這麼大，從遊戲到現實，他就從來沒過過這種類似乾領死薪水的日子。

他人手眾多，他後備充足，他火力強大……可是這一切一切的優勢卻沒辦法發揮，這讓他身為新世紀一代富二代的尊嚴何在？

於是，當發現終於有好幾批敵人陸續出現時，龍騰的心情怎能不激動，怎能不沸騰？反正城池不會跑，他想去什麼時候挑戰BOSS都行，可是這個大批量、廣範圍刷經驗的日子他卻已經等待很久了，不狠狠刷上一筆他手癢。

再於是，戰鬥打響，刷怪，再被怪刷，再再回來繼續刷怪，然後再再再一次被怪刷……龍騰興高采烈，仗著身上一堆替身草人勇往直前，眼看著系統面板上的經驗和功勛刷屏跳動，心情HIGH到爆棚。

局面就這麼一直持續龍騰到第N次被刷復活……

「這是哪裡？」睜眼發現不是熟悉的復活點場景，龍騰表示很茫然。左右看了下，他現在正身處一個完全不應該出現在遊戲中的場景，之所以這麼說，完全是因為房間內部的擺設太過現代化。

真皮沙發、實木現代化辦公桌、電腦椅……甚至還有一臺電腦。除非創世紀的程式工程師腦子壞掉，不然他們就絕不可能讓這一切出現在玩家面前。畢竟這太……太、太破壞遊戲氣氛了。

「你觀察完了？」某男坐在辦公桌後問龍騰。除了後者以外，他是目前房間中唯一的活物。

「……對不起，現在是幾年幾月幾號？我是誰？這裡是地球嗎？」龍騰強烈懷疑自己遇上了傳說中的穿越。不過說實話，他對這種奇遇並沒什麼好感，畢竟自己現世的軟硬體都已經足夠良好，不用這橋段也可以坐擁財富、地位、美女……

某男的嘴角抽了下答道：「你還在創世紀遊戲中，別緊張。」

龍騰鬆了口氣，不客氣的走到沙發前坐下：「還好，不然我真沒把握自己能不能順利裝出失憶的樣子。」他頓了頓，一挑眉問道：「既然這裡還是創世紀，那麼我大膽猜測下，你是Game Master？」

「算是吧，我是行政部門。」某男嘆了口氣，從電腦中調出一份文件，走出來遞給龍騰：「這次找你，主要是關於你的活躍度問題。」

「幹嘛？你們連玩家刷怪數也要限制？」龍騰警惕，看對方的眼神如同小紅帽看大灰狼，根本就不接那份被遞過來的資料。

「本來是不限制的，不過出了點小問題……唔，這麼說吧，每個遊戲在開發的時候都會預定好開放計畫，這個你應該知道吧。比如說玩家應該在一個月後普遍達到多少級，再比如說某地圖應該在遊戲開放多少時間後才被探索出來。」

「關我屁事。」

「……」男人強忍下一口小血，裝沒看見龍騰不友好態度，逕自繼續解釋：「按照我們原本的預設，眾神時代是一個帶有階段性的新資料片，它開放出來的意義和平常在遊戲中添加些小更新是完全不一樣的。所以我們本來預計的是它應該會在遊戲運行大約兩年之後才出現……」

龍騰同情道：「你們這個預計和實際相差的時間也太大了，這得應該算是工作重大失誤吧？你要被撤職查辦？」

男人哭笑不得道：「這是我們的失誤嗎？明明是玩家中有人擾亂遊戲進程，造成了預定計畫的混亂，而你在魔界中投入過多的武力也成了加速這混亂的推力，所以我們希望……」

「首先我想說明一點。」龍騰直接打斷他的話：「我刷怪是我個人的能力問題，我有這個能力也是透過正常遊戲途徑得來的，所以我並不認為自己有需要收斂的地方。如果你們一定要遏制的話，個人建議你們可以直接封鎖我的遊戲連接艙……當然，有必要再說明的是，如果你們當真以這個理由就剝奪我正常遊

戲的權利的話，我的律師團將會在一週內對貴公司發起訴訟。」

「……」男人汗，狂汗道：「咳，其實你誤會了，我們並沒有強硬向您做出限制的意思。這次請你來，只不過是有些事情想商量。」他本來倒是想強硬，不過這位不大好惹，對方個人資料上的背景看起來不簡單啊……

「說說看。」龍騰似笑非笑，擺了個放鬆的姿勢往身後沙發一躺，問道：「你們想讓我做什麼，而我又能有什麼好處？」

「先自我介紹下。」男人伸出右手：「我是遊戲開發組的負責人，程旭。」

「唔，幸會幸會，你叫我龍哥就行。」龍騰伸手，握手。

「……」馬的。

程旭強笑了下：「根據我們的了解，您在遊戲裡的公會現在已經頗有規模，而在這之前，似乎您和蜜桃多多也有過一些摩擦？當然，請別誤會，我們並不是想挑唆玩家去對付另一個玩家，只是最近遊戲進程的混亂都跟這個人有關係，所以……」

「所以想讓我去幫她添點亂子？」龍騰非常上道的幫對方把話說完。

「是的！而作為感謝玩家協助的酬勞，您和對方合約上的十五座城，我們可以直接送出。」

156 交涉

長到幾乎讓人窒息的沉默中，程旭靜靜的等著龍騰的回答。

他其實是很有自信的。一來，這事情從利益角度來看，自己主動送出的城池怎麼都比那顆桃子畫的大餅來得真實可靠；前者是貨真價值的現貨交易，後者目前來說還是空中樓閣。二來，根據手下的 GM 調查所得，眼前的龍騰和蜜桃多多之間的關係並不很好；前者一直處於被後者糊弄打壓的窘境當中，數次吃了那女人的明虧暗算，說他沒怨氣，程旭第一個就不信。

於公於私，無論從哪個角度說，程旭都不覺得龍騰有拒絕自己的理由，除非他天賦受體，生來就愛被虐……

「不好意思，我拒絕。」

「咳咳咳！」發現龍騰乾脆俐落的起身想走，嗆得快翻白眼的程旭忙憋紅臉喊道：「等等，不好意思，

是不是我剛才說的意思您沒理解正確？」拒絕？為什麼啊？

「我完全理解你的意思，不過你對我的分析不夠正確。」龍騰挑眉一笑道：「是不是你想著我在那顆死桃手上栽過不少次跟頭，所以算準了我一定想報仇？」

「……難道不是？」

這是什麼情況？莫非是不打不相識？相愛相殺？喜歡你所以招惹你……臥槽！這男人不會真這麼狗血吧？程旭抓狂。

「你的分析並不完全錯誤，我真的是挺想報仇的。」龍騰點點頭表示強調肯定，話鋒一轉：「可是本大爺報仇從來不喜歡這種歪門邪道的手段……那女人討厭是討厭，但你得承認，她確實是挺有本事，不管是實力還是嘴皮子。」

龍騰不算是個好人，他驕傲自大霸道，我行我素還正邪不分，做人做事只有一個原則，只要他大爺自己爽就行，根本不去管別人的態度和想法。

這麼一個人想當然不能算是好人，犧牲奉獻什麼的都不說了，連最基本的平和正直都做不到，他算是個屁的好人啊？可是龍騰也有自己的原則，他跟別人鬥得怎麼你死我活都沒關係，別人能整到他是別人的本事，他不爽歸不爽，卻也服氣。拉幫結夥一起下黑手更不是不行，畢竟這也屬於鬥智、鬥勇一部分……可是，玩家和玩家互鬥是一回事，一個 GM 想摻和進來又算什麼？這不是開外掛嗎？

「等等……」程旭是真的傻眼了，以他的思考模式實在是猜不出對方有什麼拒絕自己的理由。對方自己不也承認了想報復？

龍騰拉門，嘿，居然還上鎖了？直接切斷遊戲……嗯，他這回總算是退出來了。

他從遊戲艙裡推開艙門起身跨出，抄起手機直接撥去創世紀公司。他首先嚴正批評了對方 GM 擅自將自已拉進獨立空間，不徵求玩家意見就擅自擾亂玩家正常遊戲的行為；接著對對方因遊戲進程管理不當而試圖從玩家方面下手的行為表示了鄙視，再再根據法律條文、人情倫理、道德觀念等方面，天南地北、暢快淋漓一通批判，將客服小姐批得幾乎痛哭流涕在話筒對面下跪認錯。

龍騰最後以一句霸氣十足的「再有下次就等我的律師信吧」結束通話，吁了一口氣，這才坐在床邊揚眉吐氣——嗯，適當發洩一下確實是有益身心健康。在遊戲裡被顆死桃壓了那麼久，這回終於是爽了……

程旭莫名其妙的被急召下線，直接送去遊戲執行總監辦公室。裡面除了一個臉色難看的上司外，還站了一個楚楚可憐、梨花帶雨的柔弱小白花。

「你到底在幹什麼？」總監看人一進來，被哭得隱隱作疼的腦袋瓜終於恢復一絲清明，劈頭蓋臉的就吼了一嗓子過去。

「我怎麼了？」程旭愣了愣，繼而抿脣隱怒……馬的，你把女人弄哭了憑什麼遷怒我？

「剛才有玩家投訴！」劈里啪啦把事情講了一遍，總監額頭上青筋滿布道：「你知道這行為會替我們公司帶來多大的影響嗎？誰給你權力這麼做的？」

「……」程旭默默無語走過去，從上司辦公桌上很乾脆的翻出一份眼熟的文件遞過去：「這是我們小組共同討論出來的應對措施，今早您已經批准簽字了。」

換而言之，這權力正是對方給的。

總監噎了一下。他負責批的一般都是遊戲小更新設計，這些東西影響不大，無非就是些某介面用綠色還是藍色，某地圖設計成中式風還是西式風……他一般是在一堆方案裡隨便選幾個自己覺得順眼的交給下面去執行就行。剛好早上批文件的時候接著老婆電話，自己被罵了頓後心情不是很美麗，一連 PASS 掉好幾

個更新設計。等他心情爽了之後，眼看這季的更新額度似乎還不夠，就順手把剩下的幾份全通過了……

臥槽！誰讓這人把這麼重要的文件交給自己批的？

總監瀑布汗。

「這事情關係重大，不設法拖慢目前進程的話，我們遊戲後面的進程也會受到不小的影響。」

現在未發布資料片通過測試且足夠完善的新版本預計只能支撐十年的分量，而一下子快轉了兩年，這工作量誰也受不了。再說了，萬一遊戲裡的蜜桃多多什麼時候發個神經，又破解幾個大劇情，難道未來十年的大更新都讓公司開天窗不成？

要延續一個遊戲的壽命，就得不斷且循序漸進的開放足夠吸引玩家的新元素。而一個好點子不是那麼容易就能想出並實施的，粗製濫造只會自毀長城。程旭怎麼也不願意看到自己小組多年的心血就毀在這上面。

「如果這個方案不行的話，那麼就要增加設計組的人員和技術投資等等預算，這樣才能保證產出足夠的設計供玩家發掘……」

給錢？還是給方便？這是個問題。

總監捧著自己地中海的亮額頭，深深的糾結了。

157 眾神手令

哈迪斯居住的魔宮規模和路西法的魔宮完全不是一個等級。畢竟是魔界新貴，就算再有實力始終也是底蘊不足，和老牌魔王比起來，就是怎麼看怎麼像暴發戶。

當然，這個觀點多少被雲千千的個人喜惡影響。路西法現在是她兒子，就算自己再怎麼欺負，在和外人尤其是外魔比起來的時候，始終還是會偏心一點。

一踏進東魔界魔宮範圍，遠遠的立刻出現五個黑影向這邊飛速移近，雲千千瞇了瞇眼，掏出法杖下令道：「才五隻，殺進去！」

燃燒尾狐拿出天書喃喃自語一陣後，擦把冷汗，報告不幸消息：「這五個不是普通人，分別是哈迪斯手下最得力的冥河船夫卡戎、三頭犬刻耳柏洛斯、米諾斯、艾雅格斯、拉達曼提斯……呃，他們實力都在十魔將之上，地位相當於路西法手下的三大魔神。」

德服人才是上策。」

「……」雲千千堅強的擦把冷汗，收回法杖說道：「咳，我仔細想過了，老是打打殺殺的很不好，以

「嗯嗯，沒錯！」燃燒尾狐忙點頭。

九夜對此二人堅定鄙視之。

這次東魔界遠征特攻小組中除了雲千千和九夜外，另外還來了神棍燃燒尾狐、騙子天堂行走，以及純粹路過的零零妖同學。此五人陣容一出，頓時引得彼岸毒草嘴角抽搐半分鐘，後送稱號「坑蒙拐騙突擊隊」……五分之三的成員都不是什麼好名聲的角色啊。

「來人止步！」五魔很快近前，將遠征小組團團包圍，號令道：「前面的道路不允許通過，你們請回吧。」

「咦，這麼友好？」雲千千狐疑。照理說她這張臉應該已經被東魔界全面通緝了才對，剛才路過幾座城的時候她還拐道進去看了眼，自己人頭好像值 1000 金……莫非東魔界的五位大神因為常年生活在光線不好的冥界，所以得了什麼青光眼、近視眼之類的不治之症？

燃燒尾狐在隊伍頻道裡通風報信：「剛才說話的就是卡戎，他專門負責把死者渡去冥界，而且要收錢。不給錢的只能去當孤魂野鬼。」

「聽你這意思，好像我還得出過路費？」

「呃，大概是這情況沒錯。」

「寫借據可以嗎？」

「……我想他應該沒法接受。」燃燒尾狐比較委婉的駁回雲千千的痴心妄想。

「你誤會了，我意思是說讓你們寫借據，你們先借我。」

「……」這個他們也沒法接受。

雲千千嘆口氣，一看就知道這四個沒風度的大男人是準備圍觀自己一個小女子請客了，只好出面交涉道：「卡戎老大是吧？你直接報個實價吧，過路費多少錢？」

卡戎很明顯的踟躕了下，但還是堅定的搖頭說道：「對不起，你們真的不能過去。」也許是看在對方識相的分上，他的語氣和緩了不少：「哈迪斯大人現在不在魔宮，你們進去了也沒用。」

聽這意思，人家似乎知道自己是想來宰他們老大的？雲千千猶豫一下繼續說道：「你們可能對我們有些誤會……」

「沒什麼誤會。老實說吧，我們和西魔界的戰事在剛才已經暫時停止了，妳回去之後應該就能在西魔界看到通知。」

五魔神的態度還算友好，所以雲千千還是願意相信對方，於是好奇問道：「為什麼停止？」

「這個……」五魔神面面相覷：「我們也不是很清楚，只知道似乎是因為突然發下了眾神手令。」

眾神手令？沒有聽過。

雲千千和另外四人一起茫然。

幾魔解釋了下，於是五人才知道具體情況。所謂眾神手令，就是指由主神直接發給眾 BOSS 的召集令，相當於武俠小說中的武林盟主令。無論是城池城主、種族族長還是一界之尊，只要是接到了眾神手令的 NPC，必須無條件放下當前正在執行的一切活動，以最快速度趕到「天柱」中聚集。

哈迪斯正是在五人到來的前不久時接到了手令，於是立即宣布戰事中止，同時動身去赴會；再於是，才有了雲千千等人現在遇到的這一幕。

五魔離開後，九夜沉吟半晌道：「這個相當於緊急暫停功能，我記得其他一些虛擬網遊裡也有類似的東西。」

擬真網遊以邏輯法則為基礎，完全脫離人為操控，由搭建遊戲世界的智腦主機隨機生成世界，再按照虛擬世界的基礎邏輯法則自行運行……這樣的世界和真實世界一樣，擁有無限的可能性，所以才叫擬真網遊。

而GM等遊戲公司派出的人，至多只是能在遊戲中擁有一些特權，同時能夠在監視器外了解玩家的某些行為，但他們卻無法直接插手遊戲中的事件，這也是為了最大保證遊戲中的公平性。

但是這麼一來的話，一個最大的問題就出現了——若是機器脫離了人類的控制該怎麼辦？

人工智慧的不斷進化是所有程式工程師都憂心和無時不在避免發生的一個問題。當虛擬生命有了人類的感情時，它們會不會在某些負面情緒的作用下攻擊人類？

比如說家用打掃機器人，它們的合金身體明顯強於肉體，它們身上裝載的工具也是鋒利堅實……如果這些程式成了暴徒，那將是怎樣的災難？

再比如說虛擬網遊，玩家透過儀器將自己的腦電波直接連入虛擬幻境，這才有了遊戲世界的互動。在連接的時候，玩家的精神世界相當於是毫無防備的完全袒露於智腦的面前。一旦後者有什麼不軌的企圖，只消稍稍動彈，就能輕易摧毀所有線上玩家的意識世界，替世界造出十幾億植物人出來……

越是高科技的存在，越是需要小心謹慎做好一切防範措施。網路警察應運而生，也才有了眾神手令之類的各種限制。

為了避免出現智腦主機攻擊人類的行為，所有一定等級以上的許可權都是被遊戲公司直接封死，絕對不能調動使用的。既然是連智腦都無法碰觸的許可權，遊戲公司方面的人員自然更沒辦法接觸，這也就意味著他們對遊戲本身運行的掌控力更低了許多。

而這世界上還有個詞叫「意外」。

儘管是一個完全依靠法則隨機運行的世界，也總會有可能出現一些超脫法則或是打亂進程的意外，比如說雲千千……為了防備這樣的情況，遊戲公司特意插入了眾神手令。在有了萬一的情況時，遊戲公司方面的人員可以透過申請拿下簽字和口令，調動這段應急程式，將有關功能的BOSS或NPC聚集起來，中止當前正在進行的活動，然後趁著這段緩衝時間處理遊戲內出現的問題……

「所以你的意思也就是說，現在這裡的活動在遊戲公司看來是屬於非正常的？」雲千千不是完全明白，但總算是理解了一部分：「那麼哈迪斯就算是被關禁閉了吧？」

「差不多。」九夜斜睨了雲千千一眼：「現在還不知道究竟是出現了什麼問題才導致出現這樣大動作的應急措施，我回去問問無常。這段時間裡妳最好別做什麼……呃，要不妳乾脆下線去度假個一年半年好了？」

「……」她怎麼覺得自己好像成了BUG或是遊戲病毒？雲千千鬱悶道：「我哪有那麼大本事，您太看得起小的了。」

「小心無大錯。」九夜的臉色很嚴肅，對於這顆爛桃的破壞力他從來不敢低估。

「行了行了，你去忙吧，我什麼都不幹，就隨便逛逛總可以了吧。」

就這樣，坑蒙拐騙突擊隊組建一小時不到即立刻宣告解散。九夜回去找無常，天堂行走回去找美女，燃燒尾狐準備繼續踏上自己升級天書的旅程；雲千千……她是對未來感覺最茫然的一個了。

活動都沒了，去做什麼捏？

魔界之亂和眾神時代一起被強迫暫停，玩家們自然是有感覺的。雖然明面上沒有發公告，但突然之間所有牽涉在內的NPC都成了失蹤人口，是個有腦子的就能感覺出問題了。

莫非是什麼新劇情？

玩家們始終比較樂觀，根本沒往遊戲本身出現問題的方面去想，直接揣測是一大型新劇情又面世。於是世界又開始沸騰，全創世紀玩家歡樂的東竄竄、西跑跑，滿地圖奔波，鑽洞下海、開山破石，一片歡欣鼓舞。

雲千千對此情景很是無語。就算九夜沒明著讓她封口，她也知道有些事情是不能說的。禍從口出永遠都是真理，雖然很多人都忘記遵守……

就在這樣一個無聊到發慌的時候，龍騰終於重新上線了，而且是一上線就直接聯繫了雲千千：「妳兒子被抓了！」

158 來自族長的請求

「被誰抓？」

「不知道。」

「抓去哪？」

「不知道。」

「……你到底知道什麼？」

「什麼都不知道。」

一問三不知，雲千千無奈，只好回西魔界詢問情況。

她剛一進魔宮大門就被一把鼻涕一把眼淚的薩麥爾抓住：「殿下，您快去救救陛下吧！」

「乖，我知道情況了才特意趕回來的。別哭了，你先跟我說說到底是怎麼回事……臥槽！叫你別哭了

還把鼻涕往我袖子上擦，找死是不是!?」

薩麥爾抽抽搭搭的收回爪子，哭得通紅的兔子眼睛可憐巴巴、濕漉漉的瞅著雲千千說道：「陛下上午接到了眾神手令。」

雲千千恍然大悟，反問：「他也被召集了？」

「也？」

「嗯。你應該也知道我今天組了隊想去砍老哈吧，結果人家座下五大得力戰將說是人已經先一步被眾神手令喊走了，連戰事都暫停下來……不過話又說回來，你們陛下現在還只是一個小屁孩？除了吃奶他目前還會什麼？有必要連這個小東西也一起召喚走嗎？」

「該死的哈迪斯！如果不是這些亂黨妄圖反叛，挑起眾神之亂，我們陛下又怎麼會被連累！」薩麥爾似是終於找到罪魁禍首般咬牙切齒，遷怒的功力一等一的好。

雲千千拍拍薩麥爾安慰道：「鎮定鎮定，人家手下現在都很低調，態度不錯。這件事情說起來也不全怪他們，聽九哥說大概是因為遊戲本身進程的問題。」進程過快？開什麼玩笑，唸書還能跳級呢，玩個遊戲提前觸發劇情就不行了？

對於遊戲公司這次弄出的事情，雲千千其實從心底還是感到很不滿的。她雖然也隱約知道事情大概是自己搞出來的，但卻沒覺得這有什麼錯。

所謂的評估就僅僅只能是評估，難道因為超出了自己預估的結果，不想承擔變故帶來的責任，所以就要強行使所有人都暫停下來，配合他們的節奏？

如果真的不希望這些劇情被提前觸發的話，從一開始遊戲公司就應該明白的設下限制，再或者把新資料片開放權力完全握在手中。一方面號稱完全擬真，世界自行運行；一方面又不想承擔自行運算後得出的意料之外的結果，這難道就是一個負責任的團隊該做出的事情？

雲千千義憤填膺、義正詞嚴、意氣風發的批判對方，拒絕考慮自己在事件惡化中起到的催化作用……嗯嗯，沒錯，都是遊戲公司的錯，跟她一點關係都沒有。

如果說一開始只是BOSS被召集走，讓玩家過多的熱情無處宣洩，那麼後面幾天裡，陸陸續續的問題就實在是讓人難以忍受了。

「為什麼不批准我們駐紮？你這NPC知道我們兄弟死了多少人才拿下那塊駐地嗎!?」一夥暴徒砸桌敲椅在某城池辦公廳嗷嗷抗議。

「對不起，但是我們城主不在，所以駐紮註冊功能現在也暫時不能開放，請等待恢復。」

「什麼時候恢復？」

「對不起，我們暫時沒得到通知，恢復時會在公告板張貼通知，請密切關注。」

「幹！」

「對不起，我們這裡暫時不提供色情服務。提供時會在公告板張貼通知，請密切關注。」

「……」

諸如此類的對話不斷在各個場景上演。當玩家們發覺不對勁時，混亂已經接連持續了數日。

雲千千身為一個經常在NPC高層精英中活動的壞蛋，突然一下不管交好還是交惡的對象全部消失，頓時更是比其他人還要混亂。

龍界——

「對不起，族長被眾神手令召集走了，暫時沒辦法讓您參觀我們的寶庫……對了，XXX也被召走了，但是他兒子還在，妳和他也是熟人，能不能幫忙帶幾天？」

XXX代指龍哥。

「拜拜。」

主城城主府——

「對不起，城主現在公務出差，您申請的創世幣與聯盟幣兌換業務需要找主神申請，請先填表格，一週內我們將為您審核通知。PS：聯盟幣低於10萬的小額兌換需要審核十五天……」

「……」

神界——

「對不起……」

「不必說了，我知道你們神主現在肯定不在，我就是路過順便犯賤上來找虐的……馬的，你們難道就沒一個可以管事的人？」

神界使者很抱歉也很無奈的看雲千千道歉道：「實在很對不起，不過我們自己也很為難。」

雲千千嘆口氣。真要說起來的話，NPC的日子比玩家更是不好過。對於玩家來說，沒了高級NPC只是少了很多功能和便利；但對於NPC來說，這些消失的角色可一個個都是他們君主。

更讓雲千千嘆息的是，她一回到大陸，居然在某地圖巧遇了自家族長。

「老老老老大？」雲千千驚駭，不是所有領導者都被叫走了嗎？自己現在在這看到的是啥？幽靈？

修羅族族長淡淡的瞥了雲千千一眼，態度很是平靜：「嗯。」

「……您老人家沒收到眾神手令？」

「收到了。」

「那你……」居然敢抗命？這可新鮮了，聽說NPC都不能拒絕眾神手令，自己族長居然有這魄力。雲千千一時不知是驚是喜還是憂。

「沒看我正趕路？」修羅族族長一擰眉，沒好氣的回了句。

「……」雲千千抹把冷汗：「我聽說大家似乎都是統一在幾天前收到通知，您腳程不至於差成這樣子吧。」說到這裡，她突然想起此NPC與九夜極為相似的某屬性，忍了又忍，憋不住問道：「您找不到天柱在哪裡？」

「……」

「……看您這樣子好像我猜得沒錯？」

「……」

很好，果然是迷路了。

雲千千瀑布汗。她現在嚴重懷疑遊戲官方根本就是按照九夜的模本來創建此NPC角色，不然怎麼除了長相之外，連路痴屬性都複製得如此創意。

修羅族族長沉吟了下，然後問道：「我給妳一個任務，接不接？」

「唔，這得看是什麼任務了。」一直不喜歡自己的修羅族族長應該不會突然被天雷劈中，對自己評價突變，所以他居然跳過九夜發任務給自己，其態度本身就說明了這任務應該不怎麼討好：「您也知道的，所謂無利不起早……當然了，大家都是熟人，替你打個八折也不是不可以。」

「只要妳能完成任務，我不僅幫妳免費把雷心升級到滿階完全狀態，還可以發一塊修羅令給妳，在下次轉職時可跳過轉職任務和申請，直接消耗令牌完成轉職。」

雲千千被這豐厚獎勵震撼了，反問：「我能不能不接？」

「為什麼？」

修羅族族長不怒反笑，一張冰山妖孽臉突然笑得百花盛開，這反差頓時讓雲千千更是膽顫。

「三歲小孩都知道，一般收穫越多，需要付出的也就越大。我覺得自己智商挺正常的。」雲千千委婉的表示自己不是冤大頭。

「我知道。」修羅族族長淡淡頷首：「我一般把妳當四歲的。」

#$%&……雲千千抓狂。

修羅族族長繼續道：「其實妳應該也猜出來了，眾神手令並不是你們冒險者以為的所謂世界劇情，而是主神對這世界有所顧忌，想要遏止甚至抹殺我們其中的某些人。而本族長……從來就不是束手待斃的人。」

「族長威武。」雲千千吐血鼓掌表示捧場。這人還真好意思說，要不是他路痴的話，現在這會也早到天柱被關小黑屋了，哪還有機會揪住自己發任務……

不過說到抹殺？這個挺慘的，她還沒想到居然會嚴重到這地步。想想自己生的那小包子，雖然挺不喜歡他，但好說也是自己罩的人，自己欺負是天經地義，卻從沒想過居然會有其他人敢朝他遞爪……雲千千認真了幾分。

「冒險者擁有我們所沒有的機緣，你們是可以製造意外……或者說你們是可以創造新世界格局的人。」修羅族族長道：「我們只能遵照主神的指令走向被預定好的未來，但你們卻可以為我們改變這個未來。」

雲千千被修羅族族長凝重目光看得汗然，抓抓頭，無奈道：「你都把話說到這分上了，我哪好意思不答應啊。不過話再說回來，我能力真的不夠……」這不是簡簡單單刷 BOSS ，這是直接挑戰整個遊戲世界……馬的，自己這黑心屬性居然還有當救世主的一天。

「不只妳一個人。」修羅族族長終於又笑了笑，這次溫和許多，繼續說道：「只要妳能通過周邊關卡殺進天柱，我們這些被眾神手令召集的人都會為妳提供助力的。」

「……」很好，原來是起義。

此時，在大陸的另一片地圖中，接連幾天被公會亂帳攪得一頭忙亂的彼岸毒終於也坐不住了。

「我覺得情況不對勁啊，最近這局勢越來越嚴峻了。散人玩家還好說，反正平常打怪、交易什麼的不受影響，小任務也還正常受理。問題是我們這些人哪天不得和幾個高層 NPC 打交道，什麼稅金、軍備、城池維修維護……再這麼下去的話，大家日子真要不好過了。」彼岸毒草本著獨苦悶不如眾苦悶的精神，義無反顧、很是俐落的拉了幾個公會會長出來煮酒論英雄：「各位有什麼看法？」

最近九夜回歸，無常幾人無情拋棄舊愛一葉知秋；後者以前早過慣了把事情都丟給狗頭軍師打理的日子，現在重新這麼一忙起來，倒顯得分外憔悴：「我沒什麼看法，你們商量吧，你們怎麼走我就麼走。」

龍騰鄙視道：「你還是個會長吧？」

一葉知秋怒道：「蜜桃多多也是會長呢！」他至少親自參加會議了，總比那個連面都不露的壞人好。

「大家回歸正題。」彼岸毒草頭疼道：「憋了那麼多天，誰都受不了。我們會長今天早上很鬱悶的出門去了，目前不知道是去幹嘛，不過看她不爽的表情，初步判定很有可能是去找碴或是被找碴……現在我只希望她別惹出大麻煩就好。你們別再提這個人，一提她我就想吐血。」

發現這裡還有個比自己更憔悴的，本著你難過所以我快樂之精神，一葉知秋頓時感覺分外舒爽，就連長久以來的鬱悶都散去了幾分，甚至還有心情，很是關切了一下：「別難過了，你的努力我們都看在眼裡。說句實話，水果樂園要是沒你的話，早不知道散夥多少回了。呃，順便問一下，蜜桃多多是不是有什麼不高興的事，說出來……」讓我們高興高興呀……

強忍著把這後半句嚥回去，一葉知秋總算還知道不能得意忘形，於是想想換了比較委婉的說法：「我們也幫忙想想怎麼解決啊。」

說桃子，桃子到。

從修羅族族長處接了任務歸來的雲千千恭送走自家族長，氣勢洶洶的趕到會議現場踹門亂入，剛好打斷正要開口的彼岸毒草：「都跟我走！」

「幹嘛去？」龍騰興致勃勃的第一個響應。有桃子有熱鬧，他早知道遊戲公司針對的就是這女人，所以也早算到第一個忍不住的肯定是她。

渾水摸魚乃是暴富的最佳良機啊，這個可千萬不能錯過。

「殺上天柱！」雲千千淚流滿面。

159 海中之戰

要殺上天柱解放眾 BOSS，這當然不是一個簡單的任務。

不說敵人實力等級，就單說人家的地位，那就註定了不可能是一個普通的炮灰角色。能把創世紀所有 BOSS 一網打盡，這該是何等的難纏。雖然目前還不知道對方能有什麼特權、特技、特異功能，但說不定到時候自己萬把人殺上去，人家直接來個隨身空間把所有 BOSS 裝走……雲千千想到這裡都覺得悲劇。

當今網路小說最熱門三大題材：重生、穿越、隨身空間。既然自己都能重生了，後兩者出現也不是完全不可能的事情。

雲千千需要人手，各式各樣的、大量的、有實力的人手。

「我可以把所有會員都調去，保證沒有人敢違抗偷懶。有的話妳告訴我，我炒了他。」龍騰豪氣萬丈的拍胸脯打包票：「不過有一個條件，這次的戰利品我要求完全公正、公開、公平發放。換而言之，不管

是任何BOSS還是小怪，哪怕妳只撿到根毛也必須交出來，大家按需、按酬統一分配。」

吃過數次悶虧，龍騰現在已經成長得無比精明。

「沒有問題。」雲千千也痛快點頭。反正自己最大的酬勞已經有修羅族族長友情提供了，除此之外再有多的全是白賺，什麼都不拿也不賠本。

「我……也沒問題。」銘心刻骨想想點頭，然後嘆口氣，拉著不滿的老婆到一邊安撫。

「這個……」一葉知秋左右看看，沒想到其他人居然都這麼爽快，那自己怎麼辦捏？他不想繼續和這女人攪和到一起啊。

「當此世界危難之秋，玩家興亡之際，你這麼吞吞吐吐的是什麼意思？」雲千千拍案而起，橫眉怒目，一臉正氣凜然：「連我這樣子的壞蛋都願意捨身成仁，為蒼生計不惜犧牲利益了，而你卻如此貪生怕死，實在是很讓我失望啊，葉子！」

「……」臥槽！妳也知道自己是壞蛋啊！

彼岸毒草看氣氛不對，連忙跳出來圓場：「好了好了，大家都是自己人，別為這點小事傷了和氣……蜜桃，妳去其他公會遊說看看，盡量多找些幫手。BOSS都被調去天柱關起來了，所以我推測那裡不會有關卡BOSS坐鎮，周邊關卡應該都是些小怪，人太少實在是很難闖過去……我和幾位會長聊聊，順便確定一下戰術和指揮問題。等妳弄好了再回來找我們。」

雲千千一聽就知道這是想把自己這破壞和諧的搗蛋分子趕出去了，她撇撇嘴，無聊道：「也行，那你們慢慢討論吧。不過我事先聲明，最晚二十四小時內必須開始行動，不然到時候被餓死一、兩批BOSS就不好了。」

據修羅族族長所說，天柱關押眾BOSS的地方無床、無馬桶、無食物。前二者還好，反正BOSS加班加慣了，部分熱鬥地圖裡的BOSS甚至連續好幾天不睡覺的都有。當然，這樣的後遺症就是玩家們打BOSS的時候難易度不一。

有時候碰上精神抖擻的BOSS，一連出好幾個暴擊，身法也是飄逸流暢，閃避奇高。而有時候碰上加班加久了的BOSS，基本上就是站著發呆打瞌睡，想起來了才揮兩下手，意思意思算作反抗……後者雖好打，但其趕場加班匆忙，所以身上經常忘記帶獎勵。一隊玩家打了好幾小時，最後只得破草兩、三根的情況也不是沒發生過……

唯一麻煩的是食物。西方魔幻聽說沒有東方修真的所謂辟穀概念，換句話也就是說，餓久了還是會死。其他BOSS皮粗肉厚、脂肪充足的倒是沒太大關係，但是小路西法現在還沒長大……不知道有沒有帶著薩麥爾準備的奶瓶。

不知道被關的那批BOSS裡有沒有母的。嗯，最起碼得C罩杯。然後還得脾氣好，不然人家不理小魔王。再再然後，還得看得順眼，不然小魔王不理人家。嗯嗯，比如那童X巨X什麼的……雲千千擦把口水，走神了……

新十二公會聯盟公會駐地中，聯盟再次開會。

新十二公會聯盟盟主正在發表談話：「最近的形勢大家應該都看得出來，我們的工作遇到些麻煩……」

「盟主！」他話還沒說完，門外有人驚慌的衝進來吼。

「什麼事？」新十二公會聯盟盟主很不爽，開會發言被人打斷是很沒有面子滴。

「蜜桃多多來了！」該人以一種「鬼子進村了」的語氣嘶聲吶喊道，而這一句話果然效果非凡，頓時引出會議室內一片倒抽冷氣的聲音。

「馬的！」

「靠！」

「臥槽！」

「她怎麼又來？」

「怎麼辦？怎麼辦？」

一片情緒激動的騷動中，新十二公會聯盟盟主的頭上青筋很活躍的閃跳幾下，大喝拍桌：「都不要慌張！吵吵鬧鬧的像什麼樣子……來人，迅速啟動S級戒備，所有NPC軍隊就位，緊急召集所有線上玩家回駐地升結界，升炮臺，關城門，放狗！」

「盟主……」該是你別慌張才對吧。

眾會長無語。

雲千千保持一貫風格直接踹門進來：「大家別緊張，我這次是很友好的拜訪。」

「……友好的拜訪一般是敲門不是踹門。」某會長壯著膽子開口。

「你叫什麼名字？」雲千千轉頭問道。

「呃，十年又十年……」該會長反射性答，問道：「有什麼問題？」

「沒有問題。」雲千千很認真的拿小本子把名字寫下，展齒一笑道：「我說了這次是很友好的拜訪，所以今天不會動你的，別緊張。」

「……」十年又十年欲哭無淚。妳這麼說是什麼意思？這樣自己會更緊張啊！

新十二公會聯盟盟主乾咳一聲：「蜜桃會長，妳這麼做是不是有點不給面子？」

「我做什麼了？」

「妳……」新十二公會聯盟盟主想要指責卻說不出話來。是啊，人家「現在」什麼都沒做，頂多就是踹壞一扇門而已。

「對了，我這次來是有正事的。」雲千千自己找位置坐下，轉回正題：「最近的形勢大家都看得出來，你們的工作應該遇到了些麻煩……」

咦，這開場白怎麼如此熟悉？

雲千千不理會眾人表情，將事情有增有減、適當誇張又適當隱瞞的大致敘述了一遍，最後總結道：「所以，我們急需大量人手一起殺上天柱，好將那些高級BOSS和高級NPC都救出來……大家應該想得到，這事情如果真要成功的話，那些被援救的NPC手裡的好東西絕對不可能少。」

新十二公會聯盟盟主吞口口水，有些動心，但還是有些不爽道：「哼，說得好聽，最大的好處還不是你們水果樂園拿的。如果我們不去呢？」

「很簡單，你去，我們多個幫手，你們也有機會撈油水，大家皆大歡喜。」雲千千無所謂的攤手，「你不去，至多是我另外去找其他人，然後出發之前先帶著人馬從你這裡繞個道、逛一圈……」

創世紀裡面最不缺的就是玩家。新十二公會聯盟盟主知道，自己這點人馬根本沒怎麼太重要，人家要真去找其他勢力的話，多的是願意跟去湊熱鬧的人。

「好。」新十二公會聯盟盟主咬牙氣道：「我答應，不過得先簽個協議，所有戰利品統一分配，妳不可以用任何理由偏袒自己聯盟的人。」

「OK，協議簽好後你馬上去XX地報到，彼岸毒草在那主持分配安排工作。」雲千千還是那句話，反正自己的好處早就有族長承諾過了，這點油水誰愛占誰占去……

彼岸毒草這一天刺激很大。做了那麼多年副會長、第二把交椅，一直以來負責著大批公會人員的各種安排調度，他見過的場面也算是很多了。

可是儘管如此，彼岸毒草也從未像今天這般，一次見到這麼多的人馬。

自己公會加聯盟的人手就已經有好幾萬，這還是NPC軍隊沒開出來的情況下。這點人手還沒安排完呢，後面新十二公會聯盟又來了。十二家新興公會發展到現在，也是好幾萬人手鎮在手裡，場面不比自己這邊小多少。新十二公會聯盟盟主光交了份名單上來就有差不多一公尺厚，這又得儘快安排下去。

再接下來，陸陸續續又來了XX會長、XX團長、XX戰隊長、XX軍團長……彼岸毒草現在不擔心人手不夠用，他唯一擔心的是天柱周邊的地圖裡能不能容納那麼多的人。

「這死桃，該不會是看見人就拉過來了吧？她沒事先篩選？」彼岸毒草跟身邊的助手孽六吐槽。

孽六迅速把這個問題翻譯成委婉溫和的口氣詢問雲千千，接到回信後才答道：「會長說她已經篩選過了，但是這裡面有些渾水摸魚的還是無法避免。比如說有些是某公會自己添加的名額，再有些是某些精英高手強烈要求攜帶的家屬……」

彼岸毒草吐血：「我們這又不是去郊遊，帶什麼家屬啊！」

「這個是無法避免的，畢竟人多分到的戰利品就多。」孽六也是一腦袋冷汗：「這次會長很公正，和所有人都簽了份共同協議，表示戰利品完全公開化且完全平均分配，他們只不過是想盡量擴大自己在分母中占據的比例……」

「意思也就是說，以前那顆爛桃那麼刻薄的時候反而秩序井然；這次難得公平、公正、公開，反而破壞了紀律……」彼岸毒草越想越覺得鬱悶：「難道現在這世道果然已經是正不壓邪了嗎？」

「……」孽六默。這種事情不是自己好插嘴的，一個是頂頭上司，一個是頂頭上司的上司……反正自己就是個小卒子，還是乖乖當背景就好了。

「我聽到有人在說我壞話。」

說桃子，桃子又到。

孽六出了一把冷汗。還好自己小心駛得萬年船，剛才一句壞話都沒說。

彼岸毒草瞪了一眼過去怒道：「我說的是正不壓邪，妳要自以為是邪的話完全可以當我就是在說妳壞話。」

「嘿嘿，我這人很有自知之明。」雲千千不介意的笑笑，摸出一小本冊子遞過去。

「又是新增援兵名冊？」彼岸毒草現在一看類似資料公文的東西就頭大，根本不想接：「我們現在人手已經很足夠了。」

「不是名冊，是無常給的資料。」雲千千翻開其中一頁：「天柱，海中地圖，號稱在天之涯、海之角，頂於一巨龜龜殼之上，四面環海，周有海怪、蛟人無數。上了龜殼後有法則阻擋小怪，但最多可以同時登陸一千多人；且整片龜殼正上空有雷火籠罩，持續攻擊玩家降血，附麻痺狀態……海面有颶風限制飛行，實力強橫的可以試一試，存活機率不大。所以玩家只能自己攀登天柱，還要防備一個不小心被風颳下來，其險不下華山。」

「別唸了。」彼岸毒草頭更疼了。有主神罩的和沒主神罩的果然就是不一樣，人家弄個小黑屋都那麼高級。不用 BOSS，單憑地理條件都能弄死一大批玩家，這簡直比開了外掛還要凶猛：「他怎麼弄到這資料的？」

「人家上面有人。」雲千千合上小冊子，神秘兮兮的笑。

別以為遊戲官方頂個創世神的名頭就了不起了，擬真世界裡最高的實力顛峰是各界 NPC 首腦，最大的

原生力量是玩家，還有周邊監督力量，無常的資料庫做後援……等殺上天柱，各BOSS和玩家一會師，到時不一定是誰被打回老家咬被窩哭呢。

天柱天險？哼，現在也就這點優勢了

彼岸毒草和臨時調來的一批高手爭分奪秒趕工，終於在第二天凌晨時整理完了所有被騙來參戰的玩家資料，將人員分配完畢。這其中相當大的一部分人都是炮灰，作為人海戰術中的人海，專門用來淹天柱周邊那些海怪的。剩下精挑細選出來將近三萬人的精英，則是有資格上龜殼攀登天柱的骨幹力量。

這三萬人中肯定無可避免的還會有犧牲，按彼岸毒草的推測，最後能有五千人成功登頂就算是勝利了。畢竟上方還有被關押的各界BOSS接應，那些大爺一個個都不是好惹的，和玩家一會合，完全可以輕鬆幹掉鎮神臺上的一千天將。

緊接著就是最困難的一環，鎮神臺滅，萬象劫出，怎樣成功帶領眾BOSS從鎮神臺上勝利大逃亡，這是一個嚴峻的考驗……嗯，此時人數多寡已經沒有太大意義，關鍵是要能隨機應變。

現在彼岸毒草只能祈禱，衷心期盼那顆爛桃能在危急時刻力挽狂瀾……

身為名義上的主帥，雲千千麾下毫無異議的引領了十萬人馬；其他兵力由彼岸毒草及各大公會會長瓜分，最少一路也有三萬。雖然任務說不定會失敗，但是第一次領導如此大軍的大家都表示很興奮也很滿足。

會面、對時、申請了專用戰略頻道後，幾路人馬分別傳到不同海島，統一時間由各個方向開始向天柱海域分頭推進。

雲千千衝向的西南方半小時後即遭遇第一波海怪。

「炮灰上去頂，精英跟我衝！」雲千千在頻道中一聲斷喝，頓時十萬人裡至少七、八萬吐血。

早知道自己主帥是江湖上有名的壞蛋，但大家都沒想到這人還能壞得這麼光明正大、無所畏懼。這種時候至少也要考慮下士氣的問題吧。

「陣亡有撫卹！」雲千千再喝。

頓時士氣突然高漲，群玩家嗷嗷怪叫，英勇無畏的迎上海中群怪。

旁邊副官擦把冷汗，小小聲附耳說道：「會長，這麼欺騙無知群眾不大好吧……」

「誰說我欺騙群眾了？」

「那妳剛說有撫卹……」

「是有啊，但我說是我發了嗎？」雲千千嘿嘿笑道：「一開始早就說過了，所有戰利品都公開、公平發放到各公會會長手裡，他們愛怎麼發給下面人是他們的事。他們不願意給陣亡的人多發撫卹，或者他們願意發多少撫卹，那也都是他們自己的問題。我個人覺得他們應該不會想寒了手下成員的心吧……」

「……」於是副官也吐血。自己會長果然是壞，還好水果樂園成立以來由她領導的時日不多。

他懶得繼續問那麼水果樂園的撫卹金該怎麼辦了，反正人家到時候有的是理由推脫；再說自己公會福利也不錯，不管是以前的飛行翅膀還是後來的魔獸蛋，都是水果樂園先撈頭一份。

重賞之下必有勇夫，雖然這個重賞是腦補出來的，但是目前來說大家情緒激昂了是肯定的。十萬大軍一衝，前面的阻截海怪頓時不夠看。這些人連命都能不要了，還怕什麼？能加入天柱遠征軍，尤其是能加入雲千千這惡人麾下的，就算是砲灰又怎麼可能是低手？

自認等級不夠、改而走領撫卹金路線的眾炮灰，強勢霸道的在海怪中衝殺出一條通道。

雲千千連忙帶著等級高的那一批人通過，順便開頻道繼續替眾人加鼓舞狀態：「同伴們辛苦了，回復活點的自己把名字報到自己各自公會會長那裡，戰事結束後統一安排。」

於是正在其他方位的各公會會長茫然了，一時之間怎麼突然來了這麼多垃圾訊息，都不說有啥事，直接報個名字就撤；有的比較禮貌的，還替自己加一句「老大加油啊，我們等你回來」……

這是怎麼回事？

彼岸毒草聽副官報告後，分外不滿。雲千千開空頭支票也就算了，最可氣的是後面還得自己幫她擦屁股，這麼多人是好得罪的嗎？萬一一個不小心消息走漏或是有人對安排不滿，說不定群眾就得反叛。

當然，他沒想到能當老大的都是要面子的人，就算再不要臉的也不可能達到雲千千這地步。打腫臉充胖子說的就是這些自以為有身分的人。要是真有人好意思把自己手下的人打發到雲千千那去領撫卹金，那就名聲掃地了。

再完美的調度也免不了混亂，畢竟玩家們都不是經歷過軍事訓練的人，沒有那麼高的群戰水準。頂多是平常的時候打場群架，抑或是參與了幾次公會大型BOSS圍剿活動，這就已經算是很了不起的集體作戰經驗了。

更何況再大規模的集體作戰也沒大到幾萬人一起出動過，指令的有效理解和有效執行自然就成了一個大問題。

如雲千千這樣指揮粗糙的反而變得最為有效，反正就是往前衝。而如同彼岸毒草一類的智慧流則變得委屈，他指東，人家打西；他喊撤退，人家偏要追擊……到最後，戰場終於變成一團混亂，眾玩家越是推進越是茫然，恍惚間已經不記得自己到底是哪個方陣、哪個指揮官手下了，只知道有意識的多殺怪，盡量向天柱方向靠近。

還好無常一開始就預測到會有這樣的局面，所以提交給雲千千的小本子裡也寫過應對措施。等到進入已經肉眼可見天柱位置的戰場時，眾指揮官同時放棄手下隊伍，讓這些人員和群怪繼續亂戰，自己則升桃徽旗，率領著早就已經內定好的少數精英向天柱掠近。

「這些傢伙，真叫一個亂。」雲千千憑藉強橫雷電之力開道，闢出一條通道直登龜殼，點點自己身後人數，損失很好的控制在預計之中：「我們先等等，只有一支隊伍不好登，等再來幾支隊伍，湊齊一千人並肩上。」

於是眾精英吃藥的吃藥、開盾的開盾，訓練有素的擋住天空上方傾瀉不斷的雷火，養精蓄銳準備登天。

副官緊跟雲千千腳步純偷懶，雖然實力不是很高，但背靠大樹好乘涼，居然也一路安全的混進了天柱下方這個戰場安全區。

趁著休息時間，他連忙跟雲千千報告損失：「我們麾下的精英隊四百人，剛才衝進來的過程中損失三十九，現在有三百多……問題死的這些人大部分都是牧師。如果接下來衝進來的精英裡牧師也不多的話，登天柱時的損失會更大。」

雲千千沉吟半晌道：「這個也沒辦法，如果慢慢推進的話倒是比較妥當，但是我們時間已經不多了，二十四小時內必須衝上鎮神臺，這是族長給我的任務裡明說了的……如果超過這時間的話，鎮神臺上可能會出現一些不好的事情。」

比如說BOSS說不定會被抹殺掉一、兩批，到時候不僅僅是自己助力減少的問題，關鍵如果被掛的是熟人的話，雲千千心裡肯定過意不去。

比如說自己兒子，比如說小龍人他爹……

副官一怔，繼而也嘆氣道：「你們族長給妳的這任務真麻煩。照理來說，難度越高的大型任務，準備時間也應該越長才對。」

「呵呵……」雲千千乾笑。她沒有跟所有人都說過任務的具體真相，反正大家不滿也是對遊戲公司的設定不滿，跟自己沒關係。

「不過話說回來，九哥這次怎麼沒來？」

「他？」雲千千嘿嘿一笑道：「他還有更重要的事情要做。」

不一會，第二支登陸隊伍終於成功上岸。出乎雲千千意料的是，這支隊伍不是彼岸毒草麾下，是由龍騰率領的。

「有錢人的實力果然深不可測啊。」對於這結果，雲千千也只有這麼一句感慨了。

龍騰瞪眼說道：「別以為妳這麼說我就聽不出妳罵我敗家子了。」

「嘿嘿，本來也就沒想瞞你。」

「……」

「你們上來多少人？」雲千千轉移話題問道。

龍騰賣弄風騷的打個響指，頭也不回道：「報數。」

「One、Two、Three……」

雲千千擦把冷汗，跟身後副官唸叨：「看見沒？這才叫風騷。戰前他絕對把指揮時間抽出來專門將這些人練過的，說不定還發了配合表演的費用……」

副官也擦冷汗，點頭道：「嗯嗯，龍騰會長果然……嗯，名不虛傳。」

還好風騷歸風騷，龍騰倒是沒想奪權，報完數後就道：「兩百零七人。等一下指揮權交給妳了，我只管跟妳衝。」

160 鎮神臺

「別，還是你來吧！」雲千千知道自己定位還是在單兵作戰能力上，根本不是當長官的材料。以前家裡都靠彼岸毒草這賢內助打理，自己從來沒幹過正事。如果她真的老老實實的坐在駐地裡處理公務不出去搗亂的話，江湖上說不定得嚇死多少人，也許大家都以為自己正醞釀天大的陰謀……

「也行。」龍騰也不客氣。他當老大當慣了，根本不覺得指揮作戰是件多為難的事；而且人家還自帶天生鼓舞技能，他接過指揮權後，扭頭只一句話，頓時將在場諸人士氣全部提到滿格：「第一名登天200金獎勵，第二名150金，第三100金……其餘人活的死的統統50金，惡性競爭發千金通緝……」

「吼吼！」群情瞬間激昂。

雲千千在其身後再次感慨道：「有錢人的實力果然是深不可……呃，別瞪我，我什麼意見都沒有。」

她倒是想問問自己身價如何，若是第一個登天是不是同樣有獎勵。不過在場人太多，這種事情始終不

好意思問出口，所以說做高手就是這點不好，隨時得考慮個形象問題……嗯，她等一會私底下問。

龍騰一句話輕鬆收攏指揮權，再一看第三隊精英也快靠岸了，為免上來的人站不下，於是手一揮，兩隊人馬先行登空。再於是，風火雷電中，一群小黑點密密麻麻的向巨碩天柱湧去……

第一個人剛爬上天柱，劇情立刻被啟動。

一隻帥氣天將金光閃閃、瑞氣千條登場：「呔！此處乃是……」

「兄弟，你來得正好！」雲千千扭頭一看該天將頓時高興，招手把人喊過來：「勞駕問一下，被眾神手令召集來的人都在上頭嗎？」

「呃，是的。此處乃是……」

「那你有沒有看見裡面有個小孩？就是叫路西法那隻，他現在還沒餓死吧？」

「好像沒。可是此處……」

「其他人呢？」

「……眾魔神實力強橫，當然不會如此輕易隕落。但此處……」

「那行了，沒事了，你回去吧，等我們上去了再聊啊。」轉回頭爬一陣子，發現天將還在自己身後，且一臉想哭的樣子，雲千千耐心的又問一句：「還有事？」

「……」天將抽噎一下，抬起袖子一抹眼眶，語速飛快：「我只是想說此處乃是放逐之地，易進難出，若你們依舊執迷不悟的話，小心萬劫不復！」

「哦。」

「……」哦？沒了？天將小心翼翼等了會，發現對方確實沒打算繼續理自己，完全是用完就甩。天將頓時不平衡了，揪過雲千千的衣領，咬牙問道：「妳就沒什麼想說的？」

雲千千認真想想說道：「其他倒也沒什麼。就是你剛才喊的那聲『呔』讓我很鬱悶。這裡是西方魔幻背景，出現這臺詞也太不專業了吧……你的程式是誰寫的？」

「這……」

「還有，沒事別揪女孩子衣領，這樣給人的印象不好。」

「……」

天將從創世紀運行開始就值守天柱，如果不是這次的突發事件，見到玩家的機率幾乎約等於零。可想而知，這麼不諳世事的 NPC 相對比其他老油條來，該是何等的純潔。

在玩家登天柱時只有天險，並不安排 NPC 截殺，所以這回天將純粹出來放個話、加強氣氛而已，也就是俗稱的走劇情。可是沒想到一照面碰上的就是雲千千這樣的江湖第一號壞蛋，頓時純潔的天將就有點頂不住了，他哪禁得起這種調戲啊。

於是天將淚奔飛走。

再於是，龍騰神色複雜、一臉緬懷加一臉往事不堪回首的看天將飛遠方向許久，再恨恨的看雲千千問道：「妳這爛人就不能少作點孽？」今時的天將就如同往日的自己，龍騰感同身受。

「……龍騰。」雲千千忽然收起嘻笑神色，面色突凝，停下攀爬，認真盯著龍騰。

「怎……咳咳，怎麼？」龍騰冷不防一抬眼就看到這麼認真的雙眸，頓時臉紅了紅，乾咳兩聲，尷尬問……難道自己說得太狠了？也對，畢竟是個女孩子。可是以前罵得更狠的時候都沒見這厚臉皮的變過臉，莫非最近她低潮期？還是生理期？

他正亂七八糟的想著，就聽雲千千繼續道：「……小心。」

「小心？」詫異語音剛剛收尾，就見那死女人突然屈膝一蹬，猛的拍出雙翅躍離天柱，緊接著一陣山呼海嘯聲鋪天蓋地的罩了過來。龍騰一轉頭，就心驚膽裂的發現有幾十公尺高的海嘯正朝天柱、自己所在的方面撲打過來。

踏馬的！難怪這傢伙突然一副凝重如愛情片女主角的死樣子，原來是故意轉移自己注意力！

巨大海嘯來勢洶洶，如果早些發現的話，憑藉自身實力和千奇百怪的稀有道具，龍騰完全有把握全身而退。問題是他身邊有小人作祟，這時候再逃已經是來不及了。他無奈之下，只有閉眼等死，順便心念電轉把那陷害自己的死女人詛咒個一百遍啊一百遍。

「天雷地網！」電光石火間，一道清喝伴隨遮天雷網壓下。

此雷網非彼雷網，以前雲千千手裡的雷心頂多算是頂級魂器，可是在有了修羅族族長友情幫忙之下，現在已經一躍升至神器行列。

若是在從前，一張天雷地網下來，雖然也是威力巨大，但頂多籠罩個數百公尺，能秒些精英小炮灰也就算是極限了。而現在在完整版雷心的輔助下，雲千千手中技能威力最大已經可以覆蓋方圓十幾公里，且變化隨心。範圍大時，威力比較平均；但若是凝成一束，實力一般的 BOSS 最多能頂個五、六下。

從修羅族族長手裡接到任務，順便提前拗走完整雷心之後，這還是雲千千第一次在人前使用升級版天雷地網。一片幾十公尺高、氣勢磅礡的海嘯，在雷網壓力下居然也只能撲騰掙扎幾秒就被壓回了海面，其震懾力自然非比尋常。

尤其是龍騰，劫後餘生雖然很是鬆了一口氣，同時心情卻瞬間各種糾結、各種鬱悶。

「美女救英雄？」雲千千笑嘻嘻的飛回來繼續爬柱子，一甩頭，很得意的樣子：「鮮花、掌聲在哪裡？先聲明，要想獻吻的話必須得是帥哥。」

龍騰瞪她一眼，磨牙道：「沒問題，回頭等九夜兄弟來了妳要還敢收的話，我親自挑選一隊美男去伺候妳。」

「呃……那還是算了吧。」

雲千千摸摸鼻子，感覺太沒意思。這群人被自己欺壓久了，現在越來越不好占便宜，以前的時候多好欺負啊，現在居然也知道反脣相譏了。不過也是自己兒女情長、英雌氣短，有家有室的就是不如人家這麼百無禁忌……

「低空重點是海嘯，中空是亂氣流，高空是雷火……看這樣子，妳似乎有把握一路壓上去？」龍騰攀爬中抽空看了雲千千一眼。他本以為攀天柱過程中的人員損耗會很大，不過看這樣子似乎這桃子不是那束手待斃的弱手。

「別看我，海嘯還好解決，技能等級高就能壓下去了，但是亂氣流和雷火都不好辦。」無形的技能永遠比有形的技能難纏，正因為無形，所以才難以阻擋。

「現在唯一辦法就是抵消。」雲千千看了眼無常提供的小冊子：「我們現在有多少火系法師？」

「不多，我記得法師有一百多個，可如果是火系的話頂多十幾人……怎麼，無常想好辦法了？」

「嗯，他說可以用火來吞噬氣流。」雲千千揚揚手中小冊子解釋道：「火焰燃燒本身需要空氣，由火系法師控制技能放出的話，可以一路將火焰經過之處的亂氣流吞噬抵消掉部分。如果操作隔離得好的話，這段路程就會相對穩定安全許多。」

「我來安排。」龍騰切頻道調動人員。

雲千千趁著這時候氣流風向還沒太亂，直接又一拍翅膀離開，上下巡視天柱上附著攀爬的眾人，順便順手救下幾個腳滑的、手滑的、被海浪拍的、被人暗中扯後腿的……

「馬的，一開始就說了不准惡意競爭，這都什麼時候了你們還替自己人搗亂！」她一怒劈了兩個人壓住場子，底下的人頓時不高興了，朝上面喊道：「妳別汙衊我們的人啊，誰搗亂了！」

雲千千定睛往下一看，才發現下面第三隊爬上來的精英是新十二公會聯盟盟主帶隊，難怪這麼不合群呢，他帶的大部分應該都是自己聯盟的人。

「就是啊！」居然還有人附和。

一道雷把那背景音再劈下去，雲千千挖耳朵再道：「本桃說有就是有，不服你上來砍我啊！」

這是不講道理的強權。全世界都知道，拳頭大的才有資格說話。人家現在還指了椿錯處出來，就算她擺明了就是找你麻煩，你打不過又能如何？

新十二公會聯盟的人本想發動輿論攻勢，哪知道人家根本不在乎輿論……你說我找你碴？好吧，我就是找你碴了，你能怎麼樣？

其他勢力的人看到也裝沒看到，反正大家都不熟，人家又沒欺負自己這邊，管她呢。

雲千千從一開始就沒想過要讓所有人都齊心協力合作，她只需要眾玩家做到陽奉就夠了，陰不陰違的無所謂，反正都是炮灰，區別只在於低級炮灰掛得早，精英炮灰掛得晚……

突然又見一片海嘯騰起，雲千千扭頭朝上面的龍騰喊道：「帶隊的帥哥，喊人攔截吧！」

「臥槽！妳不會再劈個雷？」龍騰氣急，卻還是不得不一片技能刷下，順手丟了個不知道多少錢買的高價炸彈……說它高價是因為其轟炸範圍之廣。一個蘋果大小的黑疙瘩，爆開來居然直接把海浪炸出了十幾公尺高的缺口，可以想見這絕對不是便宜貨。

從某種程度上來說，有錢人士果然就是相當逆天的一種存在。

雲千千嘆口氣，錢雖不是萬能，但至少有九千九百九十九能。自己不仇富，但看不慣別人比自己富……嗯嗯。果然龍騰還有被繼續壓榨的潛力和理由，絕對不能這麼輕鬆就讓他在旁邊歇著……

衝破海怪蛟人防線的內定登陸精英們漸漸陸續到齊。還好人員損失終究是被控制在一定範圍之內，並沒有超出彼岸毒草等人最初的預想。

雲千千把高、中、低三個階段的攀爬防範重點一個個通知，然後就繼續回去和龍騰混第一梯隊。在火系法師開路下，他們現在已經順利衝破中空，進入高空區域。天柱頂端的雲層已經很近，甚至能隱隱從中看到些鎮神臺的輪廓了。

「最嚴峻的考驗終於來了。」龍騰面色凝重。

一般關卡都是越到後面的越難對付。最底層是有形海浪，擋住就行，這是最簡單的關卡。

中層亂流雖然很騷擾人行動，但有火系法師精細控制開路，小心些勉強也能過關。

上層雷火則是一等一的難纏，不僅無形，而且威力巨大。自己一沒辦法阻擋、二沒辦法抵消，看起來這關只有咬牙硬闖，拚的就是自身實力和丹藥充足與否……

「嚴峻?你說這些雷?」雲千千笑呵呵的表示無壓力。眾人皆鬱她獨樂。要換成其他屬性的話，雲千千還真沒辦法。問題出來的是雷火，這就好辦得多了。雲千千自己就是玩雷的高手，體中還有天上地下僅此一份的完整雷系精元。

看其他人在此階段都被劈得毛髮直豎，一臉焦黑狼狽，雲千千卻是如魚得水，很快樂的在雷光中飛翔。一團人身等高的巨型雷球炸在其身上，換別人死七、八次都夠了，而雲千千卻只意思意思降了一絲血皮，一瓶最低級紅瓶灌下去就又是生龍活虎，HP滿狀態小強一隻。

龍騰看得眼紅眼熱、百爪撓心，暗自忿忿不已。這女人狗屎運果然是好。

當然，雲千千也沒乾看戲，她曾經試圖以雷剋雷，放了片小天雷出去試圖反撲擋住天上群雷，沒想到正負磁極互相一吸引，自己倒沒什麼感覺，對方卻反而壯大幾分。

被眾精英忍無可忍的嫉妒加憤怒斥責後，雲千千也只能悻悻然放棄嘗試……

「看起來這邊沒我的事了，我留著好像也幫不上忙，那麼接下來交給你了，我先走一步。」雲千千飛到龍騰身邊揮手告別。

「妳現在就去鎮神臺？」龍騰驚訝了一下：「一個人？」

「嗯。」雲千千點完頭後，想想問道：「你身上還有多餘的食物嗎？給我一點兒，我上去分給那些BOSS。」

龍騰一手攀住柱子，一手往外掏出一堆食物後問道：「還是等一下吧。無常不是說一上去就進入天將攻擊範圍了嗎？妳一個人恐怕不好頂。」

「最起碼逃命不成問題。」雲千千笑咪咪道：「只要沒有拖油瓶，創世紀裡暫時還沒有人能快過本桃子的。」

「……那妳去吧，祝妳早死早超生。」龍騰剎那間的善意頓時全數轉化為惡念……馬的，這爛桃口中的拖油瓶包括自己吧？絕對包括自己沒錯吧！

鎮神臺上果然一片虛無，沒有任何多餘的布景建築，只有一片縹緲荒蕪的雲霧。

這個也是理所當然的。畢竟從一開始設計的時候，這個場景就是作為特殊地圖，專門用來關押BOSS而存在。創世紀的工作人員從來沒想過替玩家設計什麼營救BOSS的任務，甚至也沒想過這裡還真的會有被用到的一天。

作為創世紀遊戲中的回收空間，就算花再多心思把這裡布置得美輪美奐也不會有人欣賞，既然如此何必多費這個力氣？

當然，此時的情況屬於特例。如果沒有修羅族族長給出任務，這些人就算把七大洋探索個遍也不可能看到天柱的影子。

雲千千踏上鎮神臺，既沒看見被召喚而來的眾BOSS，也沒看見剛才出場過的純潔小天將，前後左右全是雲，就連視線都不怎麼良好……

有困難，問鏡子。

雲千千刷出風月寶鑒一陣狂甩，等鏡中出現頭暈眼花的鏡靈形象後，問道：「這鬼地方怎麼走？」

鏡靈還沒來得及抱怨自己被不當手法召喚就發現周圍環境之詭異，倒吸一口冷氣尖叫：「妳到什麼地方來了？」

「據說這裡叫鎮神臺，是天柱上方用來關押……」

她話還沒說完，鏡靈又是一聲尖叫，就連聲音都有些變調：「鎮神臺？」

「……是鎮神臺沒錯。別這麼一副沒見識的丟人相行不行，不就是關押各高層的破臺子嗎？你直接告訴我怎麼走就行了，我現在不想回答你任何八卦提問。」

鏡靈想吐血。本以為這女人是不知道鎮神臺所代表的意義，沒想到人家看起來好像挺清楚的；不僅清楚，而且還想擅闖營救被關押住民……臥槽！這地方是這麼好闖的嗎？一個不小心，人家倒是有冒險者身分護著沒事，自己的麻煩可就大多了。

其實認真說起來的話，作為玩家道具的風月寶鑒並不會真的被怎麼樣。但是鎮神臺對於所有智慧NPC的

震懾力都是非比尋常的，這是本能的潛意識，就像老鼠之於貓。

「妳還是別問了，不管妳想幹什麼……現在聽我的，立刻、馬上離開這裡！」鏡靈深呼吸幾下，很嚴肅說道。

雲千千摸摸下巴想想，而後說道：「我跟你明說吧。要是你幫我找到我要找的人，我帶上人了就馬上下去；要是你不幫我找，那也無非就是我自己多費點工夫……但是若你選擇後者的話，我下去之前會記得把你留在這裡。」

鏡靈頓時想抽自己一巴掌。誰叫自己嘴賤，受過那麼多次教訓了還沒記住此人的卑鄙屬性，難怪今天被人威脅。不過再往回追溯的話，這也算他自作自受，當初還不如直接被人找到殺了，一了百了，不然哪至於因為膽小貪生認下這個主子……

一失足成千古恨，說的就是這個情況。

鏡靈膽小歸膽小，好在卻還不笨，心念電轉間很快想通取捨，知道自己反正是沒得選擇了，不如乖乖聽話：「鎮神臺方圓百里，從天柱上來的位置是在最中心。被召喚來的原住民身分不同，被關押的位置自然也有所不同……東貴西富、北貧南賤。如果妳要找的是王者，就去東方；如果是一般BOSS或城主一類，就去西方。因為普通原住民基本上可以被直接抹殺的關係，所以也不存在被抓上來的必要，南、北兩方多數可以忽略。」

「OK，東方在哪裡？」雲千千再問下一個問題。這鬼地圖小雷達不管用，又沒有太陽辨認方向，自己對方向完全是一頭霧水，只能繼續依仗鏡靈辨認。

「……」風月寶鑒在雲千千手中狠狠一陣哆嗦，發出的聲音都帶著抑制不住的顫抖：「妳想劫的是王者？」馬的，這可是最壞、最危險的情況了。

「少廢話，劫小、劫大都是劫。難道你以為我上來搶個平民的話就不算劫牢了？」

於是鏡靈再此沉默，許久後終於深嘆道：「也對，事到如今我還在奢望什麼呢？」從剛才開口的時候開始，想減輕罪行就已經來不及了，到此時，鏡靈終於真正豁出去，或者說破罐子破摔了：「妳現在面對的是南面，東面在妳左手邊。」

雲千千點點頭，收回鏡子轉了下身，面向東方，不忙著離開而是掏出個木牌，敲敲打打一陣後在原地豎起一塊路標，箭頭直指西方；她再在指揮頻道裡說了下情況，讓後面上來的分出些人手過去救人……做完這一切後，她這才向著東邊前進。

有經驗的人都知道，在沒有參照物的情況下，自以為走的直線往往不自覺的走歪，慢慢脫離了原本的正確方向。

雲千千寶鏡在手，倒是沒有太大的關係，時不時的轉出鏡子確認一下方向，及時調整回正確軌道。雖然頗花費了一些時間，但她也總算是順利看到了傳說中關押眾BOSS的山谷。

這裡的地形倒是不怎麼險要，唯一麻煩的是限制飛行，且眾BOSS手腳上均有鐐銬，限制力量的同時也圈錮住了他們的活動範圍。就連小路西法的手腳上都有副小型特製的，完全沒有任何優待。

雲千千趴在山谷上方看得嘖嘖驚嘆道：「所以說形式主義真是要不得啊，一看這架式就是等人救的。要是換我來的話，為以防萬一肯定就直接殺了，還非得留那麼多天等他們自然死亡幹嘛？」

鏡靈在雲千千手中翻個白眼解釋道：「創世紀的法則之一就是萬事皆有可能，包括這個禁錮。哪怕是眾神手令召集過來的存在，也會給他們一個萬分之一的存活可能。因為他們並沒有影響到世界存在的基礎。」

「那萬一有影響到的呢？也要給機會？」

「……萬一有的話，這世界會直接消失。」鏡靈嘆口氣繼續說明：「哪怕只有萬分之一的可能性會對你們冒險者造成傷害，主神也不會允許這個情況發生的……所以我們這些原住民才喜歡刁難你們，憑什麼我們的一切未來和生死都要依附在你們身上？」

這跟修羅族族長說的一樣，玩家才是擁有創造未來的權力的人。NPC……沒有玩家只能等死。

「有智能還真不知道是好是壞。不過你的想法還是稍微有些偏激了。」雲千千摸摸下巴想想後，解釋道：「要以我們的角度講，這也不過就是個天災人禍的區別罷了。」

NPC之於玩家，就如同玩家之於自然界。前者不過是後者的娛樂罷了。有了前者，對後者來說不過是熱鬧。而一旦前者威脅到後者，維護著後者的防禦系統自然會想方設法的抹殺掉前者。

沒有誰是真正站在金字塔頂端的。就像鏡靈覺得自己這些原住民生活得很委屈一樣，人類也無法避免的會有委屈的時候。

地震、海嘯、颱風、火山噴發……這種種天災降臨的時候，有誰專門跑下來跟人類打過招呼了嗎？大家都有可能隨時被抹殺，區別只在於NPC知道該抱怨誰，而人類找不到對象抱怨罷了。

「不說這些了，準備好救人吧！」雲千千笑著敲敲鏡面：「你都說生死未來依附在本桃身上了，本水果又怎麼好讓諸位失望？」

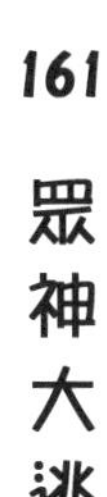

161 眾神大逃亡

小路西法等BOSS被關押數天，無米無糧，饑疲交加，已經差不多快要達到極限。眾NPC根本沒想過會有人上天救援，所以理所當然的也就沒對未來抱有什麼希望，從身體到心靈無一處不衰靡，乾坐在山谷裡無非也就是耗日子罷了。

於是，當雲千千從天而降的時候，可想而知是讓眾BOSS多麼震撼，從絕望到希望，這刺激和驚喜不是一般的大。

「蜜桃城主！」

「蜜桃會長！」

「死女人！」

從各式各樣的稱呼裡，就能看得出來各BOSS王者和雲千千之間的親疏遠近來。不過有一點大家倒是一

樣的，所有人此時都抱著從未有過的欣喜期待面對雲千千的到來，以往看到就胃疼的那張壞蛋臉，如今竟也有著無比的親切感。

「有吃的嗎？」小路西法惡狠狠揪著雲千千的衣服角問道。生死攸關間他已經顧不上挑剔了，哪怕對方給自己一個奶瓶也行啊。

「當然有，我還把你的專用小碗帶來了，薩薩準備的。有桃紅色、嫩黃色、奶白色……湯匙有兔子柄、小貓柄、星星柄……」介紹若干後，雲千千兩眼閃星星的很期待看路西法，用一種狼外婆誘拐小紅帽的語氣甜甜問道：「媽咪的乖寶寶喜歡哪個呀～」

「……」小路西法的嘴角抽動下。他早做好準備會被噁心，但他沒想到對方還能這麼噁心：「隨便。」

於是雲千千拿出了讓小魔王最深惡痛絕的桃子形兒童專用碗勺……

她把食物分發下去，雖然不多，勉勉強強也總算還是讓眾 NPC 都多少回復了一些體力。眾王者總算有精力開始思考關於自由問題。

「妳有辦法把替我們打開鐐銬嗎？」小路西法吃完麥糊後一抹嘴，直接問出重點。

「這個鐐銬打開不成問題，問題是打開之後會有大問題。」雲千千刷出無常給的大逃亡攻略，翻開後道：「我們已經打聽過了，一旦你們身上的鐐銬被解開後，鎮神臺上就會發生異變……天柱折，地維缺。地陷東南，天傾西北……呃，反正簡單來說的話，就是會山崩石裂、天塌地陷、洪水氾濫外加火山爆發什麼的。」

眾 BOSS 實力也不是一開鐐銬就直接恢復滿格的，這中間有個循序漸進的過程；而天地異變卻是瞬間切換到世界末日的模式。到時候單憑自己一人之力，能安全帶下去幾個？

這個問題很值得探討，尤其是現在西方被關押的那群 NPC 還沒消息，總不能不管他們，只顧自己這邊逃命。

按彼岸毒草等人商量好的行程安排，雲千千必須在確定所有成功登天玩家都到達待救援NPC身邊之後，才能動手打開鐐銬，不然天地異變一啟動，不知多少生力軍得死在路上。

眾 BOSS 聽完雲千千解釋後一片沉默。大家其實從一開始就沒想過能活著回去，但是現在眼看有了希望，說不激動是不可能的。比如一個瞎子瞎一輩子可能會很淡定，反正知道自己怎麼也是看不見；可是突然讓他瞄到一束光再瞎回去，瞎子就淡定不起來了。

大家都想平安的回去，他們甚至不知道自己為什麼非要被困死在這裡不可。眼下要實現這個願望有著相當的難度，而且不能不顧及本方位以外同樣被關押著的其他原住民……兔死狐悲，這與等級、地位無關，更沒有誰更應該活下去或是誰可以被犧牲的問題。

如此堅持只有一個最簡單的原因——他們不甘心。

大家討論完畢後原地休息。雲千千等了有好一會，指揮頻道才終於有人說話。

「西面找到 NPC 被關押地點，有城主及次階 BOSS 若干……不過現在有個最麻煩的問題，有部分被抓上來的 NPC 好像沒有戰鬥能力。」彼岸毒草頭疼，沒想到這裡面居然還混進了純職能 NPC：「這部分 NPC 護送起來比較麻煩，而且還會替我們增加不必要的難度。蜜桃，妳覺得要不要棄卒保帥？」

「最好不要。這些 NPC 現在心理壓力很大，你這樣直接踩底線的話，他們會炸毛的。」搖搖頭，雲千千嘆息道：「實在不行也只能走一步算一步……唔，記得跟這些人要額外收保護費。」

「……」

沒想到的是，雲千千難得顧慮到眾 BOSS 的心情，眾 BOSS 卻並不以為意。

以小路西法為代表的眾王聽說該情況後很是淡定，一瞥眼、一揮手，雲淡風輕道：「有什麼為難的，

把他們留下來就行了。」

「……」雲千千抹把汗，想了想後還是主動解釋：「也許你沒聽明白我的意思，那些 NPC 也是被抓上來的，而且沒有自保能力……」

「正因如此，他們才絕對安全，至少比我們安全。」路西法小拳頭一捏，撇了撇嫩嫩的小紅脣，鄙視道：「妳知道我們這些人在創世紀中有多大的影響力嗎？」

「這個……翻手為雲、覆手為雨，振臂一呼、從者萬千？」雲千千實事求是小拍個馬屁。

「沒錯。那妳知道那些職能 NPC 在外面又有多大的影響力嗎？」

「影響個屁。他們就是幫玩家打工的，幫忙辦手續、幫忙賣貨物，偶爾客串指路和洩漏任務線索……等等，我明白你的意思了。」

雲千千不傻，不僅不傻還有些小精明，路西法只稍微引導這麼一下，她很快就想明白其中關節。

一個沒有影響力的 NPC 死或不死對創世劇情根本沒影響。簡單的說，意思也就是他們連被抹殺的價值都沒有，反正多一個不多、少一個不少，之所以被抓大概只是抓 BOSS 的時候順手帶上來了。就好比以前官員被抄家時，家眷、下人也得跟著順便一起蹲個苦牢一樣。

「他們手中或多或少都掌管著某項功能許可權，又因為沒有劇情影響力，所以根本不具威脅。主神一併召集這些人，只是為了暫時禁用這些功能許可權。而我們則不同。」

人家是刑事拘留，自己是死刑暫緩。同理可推，自己逃跑是很有必要的，前者卻根本不用操心這些問題。為了避免資料更新可能會帶來的不必要麻煩，到時候若萬劫象出，恐怕第一個趕去救他們的，就是那個動用眾神手令的人。

她把情況轉述回去，眾會長毫無壓力的一致決定拋棄拖油瓶。

「你們那邊派幾個會開鐐銬的到我這裡來。等一下先別急著動手，混沌胖子的特派記者小隊還沒到。」

「臥槽！我們這是大任務，一個前狗仔來湊什麼熱鬧？」龍騰忍不住吐槽。

雲千千耐心解釋道：「人家這回是受無常委託，代表第三公證方見證我們行為過程的合法性，畢竟這次事件牽扯到遊戲官方……」

「就他？」

俗話說民不和官鬥，人不與天爭。在創世紀裡，創世遊戲公司就是最大的神，龍騰等人算計的無非是法不責眾，再說實在鬧起來他也不是省油的燈。但要說一個混沌粉絲湯就能把後面的麻煩糾紛都扼殺在搖籃中的話，龍騰還真是有點不大相信。

雲千千笑道：「你可別小看輿論力量，知道陳世美嗎？」

「……知道又如何？」這跟感情糾紛又有關係了？

「陳世美原型是清朝官員陳熟美，老婆秦馨蓮。人家為官清廉、夫妻和美，被醜化成千古第一狼心狗肺薄情漢就是因為得罪了個會寫八卦的。人家嘴皮子一轉，筆桿動動，寫了個詆毀陳帥哥的劇本讓劇團演，演著演著就把後世的人都洗腦了。」雲千千嘿嘿笑道：「什麼叫文筆如刀？別以為胖子當過狗仔、編過花邊新聞就小看人家了，回頭別死了都不知道自己是怎麼死的。」

「……」龍騰聽得無語：「既然妳堅持認為這肥狗仔有用，那我也不在乎多等等，反正著急的不是我。」

混沌粉絲湯等人沒一會就坐著熱氣球到了，人家是監督方，有特權。

下了氣球和雲千千打了個招呼，混沌胖子趁機小聲提醒：「無常和遊戲方談下來了，雙方妥協結果就

是這次眾神時代的更新內容被改換成你們正進行的任務，事後製成宣傳DEMO發行。換句話說，妳現在是合法行動，該怎麼做就怎麼做，不僅沒有後遺症而且還能獲得獎勵……另外別說哥哥不照顧妳，這次的逃亡路線我都事先幫妳看過了，朝北方走到底就是真正的出口。」

「多謝。」

這樣的結果最理想，你好我好大家好。雲千千可以保下眾NPC，遊戲官方也能趁機解決遊戲進程過快的問題，順便偷換概念，欺騙不知情群眾，讓他們以為該次更新的活動內容本來就是解救眾神。

至於DEMO更是完全沒問題，反正就是順道幫遊戲官方宣傳一下……嗯，回頭要記得去找客服談下關於出鏡費用的問題。自己好說也是名人，身價可是不能太低……

又過一會，九夜親自護送幾個會開鐐銬的玩家趕到；或者更準確的說，是那幾個玩家順便把找不到方向的九夜帶了過來。

旁邊幾個玩家分工合作幫BOSS們開手鐐腳鐐，九夜趁機拉了雲千千交代細節：「所有鐐銬都打開後，萬象劫自行啟動。我們的最終目標是逃離鎮神臺，第一劫只是地動，持續一分鐘；第二劫在一劫難度基礎上加地裂，持續兩分鐘……以此類推，每劫持續時間都比前一劫多一分鐘，且難度逐漸遞加，包羅萬象……」

逃亡過程中不能飛行，其餘技能無限制。雲千千如果只是自己逃命的話就夠用了，問題是她卻不能忘記自己本來就是要救其他人一起出去的。

值得慶幸的是，因為和遊戲官方談妥細節的關係，在活動過程中的死亡懲罰已經取消了。無論玩家還是NPC，只要被掛就得帶著「1」點保底血皮，秒傳回關押山谷，然後重新跑路。當然，掛的次數越多，逃跑難度也就越大，畢竟初始值不同了。開始大家同一起跑線起步，外面世界出現的只是一劫，若是誰多掛回去個幾次，沒準出門就是山呼海嘯、地震颶風，而且還勢單力孤……

「六小時內沒有把全部 BOSS 成功營救出去的話則任務失敗，參與玩家全體掉一級。」九夜想了想，繼續道：「按無常的計算，六小時的最後時刻裡，萬象劫可以啟動到二十六劫，到時候的破壞程度差不多就是世界末日。妳最好有個心理準備，能把時間控制在三小時內的話會簡單許多。」

他說話的同時一臉凝重，表示局勢不容樂觀。

雲千千不關心重點，喜氣洋洋的拉住九夜的小手手吃豆腐：「九哥，你這是在擔心我嗎？我好感動哦嗷嗷！」

「……」九夜無語半分鐘，最後翻了一個白眼，撇過臉去。他是有點擔心沒錯，但這女人這麼厚臉皮，說出的話十句裡面五句是算計、四句是占便宜，剩下一句有半句真心就不錯了，自己都搞不清楚她到底是什麼態度……

有高階開鎖技能，有遊戲官方妥協讓步，BOSS 手腳上的鐐銬被打開只是個時間問題。雲千千看了眼整裝待發的眾 BOSS 隊伍，再看了一眼小魔王問道：「乖兒子，要媽媽抱你嗎？」

「滾。」乖兒子明顯進入叛逆期，小嫩唇中冷冷吐出一字，推拒雲千千好意。

「九哥，兒子越來越像你了。」雲千千不僅不怒，反而欣慰慈愛的注視著小魔王一張面癱臉。

都是帥哥，都是面部神經失調症重度患者。唯一差別是九夜脾氣比小路西法好得太多……嗯，自己的命確實不錯，什麼叫美男如雲環繞!?這就是！

雲千千本以為只有自己和九夜兩個人護送帶隊，結果出了山谷才知道，彼岸毒草早已派出了不少人手，在向北方向每隔段距離就安排了一批人輪流護送，很顯然這是一次有組織、有安排的接力活動。

頭十分鐘，在眾玩家的有效掩護下，眾BOSS們逃亡得還算順利，雖然實力仍未恢復顛峰，卻也不顯狼狽。

而當第五劫出現時，雲千千看著眼前景象，終於是忍不住抓狂：「這是什麼?」

「據觀察應該是暴風雪。」

「臥槽!剛才雲層表面出現地裂我可以不怪他們，可是連暴風雪都出來就太不像話了吧!?」

「這……」

九夜也很迷茫，眼前情況已經超出他理解範圍，完全可定義成靈異事件。天上不是不可能有雪，但是

就算有也不應該是在雲上。頭頂一片晴朗無雲，這暴風還好說，可是那雪到底能從哪裡下來？……這裡是遊戲，自己能找誰講理去。

「兩位，這種技術問題可以等以後慢慢討論，眼下是不是先繼續趕路？」旁邊的眾 BOSS 不高興了。他們想研究學術問題是他們自己的事，問題是他們一停下了，其他玩家就全部跟著停了，誰還繼續提供掩護，幫助自己這些 NPC？萬一再出現個什麼緊急情況的話，自己這些原住民上哪找那麼多心甘情願、自動自覺、價格便宜量又足的炮灰去？

「各位，不是我想在這裡浪費時間，但你們看到了，這個暴風雪阻隔視線也就算了，可是前面一排巨型颶風橫擋住整片通向北方的方向，你們覺得這該怎麼過去？」

沒錯，關鍵問題不是暴風雪，而是暴風雪後面的一整排編制颶風……

雲千千此話一出，該段路程的接力護送玩家們頓時連連點頭表示附議。雖然說早有做犧牲的心理準備，問題是這麼大場面出來，任誰都會害怕。再說為了新世界前進，他們就這麼掛掉倒是無所謂，怕就怕自己這些人到時候死也是白死。

「蜜桃城主，土可剋風，如果您有泰山壓頂、翻山倒海一類的本事的話……」有 BOSS 提出建議。

「那我就是新一代超級賽亞人。」雲千千翻了個白眼。

眾 BOSS 均表示聽不懂。

九夜沉吟一下道：「土剋風這個想法確實是個機會，問題是一時之間去哪裡找夠分量的土法？而且就算是土剋風，也得知道該怎麼剋，不可能隨便丟把沙子進去就能讓風停了……這又不是驅邪。」

遊戲官方的裁判天將抱著一個貨箱路過吆喝：「花生瓜子礦泉水，水果雞爪葡萄乾～通關攻略 100 金一份，有贈品～」

「小子過來！」雲千千吐血。這人完全是赤裸裸的抄襲，還以為只有自己會幹這種戰場賣攻略的事情，沒想到現在連遊戲公司都變得這麼壞。

眾 BOSS 和眾玩家同樣想法，一致對該天將鄙視怒目之。不過他們情緒相對比雲千千還是要穩定許多，反正出錢的不是自己，怕什麼？

一把揪過天將衣領，雲千千瞪眼吼道：「打五折賣不賣!?」

九夜拉開雲千千，丟出 100 金鄙視道：「這種時候妳還殺價個什麼勁？」付錢，收貨。

等天將離開後，雲千千湊過來一看，九夜手上只有一張紙條，紙條上只有一行字：「颶風：指風速達到每秒 33 公尺以上的熱帶氣旋。」頁腳又附一行小字：「該詞條解釋摘自ＸＸ百科……」

「臥槽！」雲千千抓狂：「這麼一句話就值 100 金？」

「不止。」九夜平靜的遞出一根棒棒糖：「還加這個贈品。」

「……」雲千千的嘴角抽搐兩下，無語——自己男人什麼時候還有這幽默感了？

「無常知道妳靠不住，剛才特意發來過關提示。颶風現實中出現於溫暖海面之上，溫暖的海水是其產生和維持的能源……」九夜對眾人晃晃手上通訊器，「過關提示：一是替其降溫，二是使水消失。」

雲千千定睛一看，果然，遠處一排颶風下是一條波光閃閃的不知道是河是溪的什麼東西……反正肯定不可能是海。你見過哪家的海長成這造型還這麼迷你的？

糾結了下，雲千千鬱悶道：「既然無常都給提示了，你何必白花這錢？」雖然目前他的錢還不是她的錢，但總有一天他的錢還是得變成她的錢。所以現在看到他和她的錢浪費了，她表示很傷心、很難過。

「咳。」九夜尷尬乾咳：「我剛接過紙條，無常就發來了消息。」換句話說，這是巧合，或者再裝傻

點可以稱之為宿命……

幾句廢話工夫，六劫時間到。眾逃亡目標就聽耳邊嘩嘩作響，往腳下一看頓時暈了……這海果然是海，人家已經從一條擴散成一片，正在向自己方向以及另外三面七方開始滲透。最、最膽寒的是颶風好像也有增幅、增裂趨勢，一化二、二化四……還好有暴風雪阻隔的關係，颶風群暫時沒有向眾人靠攏的意思。

在魔幻世界中，雲層可以變為海洋懸浮在半空中嗎？這個問題不值得研究，唯一的重點是眾人腳下已經快要搆不著實地。

「冥河渡船。」哈迪斯關鍵時刻發力，急催體內已恢復幾成的力量召喚出巨舟，催促其他人登船：「卡戎不在，我的力量也沒恢復，除了勉強駕馭船隻外已經騰不開手了，你們快想想辦法！」

冥界的船當然是結實，不僅結實還分外平穩。人家連在羽毛都沉底、腐蝕度堪比硫酸王水的阿刻戎河上都能浮得起來，更別說一片小小雲海。

「哼。」小魔王冷冷一哼，表示自己嚴重不爽情緒。

曾經的競爭對手在危急時刻出風頭，無論如何也得表示出自己的立場和態度。哪怕他坐了他的船，那也不代表他不可以鄙視他。

「嫉妒是要不得的，我們現在要相親相愛。」雲千千認真批評自己兒子。她一向幫利不幫親。現在的情況是大夥都得靠著哈迪斯的船才能落腳，所謂人在屋簷下，不得不低頭，路西法不服氣也沒用。

小魔王的臉色僵硬了下，隨即嘴硬：「我只是看不慣妳蠢得連區區颶風都應付不了罷了。」

「……」雲千千抓狂，自己又哪裡惹到他了？……不對，好像剛剛她才幫著他死對頭說話：「那依您老人家的意思？」

小魔王冷笑，抬頭看看天空道：「你們的同伴已經說過了，颶風是海面的熱帶氣旋，讓其止息的辦法之一就是降溫……難道看到這些風雪還不能讓妳有所感悟？」看對方似悟非悟，小魔王最後還是忍不住提醒：「……比如說冰雪領域什麼的……」

各系魔法都有領域，這也屬於技能的一種，不過只能算輔助的，唯一作用就是使領域覆蓋範圍內的同系魔法威力增幅。若是在特殊場景下使用，比如說下雪天開冰雪領域的話，那還能再附加一個操縱領域範圍內自然冰雪的效果……一般男性玩家比較偏愛這個技能，道理很簡單，方便製造浪漫場景把美眉……

咦，對耶！雲千千眼睛一亮，抓了身後眾玩家問道：「有誰學了冰雪領域的？」

暴風雪耶，操縱得好的話就是大型天然製冷機。

眾玩家裡果然有幾個冰系法師，運氣更好的是這幾人個個悶騷，雖然未必都熱衷泡妞，但對於這樣多一個不多、某些時候還挺實用且未來很可能有大用的技能皆沒有放過。

冰雪領域打開，幾玩家齊心操縱暴風雪去撲颶風，冷氣流對熱氣旋，雖然沒有馬上使其消失，但總算成功讓風勢減弱不少。

雲千千冷汗看下時間，六劫從開始到現在已經過去三分鐘，再不抓緊時間的話，等一下可能連海嘯都會出來：「大家注意，趁現在開足馬力衝過去！」

掌舵冥河渡船的哈迪斯想哭：「我這是渡船不是快艇，妳說點現實的好嗎？」

「哼，沒用的東西。」小魔王終於心情舒暢，他很樂意抓住一切機會打擊自己曾經的競爭對手。

九夜淡定的走到船尾，抽出巨闊劍，叱喝：「劍氣縱橫！」

馬的，都什麼時候了還耍帥，這裡又沒怪……

「哇！」雲千千驚喜道：「這樣子居然也可以耶！」

雖然沒怪，但九夜的技能很準確的劈入海面。

大家都知道，力的作用是相互的，越是威力強大的技能，後座力自然也就越強。平常這個反作用力當然可以選擇取消，這個可以透過對戰鬥模式的微調精度來實現，但也有些高手微調比較高，追求的就是在某些時候能收到意想不到的借力效果。

九夜一連劈了五、六下，渡船「嗖嗖嗖」衝得飛快，直接變身成飛船。

雲千千看得興奮，很是熱烈鼓掌：「好，再來一個！」

哪知九夜卻沒再繼續，依舊淡定的收劍入空間袋，很平靜的掏出一把藥丸吞下，在船尾坐下，原地休息：「沒藍了。」

「……」

抓了一排玩家輪流到船尾充當推動機，渡船終於進化成快艇，不一會就衝破風雪線，進入颶風區。遠遠看著的時候大家對颶風還沒什麼直觀印象，真正進來才發現這風速果然不是一般人能承受得了的激烈。

冥河渡船品質保證，在冥界阿刻戎河掛執照運營幾千年都沒問題，這時候也不會被區區颶風捲得散架。但BOSS們才剛開鐐銬，連半小時都沒過，現在精力最飽滿的也不過恢復三、四成實力，此時又怎麼抵擋得了如斯凶殘的自然咆哮？

「救命——」

剛進入颶風範圍，雲千千耳邊至少聽到七、八個喊救命的，大概都是一時大意沒抓緊船舷被顛簸出去、或者是直接被颶風打擦邊球捲颳了走。

手搭涼棚，很費力的瞇眼看了下空中幾個小黑點，雲千千經過仔細辨認後，終於放心的吁了口氣：「沒事，還好都是玩家，讓他們死吧。」

「……」船上倖存眾玩家被這無情言論駭得齊齊倒吸口冷氣，接下來第一反應就是死命扒住身邊船舷不放手——這爛桃看起來是不會管自己這些人生死了，這年頭還是得靠自己！

「啊！」

又是驚呼響起，雲千千終於變臉。原因是因為這次的聲音太過熟悉，正是她名義上的便宜兒子路西法。她轉頭一看，一隻不知道從哪冒出來的巨型章魚正用觸手捲了小路西法的身子，意圖劫個色，努力勤勞的把戰利品往海面下拖抓中。

「臥槽！欺人太甚！這種海裡哪可能出現這麼大的章魚？」雲千千怒了。系統規則完全是耍賴胡來，哪怕不合理也要盡量拉開雙方優劣勢差距，這個不公平的認知讓她很是不爽。

九夜果斷出劍：「一刀兩斷！」

章魚觸手被砍斷。小魔王跌回船中後頭都沒抬，也不見驚慌，俐落一轉身，一抬腳，小短腿如行雲流水般自然且熟練的踹上了船邊的大章魚頭。

眾人：「……」

黑葡萄似的大眼中薄怒蘊染，小魔王踹完還不過癮，揚起白胖的小肥爪指向巨型章魚，紅紅小嫩脣中很流暢的吐出一句喝罵：「誰給你的膽子來捕本王?該死的孽畜！」

章魚在海中一陣翻滾哀號，不像猛獸淒吼，倒像是小動物在外面做錯事了回家跟家長討饒的悲鳴。

「這……什麼情況？」雲千千被這急轉直下的變化怔得愣了愣，虛心求教旁人。

神主尷尬的乾咳一聲：「妳鑒定一下就知道了。這個叫深海魔章，是魔界魔王親手培育，負責在人界大陸上把守魔島周邊海域的得力魔怪之一……」

「……」哈迪斯起義還沒成功，現在的稱號還只是以前他在自己地盤時的所謂冥王，根本算不上是真正的魔。

所以如上總結……這個意思是不是也就是說，剛才企圖抓捕小魔王的這隻肥膽章魚，其實正是她家小魔王原本豢養起來的小寵物？

七劫不理會眾人糾結心情的來了。果然被雲千千不幸料中，正是海嘯。還好這業務她熟練，一片雷網罩下去，秒鎮壓滔天巨浪。

「還是先衝過颶風區吧。」刷完雷後，雲千千拉著猶在生氣的小魔王苦口婆心勸道：「小動物什麼時候教訓都可以，人家也是被調來執行公務的，不算故意犯上。但我們要繼續在這裡浪費時間的話，情況恐怕不大妙啊。」

宙斯本身也是玩雷的，很熟練的接替教訓兒子的雲千千崗位繼續鎮壓海平面。

路西法雖然不爽，但也不是衝動的人，脣線一抿，想了想後，轉身冷冷瞪向船邊仍扒著不放的巨型章魚：「還不托船？等本王再賞你一腳嗎？」

深海魔章托起渡船一加速衝進颶風聚集區，眾人頓時狠狠體會了一把什麼叫做真正的風中凌亂。風疾、風狂，吹得所有人衣服頭髮亂飛；尤其是雲千千和部分為耍帥而特意留長髮的男士，其受騷擾程度更是比其他人更甚。

「前面說過，這次行動已經有無常出面交涉過，所以在遊戲公司我們的一切行為已經備案且合法化。再加上要拍DEMO做宣傳片的問題，所以從實際意義上來說，我們這次更像是走秀……這些魔怪的出現就是為了這個。有可能它們是敵人，但其中絕大多數都可以被收服，成為幫助我們過關的助力。」

九夜坐到船頭，幫雲千千把頭髮攏了一下，順手抽出根髮帶綁起來：「另外，還有關於所謂獎勵的問題。無常剛才已經通知我了，好像就是從我們一路上遇到的生物小怪身上掉出來的，比如說正托船的深海魔章。」

雲千千兩眼噌一下閃亮：「獎品怎麼樣？」

「……很不錯。」九夜猶豫了好一會才憋出三個字來，把髮帶打上結，收手冷笑道：「妳可以選擇讓BOSS收服它們，這樣我們的行程會順利許多。但也可以殺怪掉寶……只是這樣一來就很難保障能順利衝出萬象劫。」

「那就算了，先看看再說。」雲千千很是遺憾，摸摸腦袋，順口稱讚一聲：「技術不錯啊，髮帶哪來的？」

「……」九夜沒說話，側了下身讓雲千千看了看他腦袋後面同樣束起的長髮才道：「我自己備用的。」專業打手都知道要盡量穿貼身的衣服，收拾好頭髮也是重中之重。電視劇裡那些長髮飛舞還留了一側長瀏海的古代殺手酷哥都是扯蛋，就連街上潑婦都知道三招——踢下身、扯頭髮、搧耳光……

就算不說這些，風向不好時，被阻礙的視線也是個大問題……你能保證每次自己和人幹架的時候都站在順風口？

有眾魔怪出場客串，接下來的路程果然簡單了許多。一船BOSS別的都不用幹，只需要扒著船邊等待認領手下就好。

眾玩家熱情踴躍從旁協助：「這巨鯨誰家的？」

「好像是希臘還是北歐，找老宙和奧丁認認……我這方向有片天使誒，上帝在嗎？」

「這裡沒上帝。」小路西法抱著小碗邊吃麥糊邊冷喝：「找神主看看能不能收，不能就殺了！」他年紀最小，餓得也最快，有點優待很正常。

「哇——美人魚，美人魚！」又有玩家驚呼。

「在哪裡在哪裡……嘩！真的耶！」一群玩家頓時圍上觀賞：「美人魚是哪個系統的？」

「唔，好像希臘和敘利亞神話裡都有……這可不好辦了。」

「尾巴是一條還是兩條？長得漂亮還是醜？」神主湊熱鬧幫忙辨認。

「一條，挺漂亮的。」

「漂亮？」眾神中最無守節觀念的宙斯連忙擠上舉手認領：「我家的、我家的。」不管是不是自家的，先認了再說。凡是漂亮美人一個都不能放過……

雲千千無語的看一群至高神魔像土包子般大呼小叫，很是頭疼問道：「這些就是創世紀的終極BOSS？」

「現在都是一條船上的，反正地位也平等，誰還能耍威風？」九夜真相了，淡淡睥睨道：「妳看著吧，等下了鎮神臺之後，這些神魔肯定一個比一個能裝。」

「在看過他們之後，我對所有信仰都已經徹底絕望了。」雲千千失落嘆息。

「……妳曾經有過信仰？」

「嘿嘿，低調低調……不過我倒是挺好奇一件事的。」

「什麼？」

「你猜創世紀公司到底敢不敢真的把這些鏡頭都播出去？」

「……」他個人認為應該是不敢……九夜堅強的擦把冷汗，也無語了。

本以為艱難的逃亡之路，在經過了最開始一段時間的挫折之後，因為有了後來幫手的加入很快變得簡單。眾BOSS實力是沒恢復沒錯，但是不怕，人家有小弟。

現在這年月，出面出力的都是嘍囉，身為老大只用坐在別墅裡喝美酒、抱小妞，然後在有鏡頭轉過來的時候耍個威風、裝個狠就行了，誰還真會沒身價的跑到外面身先士卒？

輕輕鬆鬆的出海遊玩般走過長長一段路程，當見到接天連海、巨大無比的下界出口終於出現在眼前時，神魔們的實力也恢復得差不多了。海水開始慢慢消退，露出陸地輪廓，周圍眾魔怪至此任務也已完成，紛紛告辭離開。

「最後之戰總得做做樣子，不然沒鏡頭提供剪輯。」九夜從船上站起身活動了一下手腳，刷出雙匕淡淡解釋：「起來，最後終點這段路得我們自己動手。」他說完後想了想，看著沒打算起身的眾 BOSS 再加一句：「這個『我們』當中也包括諸位。」

下陸地收船，哈迪斯召出自己武器看了看其他諸人，最後還是轉身選擇問雲千千：「需不需要組隊？」

「……身為一個 BOSS，你說出這麼玩家化的用語實在是讓我很失望啊。」

「哼。」哈迪斯冷哼……

九夜說得果然沒錯，這些神魔都不用下鎮神臺，只要一看到差不多快脫身了，立即又重新進入霸氣王者模式。

「你們這些冒險者以為我們都是傻的，不管來多少人都是一個人應付，萬千小弟全擺門外當好看的了？」

「起碼目前來說我遇到的 BOSS 大多這樣。」

「那是因為主神法則。」哈迪斯鄙視道：「面對爾等之類的螻蟻，本王怎能以大欺小？」

「……」她真不喜歡和這些 NPC 說話，一個個都是狗嘴裡吐不出象牙的。當然，她自己也吐不出，但前提是她不是狗嘴……雲千千鬱悶了下：「你們隨便組吧，我也不知道諸位能力具體如何……反正我就一點要求，到時候打起來別拖我和九哥後腿就行。」

這是赤裸裸的鄙視啊！

眾BOSS皆不淡定了。大家都是遊戲中一方霸主，曾幾何時竟然被人這麼瞧不起？於是一片喧囂抗議。

正沸騰熱鬧的時候，通道口外出現一巨大虛影，某張熟臉出現在雲層中睥睨下方眾玩家加眾BOSS：「這種時候還有閒心內鬨，看來是我太高估各位了？」

雲千千研究熟臉一分鐘，轉頭疑惑的捅捅九夜問道：「九哥，覺不覺得這人有點熟？」

疑似熟人無語，九夜也無語，開通訊發好友訊息：「程式組的程旭，妳沒印象了？」

「哦——」雲千千終於恍然大悟：「他換崗位了？怎麼不去開發他的遊戲，反而跑來遊戲裡面打工客串NPC？」

「……人家就是這次把BOSS都抓上來的人，專門對付妳的。」

雲千千這時才真正知道幕後黑手是誰，頓時大怒道：「我哪裡招惹他了!?」

「遊戲開發組預計十年內陸續發放的新資料片，被妳幾個月就破解掉五分之一，換我也得抓狂。」九夜淡淡的瞥了雲千千一眼解釋道：「這會造成持續的加班量就不說了，更有可能他們一群人都得被上面人斥責……反正不是預計失誤就是任務進程管理失誤，怎麼都得背上個處分……」

看雲千千的表情好像不能領會其中事情嚴重性，九夜想想，再加一句：「意思也就是他們可能會被扣獎金。」

於是雲千千終於悟了。難怪會發生這等事……斷人財路如殺人父母，此仇不共戴天，換她的話肯定也得炸毛。

程旭沒心情等下面人講解。這次資料片開放的問題雖然解決了，但是他心情依舊不爽。就算這群NPC和玩家註定能回到下界，在這之前怎麼也得讓自己先出口氣再說。

「廢話少說！接招吧……」程旭雙手一分，懷中一片金光萬道射出。

163 聽，誰在靠近

金光傾瀉而下，眾 BOSS 加眾玩家很快體會到了其中厲害。

這人果然不愧是開後門進來的，手裡招式是厲害非常，熟練度八成直接調到滿級。他一片金光甩下來，不僅覆蓋範圍廣，而且平均傷害很強、非常強，就算雲千千有滿雷心也不敢說自己能比對方更變態。

眾 BOSS 都是身經百戰，要嘛是弒過主神、篡過位的，要嘛是反叛上帝、墮過天的，一個個都是血海裡殺出來的人物，自然不可能那麼簡單掛在這裡，或擋或閃的輕輕鬆鬆脫離險境。相較之下，實力和戰鬥經驗明顯不足的眾玩家就要狼狽了許多。

「救命啊～」

「來人啊～」

「BOSS 暴走啦～」

子八成也就只能做個程式設計師。」

雲千千一看這亂糟糟的單方面強勢打壓行為，忍不住嘆口氣道：「這程旭太不懂規矩了，他以後一輩

九夜拎了雲千千，雲千千拎了小魔王，一家三口閃現攻擊圈外才回頭觀望戰況。

「創世紀殺人滅口啦～」

「遊戲公司黑幕啦～」

「怎麼？」

「你看。」雲千千指指戰場替九夜解釋：「這傢伙根本是想一口氣趕盡殺絕……如果遊戲公司真想拍DEMO宣傳的話，我們打的就應該是表演賽而不是生死局，可他現在明顯是在公報私仇……」

電視上都是這麼演，你轟個龜派氣功，接下來的時間裡就必須得讓對方也回個天馬流星拳，大家都規規矩矩、有來有往才是標準模式。不求合理，但求熱鬧，不然觀眾還看什麼？

比如說老武俠片裡，為什麼打架的都要嘿嘿哈哈？那就是打拍子呢。「嘿！」我來了；「哈！」到我了……大家都是有小說經驗的人，既然知道連運個輕功都得注意不能洩了一口真氣，那麼還有哪個傻子會真在打架的時候把勁氣都運到嗓子眼裡去嚎叫？

不過話又說回來，再怎麼扯蛋也比現代武俠片來得好。現代武俠裡的大俠不僅個個能在運輕功的時候說話，而且還是長篇連綿的情話。拜託，你們是武林高手不是天外飛仙，能注意點常識嗎……雲千千越想越走神。

「啊，這不是我的冥河渡？」

哈迪斯突然在旁邊驚呼，拉回雲千千的注意力。

只見半空中的程旭此時已經收回了金光，手中一片黑霧如波濤般淩空洶湧捲下。這可不是普通的霧，

一旦沾上不僅有傷害，而且還附詛咒、屬性削弱加增益藥品免疫，再加隨機異常狀態，比如說遲緩、失明、混亂、催眠等等等等……

一聽這是哈迪斯的技能，雲千千頓時怒了：「沒想到你人壞也就算了，連技能都這麼壞！」

哈迪斯汗：「這跟壞不壞沒關係，技能只有強弱之分……馬的，現在不是說這個的時候，問題是他怎麼會我的看家本事？」

「多正常啊，剛才的收斬之光也是我的招牌技能。」某神在旁邊路過，他指的是程旭一開場弄的那片雷射似的金光。解釋完，見包括雲千千在內的眾人都迷惑的看自己，某神連忙遞名片：「見笑見笑，我是華納神族的弗雷，混北歐神話系統的。」

「北歐老大不是奧丁？」雲千千疑惑。

「奧丁是阿薩神族，阿薩和華納都屬於北歐體系，除此之外還有其他小族……我們兩族打了一陣子後覺得無聊，決定停戰交換人質。我和另外兩個華納神族就是這麼被華納族送過去的。」弗雷嘆息，一臉往事不堪回首：「本來我們想趁著這次眾神時代翻盤，沒想到還沒聯繫到其他華納神就被抓了上來；更沒想到人外有人、天外有天，居然還有這麼多同層次的高手主神……」

「兄弟，想開點。」雲千千拍拍對方肩膀，表示安慰，順便湊過去小聲道：「其實要欺負奧丁也不是沒機會，我們下去之前可以找個機會合夥套他麻袋，反正大家現在都沒帶小弟……當然了，這得看你們有什麼表示……」

弗雷很上道，神秘點點頭：「多少錢？」

「嘿嘿……」雲千千奸笑兩聲，剛要開價就被九夜黑著臉提著後領拎了回去。

「現在不要搞內鬨。」

「呃，不好意思，一時習慣成自然。」雲千千尷尬乾笑兩聲：「對了，奧丁呢？」

「在上面放火呢。」

九夜一指天空上方，果然就看一個獨眼大漢正在縱火企圖燒死程旭；可惜後者本事不小，憑空掀出一片浪頭直接把火焰撲成水氣。

「啊！我的排山倒海！」不遠處又一個女神見此浪頭尖叫。

「……」雲千千無語了一下，回頭道：「看這樣子，他好像可以任意使用所有主神的技能。」

「這個正常，對方是終極神，超然於遊戲的存在。既然是作為代替最後關卡 BOSS 上場，當然不可能是好對付的。」九夜點頭。

「而且對方還是這個遊戲的主要開發人員，對於所有技能應該都有深刻的了解。」雲千千摸摸下巴。

「主要開發人員未必就能贏。」九夜自信一笑道：「我以前在其他遊戲就抓過一個遊戲開發組的，對方企圖用 BUG 非法獲利，也是一個懂得各項技能資料的人才……可是他不懂的是，有時候了解未必就等於可以運用自如。」

連國中課本都教過，理論與實踐結合才是真理，後者的重要程度甚至遠遠大於前者。光有理論，最後也不過是紙上談兵罷了。

雲千千又打量空中戰況片刻，沉吟道：「你猜他是複製在場對手的技能，還是直接在一開始就把遊戲裡所有戰鬥技能都拉到自己那去了？」

「如果是前者的話，可以利用屬性相剋的原理。後者則比較麻煩……但是他也麻煩，太過龐雜的技能體系會導致使用時的選擇不當，或者根本就沒時間選擇。」九夜也沉思，不一會後拔匕首：「試試看。」

眼看九夜衝了出去，雲千千連忙一指剛才會排山倒海的女神：「美女，上！」

「驚濤駭浪！」女神揮手一片巨浪朝天空打去。

程旭反應果然夠快，舉出一座泰山直接砸了下來，把巨浪拍成浪花，看來人家最基本的五行生剋原理還是領會得挺好。

雲千千嘿嘿一笑，刷出法杖喝道：「天雷地網！」

一片紫雷巨網鋪天罩下，程旭一驚，知道這個不好接，連忙催出一片荊棘藤蔓：「雷引！」

雷屬木系，但又不是完全的木系，所以木剋雷……這道理很簡單，比如說大家回想一下老師教過的，雷雨天千萬別在什麼地方避雨……

一片雷網被樹木藤蔓引去十之四、五，剩下的雖不多，但仍然將程旭劈得萎靡了幾分。忘記補充說一句，木剛好又剋土……

「妳這小人！」程旭咬牙。

「兵不厭詐。」雲千千滿不在乎的答道：「再說我們現在本來就是拚個你死我活，難道我偷襲前還應該提醒你一下，免得自己活得太輕鬆？」

「妳……」

程旭的話沒說完，九夜已經閃現，一片刀光鋪天蓋地朝他劈去……金剋木……

「看來他一次果然只能複製一個BOSS的技能。」雲千千手搭涼棚朝天上被打得萎靡的程旭看了眼，嘖嘖感嘆一番，回頭朝身後眾神喊道：「明白了嗎？自己把屬性報一下，分好組搭夥輪流上。」

分組原理其實很簡單，就好比剪刀、石頭、布。剪刀和布搭夥的話，就是剪刀先上；對方敢變石頭的話，布就出去了。若是石頭和布搭夥則是布先上，一見剪刀就出石頭……

這才是群架的魅力。我們就是欺負你勢單力孤，不服氣你咬我啊！

合理分配後，一切變得簡單。程旭確實無敵，但他只有一個人，而且最關鍵的是，在場不管是誰，打架經驗都絕對比這坐辦公室的小子來得豐富。

程旭從霸氣登場到受挫驚愕再到手忙腳亂。

眾BOSS第一次組隊，無不感覺新奇，而且很快適應良好、夠專業，配合水準比曾經遇到過的那些組隊推BOSS的玩家好了不止一、兩級。

「這個不錯，要不然我們以後也別打了，大家把神殿都修在一塊吧。」有某神興致勃勃的建議：「領地輪流治理，其他神魔正好還可以輪休。萬一遇到組團來的玩家，正好教教他們什麼才叫專業配合！」

別以為BOSS就好欺負了，不就是仗著人多欺負人少嗎？下次要再敢來人的話，他們就教教這些人什麼才叫真正的欺負。

「這個不行，你們要是敢這麼幹的話，肯定馬上就被系統刷新了。」雲千千搖頭打擊眾神魔。

於是一句話秒殺，眾神魔頓時也萎靡，差點沒被程旭反撲幹掉。

「能在創世紀至高神魔聯手中撐過半小時，這人已經足可自傲，含笑九泉了。」雲千千不理會拚死拚活放技能的眾BOSS，抱著小魔王站在一邊看熱鬧。

「哼，不過是開了外掛罷了。」小魔王冷冷嘲諷。

「你知道外掛？」

「……本王之智慧非妳所能想像。」頓了頓，小魔王再補充：「最起碼沒笨到妳這分上。」

開玩笑，魔界之亂開始之後，每天到魔宮申請各種手續、各種任務的玩家沒有一萬也有八千，一個個把魔宮前殿都當成自家後花園了，笑笑鬧鬧、吹牛泡妞……路西法雖然出來露面的時間不多，但聽上幾耳朵也大概了解了一些玩家的說話特色，比如什麼外掛、BUG……再比如什麼傻X、蛋疼、草泥馬……

雲千千狂汗，連忙正色教育下一代：「那些壞人說的不是什麼好話。傻X之類的也就算了，蛋疼、草泥馬什麼的你可千萬不能學……」

要是以後魔界恢復開放，眾玩家去魔宮辦事，俊美邪魅的成年路西法舉止優雅的坐在王座上，一開口卻就是一句「草泥馬」……

所有玩家都會為此而蛋疼的。

雲千千擦汗，表示想像不能。這個未來實在是太灰暗了，地球人都知道自己是魔王監護人，別到時候大家都以為是她教壞人家……

「話又說回來，就算是開了外掛，這傢伙也未免太能撐了吧……」雲千千讚嘆兼轉移話題，將小魔王的注意力重新拉回半空中的程旭身上。

「哼，不過是仗著血厚苟延殘喘罷了，總能磨死的。」小魔王繼續鄙視。

雲千千無視對方話中太過玩家化的用語，刷出法杖躍躍欲試一片……不，是一線天雷甩過去。

所有攻擊力被貫注於一點之上的天雷地網威力是巨大的，直接打得本就不支的程旭再吐一口血。

「還不死？」雲千千淚流滿面，她本來挺有自信完成最後一擊。

小魔王拍個鑒定，掃了一眼後說道：「快了，還有6萬血。」

「6萬?明明就剩一絲血皮！」雲千千大驚。

小魔王看土包子般看她一眼，鄙視冷哼：「有什麼好奇怪的，他滿血上限是500萬。」

「……」雲千千默然。像她這種6萬紅就能夠頂滿血條的人完全無法理解這是個什麼概念，更何況人家還開了外掛，乃是坦克中的坦克。

6萬血，聽起來很多，實際上對於眾神魔來說不過是一人一下的事情。別說這邊還有那麼多人，就算沒

有，雲千千嗑藥多刷幾個雷也就夠了。

結果最後一擊是被九夜依仗近身優勢拿下。沒辦法，神魔老大一般都是擅長打遠架，大家是有身分的人，沒有誰好意思近身肉搏跟人打得滿身臭汗。

眾望所歸中，程旭終於被打成白光，鎮神臺上連接大陸地圖的傳送通道中也漸漸散放出柔和光暈，漩渦狀緩緩旋轉了起來。

「終於搞定了。」雲千千鬆口氣，接著興匆匆的拍翅膀飛去九夜身邊轉圈：「掉什麼了？掉什麼了？快給我看看。」

「天地法則套裝殘件。」九夜遞過來一個小小的扇形掛墜，順手掛在雲千千身上：「第七法則，使佩戴者擁有穿越空間的力量……換句話說就是瞬移，距離不超過一千公尺，冷卻時間十分鐘，可升級。」

「給我？」雲千千眼睛噌一下閃亮，討好的看九夜的同時順便羞澀了一下：「哎呀，這怎麼好意思。」

「……」九夜遠目望天——妳當然好意思，如果現在不主動交出去，未來可能發生在自己身上的、以此殘件為目標的各種坑蒙拐騙事件可想而知……

這雖然是件實用的好東西，但雲千千心裡也清楚，就算創世紀能一直營運到世界末日，天地法則大概也僅僅只會出現這麼一個殘件了。畢竟程旭這樣的終極BOSS可能出現的機會就這麼一次，掛墜很可能只不過是她和遊戲公司妥協、使對方有機會收回眾神時代資料片的另外一種意義上的獎勵……

萬象劫徹底消失，風平浪靜等了一會，以彼岸毒草和龍騰為首的另一支西路、還有中途死回去的玩家們終於先後紛紛趕到。眾神魔感謝冒險者們的大力相助後，亦表示自己回去之後一定會派使者送來謝禮……這是雲千千強烈要求的，不幹白工是其做人的鐵打準則之一。

回到大陸，系統第一時間放出公告，表示眾神魔及各方領導NPC已經順利回歸，不久後待其重新上崗，各地區秩序及物價也都將恢復正常，祝各位玩家遊戲愉快云云……

一片歡欣鼓舞中，雲千千疑惑的抓頭左顧右盼問道：「奇怪，從剛才開始我就在找我們族長了。本以為他被關在東面，結果沒有；等西面的也來了，還是沒有……」莫非已經被程旭挾私報復，刷新毀滅？

九夜默默無語。本著同一天賦屬性，他已經猜到了對方不在的理由……

「妳那麼急著找他做什麼？」

「我的另外一個獎勵還在他手裡……」轉職令牌啊，那可是好東西。

「既然如此，那就回修羅族發尋人任務吧。」九夜一說完，便瀟灑轉身離開，沒有繼續和對方解釋的意思。

「啊？」雲千千茫然，品味此回答許久後才大悟悲憤道：「臥槽！」總有一天繞死你們兩個路痴算了……

回去掛尋人任務是小意思，花個十幾分鐘就搞定了，接下來就等哪個空閒的族人去接取任務，抑或是等有人偶遇族長後，替自己傳來線索……雲千千很忙，現在可沒工夫成天守在修羅族守株待兔。

自從眾公會聯合攀上鎮神臺拯救諸神的消息出去後，曾經參與這次行動的玩家無一不受到了英雄般的待遇。畢竟大家都被混亂的秩序和各種職能NPC不在的日子困擾了那麼久了，突然一下子聽說有人幫自己脫離了苦海，那怎麼也是高興的，就算這人是有名的壞蛋頭子也一樣。

於是雲千千突然忙碌了起來，各種邀請示好、往來公函私函急劇增多，一批批使魔源源不絕的滾向天空之城中水果駐地的驛站。尤其是在幾日後的眾神逃亡DEMO作為宣傳片播出後，這個本來就熱烈的追星趨

勢頓時又狠狠的再次登上了一個高峰。

在鎮神臺上出現的NPC們都是遊戲中難得一見的至高神魔，而能夠攀上天柱的，也無一不是能夠代表當前遊戲中玩家顛峰力量的精英。

絢爛的魔法技能，如末日降臨般的窒息對決，眾神魔翻山倒海的禁忌實力……

用雲千千的話來說：「就算十個阿凡提加在一起也不可能比這更勁爆了。」

「……對不起，是阿凡達。」彼岸毒草滿頭黑線，深覺自己有這樣的會長實在是件萬分丟臉的事情。

而悲劇的是，現在全遊戲玩家居然還正火熱崇拜著這麼一個丟臉的存在……

不管一個人私下裡有多麼卑鄙無恥、猥瑣齷齪，只要有足夠的宣傳，哪怕是世界人民都公認的壞蛋，也能一夜之間成為英雄!?

「話說回來，不是無常叫我們出來嗎?他怎麼還沒到?」雲千千表示不滿。約自己也就算了，看在九夜分上，給個面子不是不可以。問題是約了半天還不來，自己酒菜已經吃掉幾十金……吼!這小子該不會是故意陰自己想叫她破財買單吧?

「容我再糾正一句，無常只約了妳，可不是我們。」彼岸毒草身為雲千千的備用錢包，此次是專門為了以防萬一來的……不管怎麼說，她現在也是具有正面形象的名人了，就算不主動請次客，最起碼也不能讓她吃霸王餐。

身為水果樂園副會長，彼岸毒草丟不起這個臉。

還好，在雲千千等待得越發忐忑，忍不住拿出掛墜研究瞬移落跑可能性的時候，無常終於在彼岸毒草期待的目光中翩然而至。

總算鬆了口氣，彼岸毒草以最大的真誠迎上前去歡迎：「快請坐、快請坐，我們等你半天了。」

無常推推眼鏡，鏡片上反光一閃，直接殺出一句重點：「她點了多少錢的酒菜？」

「呃……這個帳我會結的，你不必擔心。」彼岸毒草從未像此刻般尷尬過。

「不必，我如果不把帳先結了的話，她根本沒心情聽我說話。」無常又看了彼岸毒草一眼，在對方開口前又補了句：「放心，我這次有公帳報銷。」

「呵呵，真是見笑了。」彼岸毒草乾笑兩聲不再堅持……公帳報銷？一葉知秋的公會裡什麼時候還有這福利了？

去樓下結了帳，順便再點些酒菜回來，無常秉承一貫風格再次直殺重點：「簡單說了吧，我會在近期內拜訪府上，請蜜桃會長務必騰出空檔，以免替妳的生活造成不必要的不便。」

「噗——」雲千千噴了，驚愕的看無常：「你來我家做啥？」她最近沒做什麼傷天害理到能引得警察上門的壞事吧？

「在前段時間中，我作為協力廠商代表站在你們的立場與遊戲官方交涉，是為了保障玩家權益。而他們盡到了自己的責任和義務後，自然也相應的可以向我們申請保障……所以這次我將代表遊戲官方的立場去貴府與妳協商接下來的問題。」

「這個其實在遊戲裡協商就很足夠了。」雲千千鬱悶了一下：「再說我一開始也不知道眾神時代會開出來。要是他們早點說的話，事情完全不用演變成後面那麼麻煩的。」

無常冷笑道：「問題是現在官方對妳這個遊戲人物有了心理陰影，他們要求簽署協定……當然，這並不是要限制妳的遊戲行為，只是若以後出現同樣影響到遊戲進程的問題時，只要遊戲方代表找到妳，妳就要優先考慮妥協方案，由對方提供適當補償。」

「這樣啊……」雲千千不是很樂意：「其實我覺得這協議不簽也可以吧。你們也不能強迫玩家……」

「……」無常淡定的推推鏡片，平靜的再加了一個說明：「另外，關於DEMO宣傳片的酬勞問題，遊戲官方也已經委託我們部門公證，屆時現金將由我送到貴府……」

「歡迎歡迎！我最喜歡有客人來了，早上九點到晚上九點隨時有空哦。」雲千千雙眼閃爍期待：「反正我們關係都那麼好了，你能不能先透露一下有多少酬勞？」

「……」無常沉默半分鐘，轉頭無視雲千千並對彼岸毒草頷首：「那麼我就告辭了。拜訪時間確認後，我會提前一天通知蜜桃會長，這樣安排沒問題吧？」

「啊？哦。」臥槽，又不是拜訪他家，跟他確認個頭啊？彼岸毒草傻眼，目送無常得到滿意答覆後鎮定起身，又鎮定離開。

雲千千：「……」

彼岸毒草：「……」

答應歸答應，雲千千從不打沒有把握的仗。一個國家公務人員莫名其妙要跑來自己家，還是那種不大友善的，這當然得充分準備一下。就算不能做到知己知彼，最起碼也得知道些基本情況吧。

想打聽無常的基本情況？這人身分特殊，混沌粉絲湯明顯是派不上用場。雲千千只能動用暗樁。暗樁是誰？除九夜外還能有誰？

「妳說無常要去妳家？」九夜接到通訊後微怔：「我怎麼沒收到消息？」

「這個，也許是他想挖你牆角？」雲千千抓住一切機會企圖破壞九夜和無常這對好基友關係：「你也知道的，像我這樣柔弱的女子都是手無縛雞之力，萬一他要劫財劫色什麼的……」

「……」九夜一頭黑線：「妳想太多了。」除了自己這麼沒品味的人，無常哪能看得上她？

「可是他剛才都跑來跟我預約時間了，小草也在場，不信你問他。」雲千千跳腳。

一聽彼岸毒草的名字，九夜也不說話了。

如果說雲千千說的話十句裡面有九句半是扯蛋的話，彼岸毒草的人品及信用則明顯值得信賴得多。若事實真像她所說，那麼無常到底是想去做什麼？

九夜一不小心陰謀論了一把。當然，這個陰謀絕對不可能是自己哥哥想挖自己牆角，最大的可能性還是他看雲千千不順眼……「他走前沒跟妳定時間對吧？」

「嗯，說是定好時間後提前一天通知我。」

「那好，我明天就去妳家住。」

「噗……」雲千千吐口小血。

「有問題？」

「……大哥，我是女孩子。」

「我知道，從生理學角度上來說，妳確實是女性沒錯。」

「……」生理學角度……你是什麼意思？

雲千千抓狂道：「既然如此你就應該明白，一個男性隨隨便便說要到一個女性家去借住，這是很容易引起誤會的！」整本的清水文啊！連個小 KISS 都沒有，突然變成限制級的話，讀者會崩潰的……

「我可以在附近自己找地方住。」九夜平靜解釋。

「哦，那就好。」

「……妳怕？」想了想，九夜不知怎麼還是問了這麼一句。

「當然怕。」雲千千苦笑道：「我怕自己控制不住，萬一做了什麼讓您純潔心靈蒙上陰影的事情多不

好。」

「……」九夜捏著通訊器，低頭看自己膝上的另一隻手捏成拳，攤開，再捏成拳，又攤開……許久後才慢吞吞的開口：「我不怕。」

既然總得有人先開口，那就他吧。

什麼時候開始習慣有這個女孩在身邊的？他不記得了，反正突然醒悟過來的時候，她的存在就已經如同呼吸一樣自然。雖然這個人嘴上缺德，為人更缺德，長得一般，做飯更是悲慘，自私自利、小氣巴拉還經常有讓人無語抓狂恨不得把她揪過來痛揍一頓的本事……但自己居然不知不覺中就這麼適應過來了。

從最初劃燃火柴看到火光中出現那張臉時的驚愕、不敢置信，到慢慢的不自覺關注，嘗試了解、適應，再到最後的主動靠近……一步一步，等到抬頭時，他才發現已經走到離她近到不能再近的地步。

居然碰到這個女人啊……八成是因為自己上輩子幹過不少壞事。一想起對方看自己時亮晶晶的眼睛，還有那毫不掩飾的垂涎，九夜就情不自禁的覺得好笑，心裡似乎也有個聲音在快樂的哼哼。

不自覺勾了勾脣角，聽著通訊器對面好像有些急促的呼吸聲，九夜突然期待看到那顆水果現在的表情。雖然他是頭一次告白，心裡確實有點緊張。但是沒關係，對方好像比自己還緊張。

用這顆爛桃的話是怎麼說？對了——知道你比我還丟人，我也就安心了……

「可是我還是怕。」

通訊斷了，九夜愣了愣，沒想到等到的居然會是這個回答。

是哪裡……

出了問題？

★

164 那宿命的相逢

生平第一次告白被人拒絕，而且還是被一個明顯對自己有企圖的人拒絕，再而且那人拒絕完了還馬上下線……可想而知九夜此時的心情是多麼的不美麗。他深深的懷疑自己是被玩弄了。

莫非以前那死女人對自己垂涎三尺、還沒事就把手拉腳的吃豆腐都是騙人的嗎？

當然了，自己告白得比較委婉，也許對方沒領會他的意思，但她沒領會不代表她就沒錯。九夜在抓狂。

而與此同時，雲千千比他還抓狂。

「媽！」雲千千慘嚎，幾乎想淚流滿面給自己老媽看：「跟您說多少次了，叫我下線用呼叫鈴……看到了嗎？就是這醜得像蟑螂似的按鈕……您別老是直接摘我頭盔行嗎？遲早有一天我會被您弄死的！」

她現在嚴重懷疑，自己上輩子枉死也許並不是因為九夜的斬殺和頭盔問題，很有可能是自己老媽摘了她頭盔，然後她意識沒回來，於是在本就不穩定的劣質頭盔電流刺激下，一不小心成了孤魂野鬼……

臥槽！買遊戲艙的計畫看來是刻不容緩了。

「反正妳就是玩個破遊戲，能有什麼大事？」雲媽媽很明顯無法領會這其中的嚴重性。

「當然有大事！別的不說，單是強行下線就是大問題了，到時候玩家意識下線，身體卻還強行留在遊戲裡……比如說萬一我在殺怪呢？再比如說萬一我正跟人說什麼重要……」雲千千突然愣了愣，繼而嚎得更慘：「媽！我正跟人說重要事情呢！」

到手的老公啊老公啊老公啊！又帥又酷又有高新職業還脾氣好的老公啊嗷嗷！煮熟的鴨子都能飛了，難道她最近的運氣已經跌破底值，達到一個新的低谷了嗎嗷嗷！

沒錯，雲千千給九夜的回答並不是：「可是我還是怕。」

正確答案應該是：「可是我還是怕……」

別看只是最後一個標點符號的區別，可是後者的隱含意義卻是比前者多得多了，其中蘊涵了各種深意、各種後續、各種盡在不言中……她本來只是想裝裝樣子，趁著對方難得主動的大好時機訂下一些有利條款，可是怎麼會被弄成這種悲情女主角含淚揮別戀人的模式？

雲千千都快崩潰了。自己上輩子到底是造了什麼孽啊？這就跟白痴電視劇裡的純真女主模式一樣。

首先是女主角偏頭四十五度角問道：「你愛我嗎？」

接著男主角深情的說：「愛。」

「可是我不信，我這人……」女主角一通自我缺點展示，為男主角打好預防針並杜絕對方以後以此理由為藉口和自己分手，緊跟著再提出各種條件：「這樣的我你還愛？我真的好不安，除非你……」等到條件全部擺出後，雙方談妥，然後就是男主角的堅定表白時間。

「親愛的，相信我，我一定能幫妳辦到所有事。妳的好、妳的壞，都是我的深愛balabalabala……」

再再然後，皆大歡喜。男主角成功把垂涎已久的小肥肉吞下肚，女主角則成功訂下各種不平等條約，保障自己以後再白痴也有人收拾爛攤子……

雲千千也沒打算這麼噁心，她就是打算提醒對方一下，免得他事後才懊悔說他只是一時衝動罷了……難道這樣的想法也是天理不容嗎？老天幹嘛這麼欺負人啊？嚶嚶嚶嚶……

「少廢話！」雲媽媽一巴掌準確打上雲千千的後腦勺。

換別人這麼膽大包天的話，絕對已經被一片雷秒成灰灰。後者脾氣不好、為人也不好，乃是當今遊戲中唯一一個連魔王屁股都敢踹的人物。

可是現在對象是自己老母，就算一代陰人也只能忍氣吞聲、忍辱負重、忍垢偷生……

「小然工作調回來了，明天搬回社區，怎麼說你們也是青梅竹馬，請人家到家裡吃頓飯總是應該的吧？」雲媽媽喋喋不休的宣布，強行徵用雲千千第二天的行程安排：「一會妳把自己這狗窩收拾一下，帶著行李回家住兩天，明天早上和我們一起去接機 balabalabala……」

小然？誰啊？

青梅竹馬？誰啊？

青梅竹馬的小然？請問妳說的到底是哪裡的誰啊？

雲千千感覺自己和老母之間肯定有很深的代溝，不然她此刻怎會如此茫然？聽這意思，好像是有個自己挺熟的熟人回來了，問題是自己記憶庫裡卻沒這人資料……莫非她被劈回來的時候，腦子也被劈壞了嗎？

「……好，就這麼說定了，趕緊收拾。」發表完講話後，雲媽媽拍板定下結論，接著就挽袖子準備幫水果收東西。

「等等，妳說定什麼了？」雲千千險些崩潰，連忙拉住自家老母，阻止對方動作，抓緊時間先把自己

心中最不解的問題問出來：「妳說的到底是誰？那人到底什麼來頭？混哪條道的？」

「妳不記得了？小然啊，就是那個 balabalabala……」一通對方個人介紹後，雲媽媽拍頭，又想起一件事情：「對了，這個先不說，前幾天電視臺播的那個廣告片是怎麼回事？」

總算有自己能聽懂的部分了，雲千千感動得淚流滿面：「您說的是創世紀公司的宣傳 DEMO 吧？那是遊戲宣傳片，大概意思就是一群厲害的人和一群厲害的程式打架，然後妳女兒我打贏了，帶著獎品王者歸來……」

「上電視沒發薪水給妳？」

「呃，您犀利。」雲千千噎了下：「酬勞過幾天才到。」

「好吧，那妳先回家吧。」

「哦。」被完全繞暈了的雲千千乖乖起床，換衣服，收拾包裹，收拾頭盔，順便還有時間小小疑惑了下——她怎麼覺得好像忘了點什麼？

等到晚上回到父母家，用帶來的頭盔重新連入遊戲之後，雲千千這才想起自己忘記的到底是什麼。

「妳回來得正好！」一上線，彼岸毒草第一時間殺來通訊：「九哥今天晚上訂機票不上線了。他說已經從遊戲資料弄到妳家社區住址，大概明天上午就能到……」

臥槽！忘了還有個男人要來投奔自己……

「……行了，我知道了。」雲千千撫額嘆息。

通訊器對面的彼岸毒草欲言又止，猶豫許久後終於遲疑開口：「那個，問妳一個比較私人的問題……」

「我一直以為八卦是女人的專利。」

「別開玩笑了，但凡足夠出名又討人厭的狗仔一般都是男……臥槽！我跟妳說這個幹嘛？」彼岸毒草抓狂道：「我想問的是，妳和九哥現在到底是什麼關係？」

都能要好到互上家門拜訪了，這兩人應該已經是不怎麼純潔的男女關係了吧。可是事情為什麼這麼突然？彼岸毒草雖然早知道自己公會的桃子垂涎九夜這棵大樹，但卻也一直沒看見兩人有什麼情投意合的小動作。譬如像銘心刻骨和考拉，那甜蜜蜜的味道隔著兩條街都聞得出來……

一說到這問題，雲千千就鬱悶：「本來我覺得是我垂涎他，後來發現他好像也垂涎我，然後我們好像快要挑明攤牌了，結果因為家人關係又出現了一些變數……」

這個解釋雖然含糊不清且顯得有些不夠貼切，但就事實本身來說也算是符合了。問題是在聽的人耳中卻顯得有些震撼。

比如說彼岸毒草就被震得當場倒吸一口冷氣：「好一齣愛在心裡口難開、家人棒打鴛鴦散的經典狗血倫理劇！」

這人是蜜桃多多？不是吧，蜜桃多多什麼時候出演過這麼噁心的劇情？沒錯，絕對是這爛水果又在扯蛋，最起碼她說九夜垂涎她就是絕對不可能的事情。彼岸毒草送上鄙視後掛掉通訊。

雲千千本想報復，沒想到對方很聰明的直接把自己拉進黑名單。想查座標？抱歉，妳是玩家不是 GM，如有需要請去學習占卜類技能後再來。

燃燒尾狐又被雲翔工作室的人拉去挖墓了，目前處於信號接收不能的狀態。各大公會會長忙於應酬，上過電視的個個春風得意，沒上電視的也都在咬牙奮起直追。唯一最閒的老大就是自己……無常不在線上、七曜不在線上、不滅不在線上；連考拉和銘心刻骨都去補蜜月去了，好像打算找個無人孤島玩漂流……

所有人都在忙，只有自己如此蕭瑟。雲千千空虛寂寞冷啊，莫非她現在只能去外面遊手好閒混野隊？

算了，還是洗洗睡吧。

到了第二天，還沒等雲千千報備有男人要來找自己的事情，雲爸、雲媽就已經從起床開始忙碌，收拾屋子、準備菜餚、拿出客用拖鞋，就連在家裡收了半年沒喝的紅葡萄酒都取出來放進冰箱裡鎮著了。

雲千千扒著頭髮出自己房間，一開口剛喊了聲「媽」就被雲媽重新拖回房間，換衣服、換褲子、試鞋、試裙……雲母好像有將她當壓倉賠錢貨重新包裝拍賣的意思。

這架式，看著怎麼那麼像相親？

雲千千狠狠鬱悶了把，在堅定表示了自己絕對不會去穿那件蕾絲邊公主裙的決心之後，雲母妥協，換了件純綿高腰的開衩長裙出來，再配件上衣、配雙靴子、配件外套、配耳環、配項鍊、配……雲千千狂汗，接受了前四套再拒絕了後N套後，雙方交涉至此終於達到共識。接著她就是洗臉、漱口、更衣……

一切搞定後，雲爸、雲媽終於心滿意足的拎著打扮完畢的女兒出門，開車去接他們心目中的準女婿。

「媽……」雲千千上車後二次開口，趁著機會想先說說九夜的事情。

「餓了？」雲媽順手遞過一袋麵包給雲千千：「先墊墊胃，接了小然我們再回家吃好吃的。」

「哦。」不吃白不吃，雲千千撕包裝袋咬口麵包，再繼續說道：「我跟您二位說件事。」

「什麼事？」雲爸在駕駛座上開車，順口調侃：「我知道了，妳肯定是緊張吧？沒關係，小然這孩子是我們從小看著長大的，知道品性。就算幾年不見了，想來他跟妳也不會生疏。小然前陣子還跟我們通過電話時，還問起妳……」

「其實我男朋友今天也要來。」你說你的，我說我的。雲千千很習慣和自家爸媽的對話模式，基本上不用搭理他們就行，不然若妥協接他們話題的話，估計等地球毀滅自己都開不了口。

「嗖——」雲爸操控的懸浮車很拉風的在空中畫了個S形。

「妳說什麼？」雲爸、雲媽兩張老臉慘白，齊瞪自己女兒。

雲千千的小臉比這兩人還白：「安全駕駛，珍惜生命啊爹！」這兩人想殉情也不要拉上自己吧？

「先不說這個。老公，你繼續開車。」雲媽迅速回神，拉了雲千千的小手，語重心長：「千千啊，跟媽說說，妳什麼時候有了外遇？狼心狗肺、見異思遷、朝秦暮楚可不是什麼褒義詞啊，女兒。」

「……」遠目窗外無語三分鐘，雲千千抹把臉，轉回頭來鬱悶道：「在回答您問題之前，勞駕一位先為我解釋一下，鄙人在下我，什麼時候有正選了？」外遇？他們怎麼怎麼不乾脆說她婚外情算了？

自己明明清清白白純潔小白花一朵，好不容易有機會撈著男朋友一隻，回來卻被自己父母喊外遇……還好九哥不在，不然臉得黑成什麼樣啊。

「這個……妳和小然不是從小青梅竹馬、兩小無猜？」雲媽遲疑問道：「我和妳爸都以為你們感情挺深厚的，莫非是我們誤會了？」

「……所以說，我昨天就在問您了，那小然到底是誰啊？」

「……」雲媽想捂臉淚奔，自己養的這到底是個什麼狼心狗肺的玩意啊：「小然啊，就小時候住我們家社區，妳天天陪人家玩，你們一起從幼稚園唸到高中……後來要不是他去首都上大學的話，我們兩家本來還想提前讓你們先訂婚。」

虧她還一直覺得自己是個挺開明的家長，在兒女有自制力的前提下，對於其他家長聞之色變的所謂早戀問題也不聞不問。不能說年輕人不懂愛情就一棒子打死，如果他們能把自己自認的愛情堅持下去，還能在這期間有自制力的不逾雷池的話，那麼一切都是可以接受的……

自己是多麼開明、多麼善解人意又多麼大度的慈祥老母啊！雲媽自豪了許多年，沒想到臨了才知道事

情根本不是自己想像的那麼回事。她好不容易眼看著兩個孩子快修成正果了，結果到最後才發現女主角竟然根本沒這意思……

「那小然……妳沒和他難捨難分、情深意重？」知道自己大概是誤會了，雲媽忍不住又確認一次。

「……我竟然是如此痴情的人物？」雲千千淚流滿面，想不通自己形象怎麼就會和那些純愛電視劇裡的傻女人劃上等號。

這結果真是太震撼了！

雲媽境界提升，突然恍悟也許她自己女兒才是真正的終極BOSS。自己也算久閱言情小說，看過無數狗血八點檔了，可是相對比之下，那些有被虐傾向、沒事就喜歡腦補自己男朋友另有所愛的白痴小女人算什麼啊？自己女兒這樣的才叫殺人不見血……

這個震撼一直持續到雲家三人到了機場時，兩位家長也依舊沒能從神遊狀態中回神。要不是雲千千上輩子考過駕照，知道怎麼把懸浮車調到自動導航駕駛的話，八成就要多一起車禍慘案了。

「妳說的那個九夜……是個什麼樣的人？」在接機大廳恍惚了半小時，雲媽終於率先回神。剛才一路上聽了一通，她腦子裡就只記得這個名字了。

「唔，挺帥的，身手不錯，關鍵是性格也好，還有正當工作。」雲千千想想，突然發現自己對網路警察的工作了解實在不是很深，真到了要介紹些什麼的時候，才顯得記憶庫中的資料竟是如此貧乏。

「財貌雙全？」雲媽噎了下，老媽子牌小宇宙爆發，習慣性開始為自己女兒擔憂：「該不會是個騙子吧？畢竟你們只在網路上見過……要知道，條件太好的男人都不太可能看上妳，小然這樣的傻孩子是萬中無一啊……」

「……難道您不覺得自己女兒也是秀外慧中、賢良淑德、宜室宜家?」不是這麼長他人志氣，滅自己威風的吧?

雲媽狠狠再噎了下，繼而淚流滿面的說道：「宜室宜家要是指的就是妳這款的話，全世界雄性生物大概都會崩潰自盡的。」

「嗯嗯。」雲爸心有戚戚焉的點頭。

觀點必須要客觀，雖然這人是他們女兒沒錯，但她絕對不是個好玩意。

「……」自己是被撿來的吧?絕對是吧?親生爹娘你們在哪裡?千千好想你們嗚嗚嗚嗚……

「女士們，先生們，航班XXXX號即將抵達機場……」

系統廣播……不是，機場廣播全廳通報。雲千千抬頭望天花板，沒反應。

「先不說那個九夜了，小然還是要好好接待的，人家父母出差，我們怎麼也得幫忙照顧下孩子才是。」

雲媽聽到廣播後迅速打起精神，決定還是先把眼前的事情搞定。

至於傳說中自己女兒的男朋友?那個不重要，就當找個備胎吧，反正聽這意思兩人關係還沒確定……

陳然從一上飛機開始，就感覺有種非常不祥的預感在腦海中揮之不去。雖然他從來不相信這種扯神扯鬼的直覺，但事有反常即為妖。人的潛力說不定還真有些說法，不然自己明明應該是雀躍的心情，此刻又怎會突然如此惶然?

剪票沒問題、找座位沒問題，路上也沒碰上誰灑自己一身咖啡，直到安安穩穩的坐在自己的座位上時，陳然剛鬆了一口氣，身邊一個黑影卻突然罩了下來。

「不好意思，我的位置在裡面。」來人看著陳然淡定開口……

雖然對方戴著墨鏡，但陳然就是知道他肯定看著自己，不然哪來的這麼大壓迫力。

「不好意思。」

「……沒關係。」

起身，讓出空位，當那陌生人在自己旁邊的靠窗座位坐下時，陳然心中的不安儼然到達最頂點，直接在腦中拉響紅色警報……

太反常了，這個確實太反常了。

一路忐忑，閒得無聊的陳然將自己心緒不安的可能理由仔細分析了下——自己對對方一見鍾情？肯定不可能。對方有可能是隱藏很深的恐怖分子？臥槽，這個太狗血了。那麼還有可能是因為什麼呢？

不過話又說回來了，這男人雖然看不清全貌，但露出的半張臉倒是挺熟悉，那下巴、那嘴、那鼻梁，還有那身材……莫非真是自己以前遇到過的什麼舊相識？

陳然冥思苦想、苦想冥思，一直糾結到飛機抵達機場也沒能想出答案來。尤其是一路上花枝招展的各路空姐以各種理由到自己座位旁邊徘徊，尋話題跟身邊男人說話，囉囉嗦嗦的更是讓陳然本就糾結的心情更加煩躁——沒看這邊有人苦惱著嗎？想泡男人能不能也稍微照顧下旁邊人的心情？

自己五官全裸還不如人家裸一半……陳然深深的悲憤了。

下了飛機，所有乘客一起去領行李。

陳然在傳送皮帶旁邊一邊等自己的行李箱，一邊默默數身邊酷哥在隔壁大廳門口路過的次數……嗯，已經從門口那路過六回了，他到底在找什麼？

「那個……如果有什麼需要的話你可以找機場服務人員。」爛好人屬性發作，陳然終於忍無可忍的走過去開口幫忙：「是不是找人？還是丟東西了？」或者是人有三急也說不一定……

「謝謝，我只是想領行李。」酷哥淡淡頷首，禮貌表示感謝：「剛才已經問過服務人員了，他說就在這附近，我馬上就能找到。」

「……」臥槽！

陳然默默的看了一眼旁邊碩大的標示牌，再默默的把人拉進大廳，然後兩人一起等行李。

「真是謝謝。」酷哥鬆了口氣，繼續感謝：「看來服務人員告訴我的方向是對的，果然很近。」

「……」確實很近，不過如果自己沒過去的話，他大概還會繼續在那繞上個幾小時……陳然已經不想說話，主要是他此時也確實無話可說。

這樣子的人才，該不會一出機場大廳就迷失在茫茫人海了吧？而且看他長得挺帥，說不定被人拐去賣到東南亞都不是不可能的事情……陳然深深的為對方擔憂，繼而再次深深的頭疼——馬的，自己又不是人家老母，操心個屁啊？

實在無法眼睜睜看著一個大好青年在自己眼前迷失，陳然領到行李後又多管閒事的等了會，等到對方把自己的行李箱也從輸送帶上拎下來之後，這才主動上前雞婆的開口：「我們正好順路，你要去哪？我帶你到門口叫車吧？」

實在不行的話，讓雲爸爸順路送一程也行，不過不知道會不會太過麻煩人家……

「……」只是到機場門口的話，所有人都順路……酷哥挑了挑眉，抿了抿薄唇，很明顯表達出自己的疑問。不過估計人家對自己一個大男人應該也沒啥興趣。

於是在陳然恨不得抽自己一巴掌的後悔表情中，酷哥又考慮十秒，總算欣然應允。

「那就謝謝了，我是蘇夜。」酷哥邊走邊掏出一支手機，看看上面沒來電顯示又塞回口袋。

「我叫陳然……嗯，有人接機？」

「……大概沒有。」

「哦。」

冷場半分鐘，被僵窒氣氛凍得渾身不自在的陳然想想又道：「要不然這樣吧，你到底是想去哪？我叫接我的人送你一下。」

從小學到大學的十六年班長生涯，再加大二開始後的三年學生會長經歷，無論從哪一方面講，陳然儼然染上了一種老媽子屬性，遇到有困難的同學時，習慣性的為對方提供幫助已經成為他體內流淌的本能。

「……」

話剛出口，這回不用酷哥抿脣挑眉，陳然就已經能夠清晰感覺到對方身上散發出來的疑惑，他甚至都能猜出對方心裡在想什麼。

無事獻殷勤，非奸即詐……馬的，自己這到底是管的哪門子閒事？陳然真想淚流滿面了。

「小然——」

機場接機大廳傳來一聲呼喊。陳然鬆了一口氣，感覺終於能從這尷尬的氣氛中脫離了；而且更重要的是，對自己招手的那兩個人身後還跟著自己期待重逢已久的小青梅。後者一副驚愕的表情，好像是重新見到自己的驚喜表現？

世界真是美好啊！

心心念念了四年多的青梅就在眼前啊！陳然忐忑了一路的情緒瞬間被安撫，只感覺天空忽而放晴，心情也隨之燦爛了許……呃，燦爛個屁！

身後這股突然爆發的冷氣流是怎麼一回事？

165 一年為期

「嘿嘿……」雲千千尷尬乾笑兩聲：「九哥那麼早就到了啊。」

九哥？誰啊？陳然還在呆滯，懷疑自己穿越進創世大陸，結果就聽自己身後酷哥很不爽冷哼一聲。

「嗯。」

轟隆隆——

天雷勾動地火，痛不欲生、生不如死說的就是陳然這樣子的悲劇。

馬的，自己身後帶的酷哥居然是九夜！陳然恨不得給自己一巴掌。

再踏馬的，早知道放他在機場自生自滅算了。等想起這悲劇是自己親手引發促成後，陳然恨不得把自己抽成腮腺炎。

幼稚園就知道農夫和蛇的故事，可是自己怎麼就改不了沒事亂同情別人的這個臭毛病呢？陳然徹底崩

潰。難道電視、小說都是騙人的嗎？好心人最後都是沒有好報的嗎？

九夜摘下墨鏡，與遊戲中一般無二的清冷雙眸掃了雲千千一眼，從頭髮到裙角……很好，看得出來打扮挺精心。再瞥了一眼陳然，他心情更鬱悶了。自己昨天才被人拒絕，看來這打扮不是為自己，再而且剛才聽見前面這兩個看似桃爹桃媽的人喊的是別人的名字……莫非這就是傳說中的戴綠帽？

「九哥風采依舊啊，嘿嘿……」雲千千也不知道該說什麼了。這場景好像現場被抓姦，沒有處理好的話，搞不好九夜就得和自己拆夥。

雲爸、雲媽、陳然：「……」

「來接人的？」再掃一眼，九夜現在怎麼看怎麼不爽。

「呃……」

「我想應該不會是接我吧。」

「呃……」

「那麼說就是這位？」他看了一眼陳然。

「咳！」情況不妙了。雲千千忙乾咳後解釋：「其實過程不重要，重要的是結果……能在機場相遇，證明我們之間確實有著說不清、道不明的緣分啊！這就是命運，這就是緣分，這就是上天註定的安排……」

「他是誰？」懶得理妳，九夜繼續盤查關鍵問題。

「唔，好像是叫陳然……」雲千千想了想，再回頭跟自家父母確定：「是陳然吧？」

「……」雲爸、雲媽淚流滿面——連自己從小長大的朋友的名字都能忘記，這是怎樣一個無情無義的畜生啊！

「……」陳然也淚流滿面，不祥的預感越發清晰了，他彷彿看見自己希望渺茫的未來。

「不說這個了，你找到住的地方了嗎？」雲千千自然無比的走過去，像在遊戲裡千百次和對方並肩而立的時候那樣，拉著九夜的小手手討好問道。

牽手了！牽手了！牽手了！三個觀眾的眼珠子都快瞪出來了。

九夜的面色緩了緩，猶豫一下，反手捏住送入自己手心的肉爪子：「還沒，正要去訂。」

「唔，要不乾脆住我公寓算了……」反正最近幾天她也是在自己爸媽家住……

「不行！」率先提出反對意見的不是雲爸、雲媽，反而是陳然這個外人：「女孩子的家怎麼可以隨便讓男人進去？」他以前連利用自習時間檢查女學生寢室的時候，都會找樓長幫忙帶路。因為有可能會不小心遇上蹺課的女同學穿著睡衣晃來晃去就不說了，單是不小心發現女生用品都是件很容易令雙方都尷尬的事情，比如說衛生棉或掛洗晾曬中的貼身衣物之類……

有教養的男人都知道，女人的錢包、皮包和閨房都屬於三大禁區，因為你不知道從中會不小心翻出什麼東西來。相較之下，甚至連偷看手機簡訊都變得不再那麼令人難以忍受。

同理，女人也是，除非她期待發現精裝小雨傘或色情小雜誌什麼的……

「對！住妳公寓太不方便了。」雲爸、雲媽回神，連忙附議。

「可是九哥是來幫我辦事的耶！不安排個住的地方不大好吧？」

「我們去訂飯店……」

「……然後每天用一到六小時不等的時間去尋找迷失在人生道路上的九哥，剛好當是鍛鍊身體？」雲千千面無表情。

雲媽驚訝道：「這個不可能吧。」

「……」雲千千不說話，看向好像已經深有體會的陳然。

「……這個確實可能。」陳然潸然淚下……他的良心不允許他說謊。

頭一次碰上這樣極品的路痴，雲爸、雲媽面面相覷表示茫然。他們幾十年來的人生經驗中，並沒有過處理類似問題的經驗呀。

「要不這樣吧，妳這朋友先到小然家裡住幾天。」雲爸不愧是老江湖，很快想到折中方案並且迅速拍板：「小然家父母這幾天不在，他家剛好又在我們家對門……小然，你不介意吧？」

陳然默默吐口血，咬牙氣道：「……不介意。」自己未來的岳父，讓自己的情敵住自己家……這日子沒法過了嗚嗚嗚……

九夜無意見的點頭，開口道：「我也不介意……」

你當然不介意！陳然怒視九夜。

「那九哥的行李你們順手先帶回去吧，我帶九哥去創世紀公司辦點事情。」酬勞還沒到手呢。反正只要有網路安全系統的人監督就可以了，創世轉交給無常和轉交給九夜應該沒差別吧。

「可是我們還要替小然接風……」雲媽無語了。

「沒事，你們接你們的，我幫九哥在外面接就行。」雲千千拉著九夜轉身就走，只留下個瀟灑背影給三人：「拜拜～」

「……」拜妳個頭！

陳然終於再也忍不住哽咽了——馬的，難道他千里迢迢飛回來，就是為了看自己的青梅和別的男人出去約會嗎……

出機場直接招了輛計程車，雲千千向司機報出地名，接著就帶九夜直接殺向創世紀公司總部。

九夜坐在後座，向身邊的女人瞥去一眼，對自己一下飛機就被對方拉來做白工的事情不發表任何意見。

倒是雲千千注意到對方眼神，不自在的忐忑了：「九哥，先陪我去創世收個錢沒問題吧？……要不先回家吃個飯休息一下？」

「……」又掃去一眼，九夜淡淡開口道：「不用，沒問題。」

「其實我也不想弄那麼急，主要是想求個安心。」雲千千不好意思的羞澀了一下：「你也知道，無常那傢伙就不是個好人。」

「……」九夜望窗遠目，不說話。

是不能說話。自己未來的老婆在誹謗她自己未來的大伯，這話無論怎麼接都不對……

雲千千看人不搭理自己，想想後小心問道：「那什麼，你不會還在為昨天的事情生氣吧？」

不提這事他倒是差點忘了。九夜猛然轉頭，咬牙冷聲道：「妳昨天什麼意思？」

「這個……其實也沒什麼意思，當時我話沒說完就被我老媽把頭盔摘了。」

「哦？那妳本來想說的是什麼？」

「呃，這問題我們還是回家說吧……」雲千千暗示性的往駕駛座方向使了個眼色，接著轉頭笑咪咪的問道：「大哥，聽得挺爽的吧？」

「咳咳，我只是路過的。」耳朵豎得老直的司機連忙目光堅定的看向道路前方，面色一轉，作認真嚴肅狀，凜然道：「開車時候不要和駕駛說話，容易出事故。」

「……」臥槽！

上頭有人就是好辦事。兩人到了創世紀公司之後，九夜一掏證件，遊戲公司馬上派了高層下來親自接

待。而直到這時，雲千千才真正知道了自己圈定的男人能力有多大。

當今地球上的虛擬世界能量已經完全能和現實世界齊等，甚至在某些方面，其便利程度還要遠遠超出後者。正因如此，網路警察的地位才無比重要，甚至他們和現實警察還有著完全不同的社會地位。

後者是普通公務員，甚至很多還不是公務員；前者是高級戰鬥及資訊人才，直接享受政府特別津貼。後者拿死薪水每月聯盟幣7000、包節假福利，一年下來拚死拚活也最多頂個中層白領等級。前者拿遊戲當工作，不用出差、不用到勤只需要每天上網打個卡，不僅薪水是現實警察的至少十倍，甚至每出任務時，還根據任務時長及難度另有獎金……

現實世界中，商有商路、政有政道，不管想做什麼事情，都得和各個部門的人打好關係，涉及方面錯綜複雜。而虛擬世界中，唯一的主裁就是網路監督警戒局，簡稱網警局。除國家元首外，他們的一切行為不用向任何機構、組織解釋。所有發生在虛擬世界中的事情都由該局直接決定可行或合法與否。局下又細分了網路警戒部、經濟評估部、資訊監控部等等等等。

無常是警戒部部長。九夜雖然沒管理層職務，但作為資深戰士的同時也是最強戰力的身分是超然的，待遇等同行動組組長。

有實力、有權力，還有關係……九夜理所當然的得到一路綠燈的優待，不到十分鐘就幫著雲千千簽字、拿回了她那份酬勞。

「林部長那邊要麻煩二位解釋一下。」創世紀高層笑得有些勉強。他惹不起大神，但也惹不起眼前這尊小神，最要命的是兩頭都不討好。「畢竟您可能也知道，這事情本來是林部長親自交代過說要由他來辦理的……」

「沒關係，我是他表弟。」九夜一臉平靜的爆出驚天猛料。

於是創世紀的高層幹部放心了。

再於是，雲千千糾結了。

原來那個傲嬌偏執、百般阻撓她和九夜接觸、還用盡一切辦法破壞搗亂、企圖拆散她和他的死眼鏡仔就是自己未來大伯？這是什麼世界啊!?

把酬勞的事情一辦完，剛好雲媽打來電話催促二人回家吃飯。

不管怎麼說，今天也是幫雲千千的竹馬接風，主人家的同輩朋友不陪著算是怎麼回事啊？再說了，九夜也算是雲千千在她自己老母那備過案的合法男友了，今天這回是第一次上門，還是為了幫她女兒辦事來的。身為對方未來可能的岳母，雲媽怎麼也無法忍受兩個孩子一起消失去外面流浪的不當行為。

雲千千無可無不可的答應了馬上回去，正好自己還省頓請客的飯錢，也沒什麼不好。

又叫了車回家，雲千千帶九夜慢慢的從社區門口一路晃回家，順便幫對方指點方向及最容易辨認的道路。雖然她知道其記住的可能性約等於零，未來依然存在無限的迷失可能，但努力一下就當心理安慰也好，反正這種事她在遊戲裡也做慣了……

「妳還沒告訴我，昨天本來想說的是什麼？」走了一半，九夜突然又提起從機場出來時的那一事。

雲千千正指點江山的手指頭一僵，尷尬的抓抓頭轉回身來：「你還記得？」

「嗯。」九夜淡淡掃她一眼：「這種事想印象不深刻都難。」

「呃……你這麼說我會很有罪惡感。」

「……沒關係，反正酬勞已經幫妳拿到手了，妳就算現在得罪我也不怕。」在某種程度上，九夜對雲千千的了解已可謂深刻。

「……」這麼說的話她罪惡感更強了。雲千千狂汗，自己看起來就是那種把人用完就甩的？

「我這人其實你差不多也該了解了吧。」雲千千又開始抓頭，猶豫不知該從何說起：「其實呢，我真的不算什麼好人。我長得一般，性格又不討喜，坑蒙拐騙、卑鄙狡猾……」

「這個我知道。」九夜平靜的打斷她的話。

「喂，這種時候你可以委婉一點，或者偶爾昧著良心說兩句好話也是可以的。」雲千千不高興的批評，低頭又走一段路後才繼續道：「所以說，你想讓我當賢妻良母的話，估計可能性是不大了……做事業型女強人也不行，我懶，還散漫，至今連正式工作都沒有……」

說起這個，雲千千也鬱悶。她在遊戲裡吸金強悍，算是搶了不少錢，也勉強可以擠進小資層了。可問題真要說起正式工作來的話，從上輩子到這輩子她就從來沒開竅過。

這就跟暴發戶一樣，說不定哪天坐吃山空，或者自己一個不小心在遊戲裡被後浪拍死在沙灘上的話，那就真成了遊手好閒的無業人員。

經濟基礎決定家庭地位。自己雖說沒打算有錢到能砸個小白臉來包，但最起碼也不能被小白臉包了吧……有本事的時候囂張才叫囂張，沒本事的時候還這麼囂張的話，那最多只能叫憤世嫉俗。

比如說上輩子，她可是直到死也沒得過九夜一個正眼。

九夜沉吟了下：「妳可能太低估妳自己了。」

「……何解？千萬別跟我說情人眼裡出西施啊，純安慰是沒有任何意義的，我也不是聽兩句甜言蜜語的空話就會昏頭的女人。」

「也許妳不知道，無常要來找妳其實還有另外一個目的。」

「……殺人滅口？」雲千千小心翼翼的問道。

「……」九夜滿頭黑線，薄唇一抿，很無奈道：「是招攬。」

「……？」

「無常確實對妳很不滿，但分析以往的活動案例之後，其實他也早就認同妳的能力。」九夜拍了拍雲千千的頭解釋道：「能敲詐 NPC，說明妳善於抓住漏洞；能挑起遊戲混亂，說明妳擅長分析人心；能夠利用一切條件不擇手段達到自己的目的，這是很多時候連我們也做不到的事情。尤其是妳似乎對虛擬世界本身有敏銳的洞察力和良好的適應性……不然妳以為，光是嘴賤人壞就能那麼簡單被大家公認成一代陰人？」

「……」這是誇獎嗎？好吧，她勉強當這是誇獎吧……雲千千的嘴角抽了抽，乾笑道：「謝謝。」

「現實世界的法則並不能完全通用到虛擬世界，網警局基本上就等於是整個虛擬世界的統治者和管理者，與現實統治者地位接近等同。打個比方說，現實世界的元首是皇帝，那麼我們就等於是管理虛擬世界的諸侯王。」九夜繼續解釋：「我們以我們的標準來選擇和招攬管理虛擬世界的人才，而無常今年看中的就是妳……」

「你的意思是說，他打算聘用我進你們部門？」雲千千有些愕然。她以前倒是沒想過這條路，不過仔細考慮下，好像也不是不行。遊戲的同時有薪水拿不說，最歡樂是以後陰人不僅合法而且還受國家支持……這麼大的餡餅不會真的要掉自己臉上吧？

「……有試用期。」九夜白她一眼，光用看的就知道這女孩又在打什麼壞主意了。

「多久？」

「一年。」

「我接受！」雲千千很痛快的拍板。反正這工作對自己現在生活沒影響，該怎麼樣就怎麼樣。只不過以前自己是從 NPC 手裡挖任務，賺金幣、賺裝備，以後要改從無常手裡挖任務，同樣賺錢錢、賺好處……

「既然如此的話，我和你的事情也一年之後再說如何？」

這回皺眉的人換成九夜：「為什麼？」

雲千千呵呵笑笑道：「我確實對你有好感，也想把你拐到手沒錯。你可能確實也對我有感覺，但以後呢？光有感覺不足以支撐兩個人在一起過一輩子。兩個人之間的關係一旦改變後，對對方的要求也會變……比如你朋友仗義疏財，你會覺得她豪爽夠義氣；但你戀人也仗義疏財，你可能就覺得她不懂精打細算。你朋友和你其他朋友打成一片，你覺得她開朗大方；但你戀人也和你朋友打成一片，很可能就變成不知檢點……我們以前相處得不錯，但換了種關係的話，未必一切都還會像從前一樣的看法。」

「……」

「如果是其他人的話，可能我此刻就會點頭，哪怕最後確定兩人不適合，至多也不過是分道揚鑣罷了。」雲千千頓了頓，仔細斟酌著語句，慢吞吞繼續道：「可是九哥，你和其他人不同。即便最後我們沒法做成戀人，我也不想失去你這個朋友。」

「……」九夜的眉頭擰得越發緊，沉默許久後又漸漸舒展，呼出一口氣，淡淡點頭：「我明白妳的意思了……換句話說，我和妳彼此也用這一年來作為試用期？」

「嗯。」雲千千點頭：「一年之後，如果你想法不變的話，我們再考慮一輩子的事。而如果你覺得我們其實不適合做戀人、做夫妻，那麼今天的事就當我們誰都沒提起過。這樣最起碼……大家最少還能是朋友。」

越珍惜，越是小心翼翼。

正因為在乎，所以每一步都走得謹慎提心。

從火柴映像開始，雲千千花了差不多半年的時間算計九夜喜歡上自己。那麼，接下來她再花一年時間確定綁定，應該也不會是件難事，她最不缺的就是時間……

兩人達成了共識，九夜也解決了一樁心事。二人沿著社區的街道走了一圈後，終於一起回家了。

雲爸、雲媽等得就差點懷疑九夜帶雲千千迷路到外太空，還好總算見到女兒平安到家，沒迷路、沒跨國、沒穿越……賓主寒暄客氣兩句後開飯。

陳然吃得一臉糾結。雲爸、雲媽吃得一臉尷尬。只有雲千千和九夜最淡定，該幹什麼還幹什麼，吃完一抹嘴，出去消化散步，散完再各自回家……

到家之前談過的那番話，兩人誰都沒再提起，彷彿又回到了以往的相處模式。雲爸、雲媽謹慎觀察了兩天，結果卻越看越迷茫。

說這兩人沒談戀愛吧，二人在一起時的氣場卻很曖昧；但要說這兩人在談戀愛吧，好像又看不出他們有什麼親密的動作……拉拉小手那不算，怎麼也得接個吻才像是戀人該做的事嘛。

陳然似放心又似不放心，只差沒化身獵犬嚴密追蹤每一條曖昧訊息。每次看到雲千千和九夜在一起時，那默契相融得讓外人無法插足的磁場，陳然就恨不得上前去撕開兩人。但他們偏偏什麼過分的舉動都沒做，同吃同處，偶爾一起散個小步、逛個小街，接著就平淡無奇的分手回家……

陳然的心就在這麼忽起忽落、時上時下中掙扎，兩天下來差點沒把自己整成神經病。

第三天，雲媽終於忍不住了，十分客氣的跟九夜借了自己女兒，表示今天她想帶女兒去購衣，所以後者也許不方便繼續陪他。九夜平靜的表示理解後放人。

於是雲媽背負著自己老公和陳然共同賦予的重大使命和期待，終於如願以償拉著雲千千出了門。三人的目的只有一個……探聽敵情。

當然，關於怎麼打聽，這個還是得小心操作的，別一不小心刺激了一顆少女春情的心……雲媽決定走委婉路線，徐徐圖之……

雲千千昨天晚上才和九夜在某山谷刷了通宵的怪，雖然說遊戲也等於淺度睡眠，但畢竟和真正睡眠還是有本質區別。所以如此這般，雲千千這一天精神不足也是可以理解的事情。

奉命陪自家太后逛了一間店、兩間店、三間店……聽太后語氣含糊、旁敲側擊兩小時，再加試衣突破三位數後，忍無可忍爆發的雲千千終於停在第七間商場再不肯走了。

「您有話直說吧，拐彎抹角的我都替您覺得累。」打個呵欠，雲千千雙手抱胸，很直接的開口。這一早上專門出來看老媽 COS 諜報女探員了。

「我能有什麼事啊。就是想著我們母女好久沒一起逛街了……」雲媽一愣之後強作鎮定，義正詞嚴的堅持自己帶女兒出門的目的是純潔的、是純粹的、是不摻雜有任何其他主客觀因素的……

「那行，您繼續逛，我回去叫爸來陪妳。上午培養完我們母女感情，下午你們可以順便培養下夫妻感情。」雲千千轉身就走。

雲媽咬牙，一把揪住這不肖女的後領把人拎回來罵道：「小兔崽子，妳就是要惹我生氣嗎？」

「……」雲千千十分無辜的眨眨眼，作純潔少女狀：「別氣啊兔媽。」

龍生龍，鳳生鳳，兔媽生的兔子會打洞……還好她沒喊自己小王八蛋，不然的話，後面那句自己是真不敢接……

「妳……」雲媽悲憤。從小到大她一看自己女兒這副死豬不怕開水燙的樣子就來氣，偏偏就拿她沒辦法。打她，自己心疼；開口罵吧，彷彿又不知道該罵什麼。說道理說不過人家，語重心長走悲情路線，人家更是完全免疫狀態……自己那點精神攻擊打上去，人家那臉皮根本都不破防的。

深呼吸，雲媽努力調整好心態，揪著人找家咖啡廳進去。她買了兩杯飲料，揀個角落位置一坐，也不跟雲千千繼續繞彎子了，板臉直接開口：「直說吧，對小然妳到底有什麼看法？」

雲千千摸下巴想想，很負責的給出評價：「挺不錯的一個孩子，就是嫩了點。」

「……」雲媽聽完忙低頭咬吸管，努力不讓自己一巴掌呼過去……她咬了半天才抬頭：「就這樣？」

「不然呢？」

「妳就沒覺得小然是個挺不錯的男人？」

「男人？」雲千千笑道：「男孩子吧。」

「什麼意思？」雲媽狐疑道：「媽看小然這孩子挺不錯的，從小到大都是資優生，又聽話又懂事，脾氣也好。現在他的工作也很有發展前途，五年內成功做上主管都是很有可能的事……媽知道妳喜歡的是那蘇夜，媽也承認那蘇夜條件確實比小然還好上一些，問題他那性格……再說了，知根知底的男朋友不比妳自己到外面亂撞的強？」

「唔，陳然確實不錯。」雲千千點頭，表示同意。

雲媽大喜：「那麼說妳……」

「可是不適合我。」雲千千攤手，不急不忙的補充。

「……」要不是眼前這人是自己女兒，她真想一巴掌抽過去！雲媽咬牙切齒的克制家暴衝動，深呼吸，再深呼吸，最後終於從牙縫裡擠出一句話來：「給我個理由？」

「沒有問題。您想聽什麼版本的？」雲千千嘻笑點頭，掰手指替自己老母一一列舉：「言情版的理由是，他太完美了，完美到讓我感覺不真實，像是遙不可及、無法觸摸的水晶王子；而我需要的是一個有血有肉的人。深沉版的理由是，愛或不愛與他好或不好無關，這是一種感覺；而我無法在他身上找到這種感

覺，儘管他完美。小資版的……」

「夠了！」雲媽崩潰：「我要的是真正的理由，再胡說八道小心老娘揍妳！」

「怎麼說呢，這種事也得講個天時地利人和。」雲千千咬咬吸管，想了下解釋道：「就算我和陳然是青梅竹馬，那也只是你們記憶中的，實際上我根本不記得這個人。而在重新認識他之前，妳女兒我就先看上九哥了……哦，就是蘇夜。」

「嗯，妳繼續。」雲媽臉色複雜的點了點頭，表示自己在聽。

「也許您還會說不記得也沒關係，反正您和爸都確定陳然肯定是個好少年……」

「好男人。」雲媽很認真的糾正。

「是是，好男人。」雲千千無奈嘆口氣：「可是就算他是好男人，跟我又有什麼關係？世上的好男人那麼多，我已經遇上一個，沒必要再換。」

喜歡上一個人的理由是什麼？也許是因為對方誠懇，也許是因為對方勤奮，或者堅忍、幽默、成熟、睿智？所有這些優點都可能成為一個人吸引另外一個人的理由；但同樣，具備這些優點的人在這世界上不可能只有一個。

剛好那一個人最先出現在自己面前，符合了令自己心動的條件，於是眼裡就再容不下其他人了……這難道不是理所當然的事情嗎？

選擇伴侶需要以現實的眼光去看待，但現實不等於遇見其他好男人時見異思遷的藉口。越來越多的人把「現實」這個中性詞用成了貶義詞，而這其實只能曝露出本身的心態不夠成熟，連自己的選擇都無法確認和堅持，還能指望這種人什麼？

雲媽不甘心：「可是小然真的很好，爸媽也對他比較放心……」

「要選擇的人是我，那麼你們認為的好和我認為的好，哪個更重要？」雲千千嘻笑道：「小時候我就喜歡橘子糖多過其他大多數小孩子都喜歡的巧克力。那時候你們每次選擇買給我的是什麼？……錯誤表達的愛沒有意義，我的選擇從來就跟別人的選擇沒有任何關係。」

諸如家庭的磨合、雙方親屬的熟悉，那就是一個更漫長的過程了。但是它與此時無關，最起碼單論「人」來說的話，九夜在雲千千心裡的地位絕對重於那個印象模糊的陳然……不對，或許該叫他煙花易冷？

雲千千還記得遊戲裡的那個煙花易冷，感覺就是一個毫無存在感的人。如果不是因為鬧出來的緋聞事件的話，自己甚至不會多看對方一眼。

渺無聲息的存在、循規蹈矩的言行。雖然他多次試圖和自己搭話，但只要自己一有超出他認知常理外的舉止言行，這個人就反應不過來了。

他完全跟不上她的步調，更毋論默契。這樣一個人，就是那種和人見面時一定會頷首脫帽，再禮貌微笑的握手說句「你好」後，才進入正題的乖乖牌精英。他永遠不會讓人覺得失禮，但也永遠不會是適合自己的那一個……

不巧的是，雲千千最喜歡調戲的就是這類人。

嗯，偶爾逗逗不錯，她的愛好之一就是看人變臉。但要和這種人生活過日子的話，雲千千一想到這裡就有種脫力鬱悶的前途灰暗感。

雲媽不是老古板，她也只是想問清楚雲千千的態度而已，既然已經知道自己女兒心意堅決，早把陳然踢出局了，那她自然也不會糾纏。

錯誤表達的愛沒有意義？

那好吧，就讓她選她所選……

逛街當然不能空手而歸。既然雲千千的感情問題解決了，午茶休息後的雲媽就自動進入了血拚模式，專心一意的帶著雲千千殺遍全市，企圖用瘋狂購物來彌補自己痛失準女婿的失落之心。

雲千千被殺得措手不及，毫無還手之力，一失足已是千古恨。等到傍晚回家時，深深體會到女人尤其是老女人逛街之恐怖性的雲千千已經累成一塊破抹布。

「老婆～」雲爸親自出門迎接愛妻，對自己女兒看都沒看一眼。接過雲媽手中各大中小購物袋的同時，雲爸對客廳內忐忑坐著的陳然方向使個眼色，然後才湊近悄悄問道：「打聽得怎麼樣？」

雲媽目送雲千千幽魂般飄進臥室後才瞥他一眼：「勸小然死了這條心吧。我怕我們家千千把他玩死。」她明白這女兒自己已經管不住，有人肯要就當是嫁禍了。就算最後人家真答應了陳然，她還怕小然根本不是人家的對手……這段數，一般男人已經壓不住她了。

雲爸失望：「這樣啊……嘖，可惜了。」

是可惜，但也是沒辦法的事。

雲爸帶陳然進書房一番懇談後，談話內容是不知道了，但從陳然同樣幽魂般飄出書房的狀態來看，這消息對他來說肯定是挺殘酷的。

於是當天晚上，雲家的飯桌上就少了一名有為青年。面癱冰山獨霸天下，接受來自雲爸、雲媽的各方關懷探問……

第二天，大家再沒工夫關心陳然了，因為大 BOSS 無常到訪。

「眼鏡……呃，長官好。」雲千千心裡抽自己一巴掌，把以前叫慣了的外號趕緊嚥了回去。

「長官？」無常推推眼鏡，狐疑。

這位大神幾天來一直在網路資訊部整理資料，順便調出雲千千的檔案準備待用。沒工夫去表弟家關懷慰問的此人，目前還不知道自己身邊出了個內奸。

但是沒關係，人家時間抓得好，他們剛說沒幾句就到午飯時間了；而因為午飯時間到了，於是連日來蹭飯業務熟練的九夜也順理成章的到了。

當無常在雲家客廳看見推門進來、一臉理所當然樣熟練換鞋的九夜時，當場震驚的摔壞了一個杯子。

嘖，這杯子一百塊錢呢……雲千千心碎。

「你怎麼在這裡!?」無常險些尖叫。

九夜鄙視一眼過去：「當然是坐飛機來的。」

「……」我不是問你這個……無常強自鎮定了下，推推鏡片再度問道：「咳，我的意思是，你為什麼會來這裡？」

九夜抬起眼皮看了一眼無常，再看了一眼雲千千，面無表情的答道：「初始理由是泡妞。」

「……」於是剛走出廚房的雲爸、雲媽也摔了個杯子。

「咳咳咳！」雲千千覺得自己今天太受刺激了。

「……」這是幽默嗎……無常頭次在自己小弟面前有吐血的衝動——難怪老人都說學好三年，學壞三天。小弟跟著這爛桃混了半年多，如今看來隔離已經晚了……

雲媽率先從混亂中回神，看看無常問道：「這位先生，您和小夜是？」

「……表兄弟。」

「哦，那麼都是一家人。」雲媽鬆了口氣：「先吃飯吧，有什麼話吃完飯再說不遲。」

「……」他還真不想和這爛桃成一家人……

午飯過後，雲爸、雲媽自覺把場地留給年輕人，進書房避嫌去了。畢竟看這架式，場面好像有點失控。

而接下來的時間裡，無常用十五分鐘簡單探聽出了自己想知道的資訊，用一小時震驚失神，再用一小時半企圖說服九夜迷途知返，無果……於是，總計兩小時四十五分鐘後，無常終於接受了爛桃可能會成為自己弟媳這個殘酷的現實……

然後……就沒有然後了……

萬念俱灰的無常對一切都失去了興趣，三言兩語潦草的將雲千千已經從九夜那裡知道的事情重複了一次，拿出一份遊戲公司協議合約，再拿出一份網路警察試用合約，簽完字後就失魂落魄的離開了這個傷心之地……

「那麼我也要走了。」九夜從陳然的臥室裡提出自己的行李箱，在門口和雲千千告別：「妳說的，一年為期。」

「嗯。」

九夜輕輕嘆了口氣，微俯下身，在雲千千額上印下一吻。

冰冰涼涼的柔軟觸感，讓她忍不住縮了縮脖子。

「……」半隻腳踏進家門口的陳然默然把腳又縮了出去，淚流滿面撓牆——馬的！那是他的房間！他的妞！

大結局　婚禮

一年可以很短，一年也可以很長。

一年的時間裡可以發生許多事情。比如說遊戲的眾神時代資料片終於正式面世了，這回不是被替換修改後的內容，而是切切實實的眾神時代。

神、魔、人三界開通，戰火硝煙四起，群雄正式進入了逐鹿天下的年代。雲千千別著桃子徽章，托腮坐在山頭看下方水果軍橫掃戰場時，不由得就想起曾經這個時期的自己。

那時候，她微不足道；那時候，她甚至連望見九夜的資格都沒有……

「千千。」

白日不念人，晚上不念鬼，果然，說到誰誰就來了。

一年之中唯一沒有改變的就是九夜，依舊穩坐第一高手寶座，依舊毫無怨言的陪自己陰遍天下，最最

重要的是，一年之期已到，而對方選擇的依舊還是自己……

雲千千得意的嘿笑兩聲，抓起通訊器回應呼叫：「九哥有事？」

「……召喚我一下。」他不知道自己現在跑到了哪裡，反正是驀然回首時，就發現敵友雙方都已是雲深不知處……

「……」雲千千擦把冷汗，開了夫妻對戒的生死相隨……嗯，還忘記了一點，對方的路痴屬性也依舊是那麼神乎其技……

五芒星陣中，九夜「咻」一聲閃現，出來後沒有重新衝下戰場，而是直接盤腿坐到雲千千旁邊，遞過去一疊文件：「剛接到無常派使魔送給妳的新任務。」

這一年裡，雲千千的網警身分雖然還差最後一步轉正，但是卻早已經得到了局內上下的認可。尤其在遊戲中，雖然普通玩家不知道這傢伙居然還能有個正義使者身分，但其東奔西走的任務之後，副作用就是闖下來的名聲也跟著越發大了，直逼蜜桃過處、寸草不生之最高境界，讓無常數次為網警之形象問題糾結不已。

所以無論於公於私，無常都是萬分不願意看見這女孩的，因為一見她就會想起可能被敗壞的網路警戒部形象，更因為一見她就會想起他自己那誤入歧途的小弟……

「什麼等級的任務？」雲千千很是習慣無常讓九夜轉交任務安排給自己的這種模式了，十分熟練自然的接過文件的同時順口問句。

九夜深知對方問題之中的重點，同樣很熟練自然的簡要答覆：「5萬聯盟幣等級的。」人家不在乎任務內容和難度，只在乎酬勞。

「哦。」

於是夫妻倆再無對話，一個開始看任務內容，一個開始觀察下方戰局。

旁邊旁聽的彼岸毒草為這對話內容重點之詭異而冒出一頭冷汗。作為少數知道雲千千加入網警並混成精英成員的知情者之一，他和無常的想法其實差不多，同樣為虛擬世界的未來而忐忑著……這個貪財混帳的小人，居然還踏馬的是精英？

三〇一三的末日預言莫非真要實現了嗎？

五分鐘一目十行掃完全部文件，十分鐘思考沉吟，等雲千千終於抬頭起身時，九夜才狀似漫不經心掃過來一眼。

「什麼任務？」

「放心，沒危險性的。」雲千千笑呵呵道：「而且這次你一個男人也不好出面……創世紀除了你以外能打過我的人還沒出生呢，我辦完事就回來。」

九夜了然的點頭，這點信任他對她還是有的。如果真是力有不逮的話，對方也從來不會和自己客氣。既然她說不用就不用吧，他再去漂泊流浪一下……

前面剛提到過，一年的時間足夠發生和改變許多事情，比如說三界開通、硝煙四起、群雄逐鹿……而在這群人當中，也不是所有人都有那個興趣參與爭霸的。

或者說更準確點，其他人也在爭，卻不是打打殺殺的爭領地……人有人路，狗有狗道，除了臺前爭霸外，想要出頭闖出一片天地其實還有很多辦法。

傾城紅顏作為一個純女性公會，在創世紀中雖然不說人人照顧，但好說也是在各方都能多少占些好處的。畢竟大家都不願意落個和女人計較的名聲，一般不大要緊的非原則性問題能讓也就讓了。

於是仗著這個優勢，紅顏會長腦子很活絡的做起了仲介的買賣，替各方勢力和組織牽線搭橋，從中轉圜。大到為人調兵調糧，小到幫人代僱傭兵，只要你付得起代價，她就能幫你找到你想要的各種資源……這麼一來二去以後，紅顏公會逐漸竟也混得風生水起，闖出自己一片天地。

一切步入正軌之後，紅顏會長現在每天只需要坐著指示些大方針，剩下的事情交給底下人去做，就能輕輕鬆鬆獲得大筆大筆的收入。

當然，英雄也有空虛寂寞冷的時候，更別說她還是一朵嬌花，有時候再多的錢也無法彌補一些東西。比如說自己在九夜面前敗北於蜜桃多多之下的這件事，就是紅顏會長心中永恆的委屈……

這天的紅顏會長正好有筆大生意要談，龍騰九霄和落盡繁華皆需要一大批建築專長的玩家修建領地設施，若這筆談成的話，一葉知秋姑且不說，單是龍騰那邊給的報酬就肯定少不了。是以紅顏會長也很認真對待這次商談，不僅各堂主級別以上的幹部們都在，甚至連她自己都慎重親自出馬……

「別跟我說妳們會長沒時間。現在就給妳兩個選擇，要嘛妳讓開，我進去找到人就走。要嘛妳繼續擋著，我殺進去清光人再走……妳自己選吧，我也沒時間，還要趕回去和老公吃飯呢。」

眾人商談剛到一半，門外就響起一個極熟悉的囂張聲音。接著紅顏會長嘴角剛抽一下，大門就被人一腳踹開，雲千千帶著自己手下水果黨亂入會場。

「……」紅顏會長深呼吸一下，握拳咬牙氣道：「蜜桃會長有事？」

龍騰和一葉知秋對視一眼，各自約束手下坐到一邊看戲。這亂子他們可不想攪和，畢竟還有個盟友身分。

無常的嘴角抽了一下，推推眼鏡，不動聲色的跟在一葉知秋後面。

雲千千笑呵呵的抬抬手說道：「大家別緊張，別誤會，我這次不是來砸場的，主要是找人。」

「找誰？」紅顏會長不動聲色的掃了眼自己這邊的一圈幹部們，算計著是誰又得罪了這女人。

「其實我也不知道找誰……別瞪我，這真的不是找碴。事情是這樣，我有個姐妹，她和一名玩家在遊戲裡感情不錯，兩人也結婚了。可是最近那男人行蹤突然變得有些古怪，那姐妹跟人打聽之後才知道，人家在外頭勾搭了一個情婦，據群眾舉報，該情婦好像就是妳們紅顏公會的管理層。」

紅顏會長冷笑道：「妳這是想嫁禍給我們？」

「是不是嫁禍，問問就知道。」雲千千也笑道：「昨天下午那男人和小三在白沙湖燒烤踏青、談情說愛被人當場抓到，可惜小三跑得快，沒看清臉……妳要是不怕的話，不如讓妳手下這些人都交代一下昨天的去向？」

「……憑什麼？」紅顏會長臉色鐵青，已經開始磨牙。

雲千千攤攤手，二話不說一道雷甩下來，把距離自己最近一個女孩劈成灰灰。

在場眾人都吃了一驚，沒想到這人說動手就動手，半點不給面子。

更可怕的是，不到一分鐘紅顏會長就收到哭訴訊息，遇害的女孩在復活點處遭遇圍殺，短短半分鐘已經又被殺了一回。

「不怕說句得罪妳們的話，本桃已經在周圍各大小復活點安排潛伏殺手共數百名，但凡是從妳們這死出去的女孩，不殺到我喊停的話，他們絕對不會停手。」

「……」紅顏會長咬牙憤怒過程中，哭訴訊息再來，人家又掉了一級。

復活保護時間只有二十秒，好幾個殺手包圍復活圈把人截住，戰鬥和復活保護狀態下皆不可使用傳送石或下線，女孩被人徹底圈死。

「叫他們住手！妳想問什麼只管問就是。」

「夠乾脆。」雲千千笑嘻嘻的對紅顏會長提出表揚。

「哼，君子報仇，十年不晚。」紅顏會長冷笑道：「蜜桃多多，我記住妳了。」

十年？

十年生死兩茫茫，妳不忘，我幫妳忘……雲千千無語望天。自己哪有心情和一個女人定十年之約？她和自己家親親九哥也才只定了一年……

紅顏會長忍氣吞聲走到一旁坐下。

雲千千拉過一票女孩開始一個個盤問道：「妳，昨天下午去過哪些地方？有誰作證？」

「我、我昨天一直在公會，然後下線前和老公去了教堂祈禱……」

雲千千順手跟龍騰借了真實之鏡一照，唔，果然懷孕一天……

「過關。下一個……」

那邊盤問進行中，這邊一葉知秋拉了龍騰咬耳朵：「桃子又發什麼神經？」

「不知道。」龍騰笑著摸摸頭髮：「不過肯定有陰謀。」

「……」這個是人都知道。

無常不自在的又推推眼鏡，目光撇到一邊……

被帶來的一票水果黨都各有分工，一隊負責幫忙盤問，其他人幫忙當場找證人對口供，沒問題的才丟出房間。不到二十分鐘工夫，房間裡很快只剩包括紅顏會長在內的五個女孩。

「妳昨天下午去過哪些地方？」雲千千指了一漂亮女孩問道。

漂亮女孩很鎮定的一笑道：「我昨天只上線兩小時，期間一直和會裡的姐妹們在金碧酒樓聚會，十多人可以作證呢。」

「妳確定？」雲千千摸摸下巴。

「確定。」

「那好，就是妳了。」雲千千一揮手：「抓起來！」

漂亮女孩一怔，想不通自己回答哪裡出了問題，冷不防被人一抓，連忙掙扎喊道：「蜜桃會長弄錯了吧，我沒去白沙湖啊！」

「抓的就是妳這沒去的。」

紅顏會長目欲噴火怒道：「妳別太過分了！」

「抓起來，帶走！」雲千千不理會，直接揮手讓人把漂亮女孩帶走，然後才一提法杖，指向欲取武器的紅顏會長：「這事我能解釋。別激動，妳一激動我就害怕，一害怕就手抖，萬一法杖走火就不好了。」

無常苦笑一下，看這情形自己不出面是不行了，只好主動站出來解釋：「會長別激動，她確實不是故意搗亂。」

「……這到底是怎麼回事？」紅顏會長明顯對無常的口碑比較信服，總算是冷靜下幾分。

「其實事情很簡單。」雲千千揮手把自己帶來的人都趕走，等房間裡只剩下各公會會長和無常之後才開口：「妳們公會發展得太快了，後來招收的人自然就良莠不齊。再加上妳發展仲介工作後又把大部分事情都交給下面人去做，於是就有些人動起了歪腦筋……不知會長有沒有聽說過這麼一句話，女人變壞就有錢……」

「……」紅顏會長臉色變幻，顯然猜到些什麼。

無常乾咳，推推眼鏡繼續解釋：「需要找到紅顏公會來代理大宗仲介的人一般都有些家底，比如說我們行會這次要代理僱傭的人才，佣金費用加仲介費用合起來，一家公會至少就要付出至少近七位數的遊戲

金，這換算成聯盟幣也不是筆小數目……這些人有錢，妳們的人有貌，一拍即合。」

線上談生意，線下做生意，空檔穿插得天衣無縫。除非全天候遊戲主機加現實衛星監控，不然自己也很難抓到對方把柄。

紅顏會長臉色難看：「這不可能！」

龍騰呵呵笑道：「其實我隱約也聽過一些傳言。本以為是妳這會長已經默許了的……一來這跟我的生意沒什麼牽扯，二來人家你情我願的和我也沒關係，所以才沒說。」

「……」

無常繼續說道：「一直以來這批人行事隱密，我們也抓不到首尾。直到昨天才接到線報，知道這些人在遊戲裡的金碧酒樓包廂活動過……」

紅顏會長不得不信了，面無表情的抬頭看雲千千一眼，轉頭問無常：「所以說，她現在是你的人？」

「唔，理論上是這樣沒錯。」雖然他覺得她的用詞很不準確……

「收這種人進你們部門，你也不怕群眾對網警局喪失信心？」紅顏會長咬牙。

「這……理論上妳的憂慮也沒錯。」無常鎮靜的擦了把額上的冷汗。他回答完後，順便扭頭嚴肅看雲千千：「話說回來，我沒想到妳這次居然是用這麼無賴的辦法強行搜查……早知道那 5 萬的任務獎金我完全可以削減掉七、八成的。」

「任務的難度是你評估的，我完成得快只能證明我的智商在你之上……莫非你寧願我故意拖延時間降低效率？」雲千千攤手，無所謂的道。

「……那麼我們公會被殺的那個堂主又該怎麼算？」紅顏會長哼道：「妳千萬別告訴我說為大局犧牲是她的榮幸這類話，不然我鄙視妳。」

「這個很簡單，妳們公會代理各種仲介傭傭，剛才那女孩只不過是以個人名義接了我的傭傭罷了。」雲千千笑道：「來之前我就聯繫過她，用1000金每級的價碼收她的命。而她要付出的只不過是配合演場戲，順便外加幾通訊息罷了。」

「……臥槽！」

「……」他也臥槽。

「話說回來，這個應該屬於公務消費吧？可以報銷嗎？」雲千千轉頭問無常。

「好了好了，任務完成，大伯，你之後把獎金直接匯到我的帳號就行。」雲千千拍拍手表示好戲散場，該各回各家了：「另外順便說一下，下週一也就是五天後，我就要結婚了，不知有誰想來觀禮的？」

「喀嚓」一聲，無常不自覺的捏斷手中的簽字筆，眼鏡上寒光一閃，緩緩抬起頭來，咬牙切齒瞪雲千千：「妳和誰結？」

「廢話，當然是和我家九哥。」智商那麼低，肯定是小時候被車撞了……

紅顏會長一聽這消息頓時心碎，其帶給她的巨大打擊，甚至遠遠超過她剛才得知自己公會中黑暗內幕時的震撼：「妳……要和九哥結婚了？」

兩人在遊戲裡早就是夫妻，孩子都成年好久回去繼承魔王之位了，那麼現在又說結婚，肯定就是指的現實……

「恭喜恭喜。」龍騰倒是爽快道賀。反正自己早料到遲早會收到這個消息了，也不算意外。更何況，結婚了也得度個蜜月吧，江湖中少了蜜桃多多這個人物的話，哪怕是空氣都會清新許多，這對自己來說就已經是最大的好消息了。

一葉知秋也跟著道賀。反正自己賀不賀，人家都會結，既然如此，自己又何必在這裡扮冷漠清高惹人

記恨？

「同喜同喜，大家有空記得一定要來喝杯喜酒，之後我把喜帖傳真到你們帳號上去。」雲千千人逢喜事精神爽，連紅顏會長的臉看在眼中都覺得順眼了許多……她當然沒有看對方不順眼的理由。自己PK成功晉級了，人家落敗了。勝利者看失敗者怎麼都會順眼的，這叫對比產生幸福。

如果說此時最心碎的是紅顏會長的話，那麼最失落的當然就是無常。

小弟要和雲千千結婚了，這個他有心理準備，雖然很不願意接受，但兩人早晚會有那麼一天，只不過他個人希望那一天來得越晚越好罷了。

至於失落最深切的理由，則是因為這件事事前自己居然沒有收到一點風聲……為什麼呢，這到底是為什麼呢？五天後就要舉行的婚禮，自己居然直到今天才收到消息。

難道小弟長大了就不需要大哥了嗎？難道他已經不是對方最在乎的人了嗎？小時候綿綿軟軟，十足信賴親暱抓著自己衣服角走得一搖一晃的小包子哪裡去了？無常傷心落寞恨，一腔愁緒無人訴……

其實他不知道的是，這跟人家九夜的態度根本沒太大關係。主要還是雲千千的糊弄，說是要事先保密，等到發喜帖時再給無常大伯一個驚喜。

至於她內心深處想的究竟是驚喜還是驚嚇，那就無人得知了，反正眼下的效果雲千千是挺滿意的……她勁爆囂張的來了，然後留下一個消息把所有人炸得頭暈眼花，又更加勁爆囂張的走了。

無常和紅顏會長都有些恍惚，二人多想把這當成一場惡夢算了。最好第二天一睜眼，就發現前一天發生的一切只不過是自己最糟糕的想像。

可惜雲千千打擊人是從來不留喘息機會的。第二天伴隨著兩人登入遊戲的提示聲響起時，同時送達的還有一份傳真通知，傳真內容的虛擬顯示圖再次驗證了前一天噩耗的真實性……

——那個桃子，她居然真的要和九夜結婚了……

現代世紀的婚禮雖然繁瑣，但比起幾個世紀前來說，實際上已經是簡化了許多。

畢竟所有資源在日益緊缺的情況下都是非常需要珍惜的，不然人類也不會開拓虛擬世界紀元。於是，新人們實際上需要做的事情真不多，也就是申請婚姻註冊、遷戶、婚禮宣誓及觀禮，最後親朋好友們在小型宴會上聚一場就完了。

至於什麼接迎新娘、婚禮花車之類的就不必想了，除非是國家元首，不然沒人有那麼大權力占用街道流量。

而洞房花燭的事情則是不用特別交代，畢竟哪個世紀的婚禮都不可能省了這一項……

「真的確定要結婚？」在最後的時刻，無常仍不放棄努力，強勢留在新郎身邊持續不斷苦口婆心：「要知道，這一步走下去可就不好回頭了。到時候一失足成千古恨，再回首已百年身……小夜，我是為你好。」

「……」九夜冷靜的瞥了一眼無常，不耐煩的扯扯領子說道：「這句話你已經從上週就開始重複，還沒死心？」

「不是不死心，是不甘心。」無常咬牙氣道：「那個女人真夠有膽色，居然敢騙你不提前通知我你們要結婚的事情。」一想到自己後來得知的那個真相，他就忍不住有掐死那顆爛桃的念頭。

此女雖非禍水，但卻是貨真價實的禍害。明明沒那禍國殃民的絕色還硬要做那禍國殃民的勾當……她不怕自己在九夜耳邊說她壞話？

「都說了那是驚喜……」

「……你確定我臉上看得出驚喜的樣子？」無常的嘴角抽了抽，面無表情的問道。

「……」九夜很認真的看無常，默然十秒鐘後無奈道：「哥，你臉上什麼時候有過表情？」

無常想吐血。但還真讓九夜說中了，他的面部表情變化一般不大，本來平常情緒就不輕易起伏，表情神經自然有些遲鈍退化，偶爾激動一下別人有看不出來，被雲千千那奇葩挑撥出的少數幾次失態已足以登上警戒部十大奇觀……

苦笑著從身邊桌旁抄起杯烈酒灌了一口，無常沉澱一下情緒，頭一次非常認真想知道九夜的想法：「你到底看上她什麼？」

「唔？」九夜恍惚了下，認真想想道：「最開始的話，應該是覺得她省事。」

「省事？」無常想尖叫。他們說的是同一個人嗎？那個爛女人什麼時候省過事？

「你知道十個女人裡，希望要求男人陪她逛街買衣服的人占多少嗎？」九夜反問道。

「……十之八九。」

「那麼十個女人裡，盼望男人記住她們生日以及相識紀念日、戀愛紀念日、結婚紀念日等各種日子再加情人節、耶誕節甚至包括一些冷僻節日的女人又占多少？」

「……十之八九。」無常的額角青筋開始跳動，很艱難的再次給出答案。

「十個女人裡，必問一些諸如我和你老媽一起掉進水裡你先救誰之類問題的女人占多少？」

「……」好吧，他承認雲千千確實是很省事。最起碼這爛桃從來不問這些白痴問題，更不會像一般女人一樣，要求男人陪她們一起發瘋以滿足她們自認或天真可愛或浪漫優雅的小女人心態。

深呼吸了幾下，無常想想又道：「可是如果只是因為這個的話，你的決定是不是有些太草率了？」他實在無法接受自己心愛的小弟娶老婆的原因，居然只是因為人家省事。

「一開始確實只是因為這個。」九夜淡淡的看了無常一眼繼續解釋：「但這個頂多也只是讓我覺得這個女人可以待在身邊，沒其他女人那麼麻煩罷了。」

「那你……」

「哥，你太注重表面了。」九夜平靜的問道：「千千什麼時候真正做過觸犯別人底線的事？」

「……」沒有，她只是常常挑戰別人的認知極限……

無常僵著嘴角扯了扯。

「呵呵，無常兄弟其實也只是關心則亂罷了。」龍騰笑笑的出現在門口，話都已經說出了一句才倚著牆邊象徵性的敲敲門板：「請問我可以進來嗎？」

兄弟兩人頷首表示同意。

此時二人如出一轍的清冷平靜表情，倒是真讓人無法錯認他們之間的血緣關係。

彼岸毒草也跟在龍騰身後進來，他今天是司儀：「九哥看起來準備得差不多了，還有沒有其他沒弄好的地方？」

「我覺得九哥沒什麼問題。」龍騰大拇指撫撫手中酒杯杯沿，似笑非笑道：「倒是無常兄好像有點婚前恐懼症。」

「……」彼岸毒草也傻眼了……身為一個伴郎，他婚前恐懼個屁啊……

龍騰繼續笑道：「說句老實話吧，我和新娘子也算不打不相識了，無常兄弟應該知道她在遊戲前期詐陷害了我不少次？」

「……是耳聞過沒錯。」

「我承認自己憋了一口氣一直想扳回一局。可是客觀的講，她做的那些事情真的不能說是過分。」龍騰自己找了個位置坐下：「競爭對手之間的關係本來就是這樣，你防我、我防你，你算計我、我也算計

你……之所以被她算計，只能說可惜她一開始就沒把我當盟友。」

「身為你們眼中的小開，相信各位也早看得出來我家世不錯，那些傾軋碾壓的鬼蜮伎倆從小到大我見過的多了。殺人不見血，毀人不用刀，表面上看起來一個個都掛著副優雅有禮的樣子，其實私底下使出來的手段比誰都下作、都骯髒。談笑風生間就可以讓人身敗名裂……」喝口酒頓了一頓，龍騰笑道：「我之所以在被欺負過那麼多次的前提下，還願意在後來和那顆桃子結盟，除了看中她本身的潛力以外，最根本的原因就是她使的手段從來不髒。」

最起碼在他的眼中看來，雲千千做過的那些事與其說那是陷害，更多還是只能算作惡作劇。

龍騰嘴上不說，心裡其實一直明白，那女人說上天至多也不過是圖個好玩罷了……當然了，雖然被她玩的那些人都挺不爽就是。

無常知道這人是在替自己做心理建設，雖然自己並不認可對方對雲千千的讚譽有加，但是認真想想，對方說的其實句句在理。於是想了想，他轉頭看彼岸毒草方向，問道：「你也這麼認為？」

「我倒沒想那麼深刻。」彼岸毒草無奈的攤下手：「反正我只能這麼說，作為副會長，本人被她氣得想跳槽不是一天兩天了，卻一直沒下定決心真跳出去過……唔，如果真要總結原因的話，大概是因為待在桃子身邊挺有安全感。她就是那種會整得你頭疼、跳腳，但是一旦真發生什麼事情的時候，你總能相信她可以拉你走出泥沼，是身邊永遠不會拋棄你的那個同伴。」

「……哼。」無常好像牙疼般的哼了哼。

九夜瞥過去一眼，懶得理他。

無常不是不懂，只是不想承認。如果他真像自己說的那麼不喜歡雲千千的話，一年前也就不會把她拉進網警部，更不可能放心交給她那麼多重要的任務……信任這種東西說起來很縹緲，也許你自己都不知道該信任誰，可是心底的本能卻往往可以讓你直覺的選中那個人。

無常仰脖將酒全數灌入喉中，沉吟了半晌才道：「反正無論如何，婚禮是肯定的了。既然你們都說她不錯，那麼我無謂再做惡人……行了，明天我就把她的網警資格轉正，算是給小夜的新婚賀禮……」反正她資歷早就夠了，哼。

「哇，這麼多人？」

他話剛落地沒一會，雲千千目瞪口呆出現在門口。發現房間幾個男人的視線焦點都被自己一句話轉到自己身上，她頓時也不自在了下，想抓抓頭：「嘿嘿，我不知道你們都……」

「不許動！」彼岸毒草突然出聲喝道，兩個眼珠子都快瞪出來：「妳那髮型聽說是花了一個小時才盤起來的，要是被抓散可就全毀了。」

雲千千此時著婚紗、戴頭紗，臉上淡施脂粉，長長的頭髮也被精心盤挽……

婚禮是一個女人一輩子最重要的時刻，至少今天她必須是最完美的。然後當在禮堂上，她被自己父親挽領著帶向自己未來的丈夫時，就是美麗綻放的時刻，她將在那時得到伴侶衷心的稱讚和驚豔眼神……當然，還有來賓們的祝福……

「雲千千！」無常再次咬牙，聲音陰寒得幾乎可以擰下兩顆冰渣滓下來：「妳到底知不知道今天是什麼日子？」

「知道，老娘接手你弟的日子。」雲千千霸氣宣言。

「……」龍騰幾人裝作沒聽到，乾咳幾聲，別過臉去。

「……」強壓下一肚子火，無常也想裝作沒聽到……可是不行，他是目前在場的唯一一個新人長輩。他壓著聲說道：「妳見過哪個新娘子在婚禮前自己跑來找新郎的？妳就不能安分一天？」

「嘿嘿，我想九哥了。」雲千千不能抓頭，不能摸臉，只好尷尬玩手指，難得展露出一副好像羞怯的模樣。

當然，只是好像，真的害羞她就不會自己跑出來。

九夜淡淡勾了勾唇角，對門口招手：「過來。」

他的女人從來沒守過規矩，反正他也早習慣了。

雲千千樂呵呵的跑過來，嘖嘖有聲的把九夜上下打量一番，讚嘆道：「我眼光果然是好，這男人真是帥……」

「……」眾人默之。

九夜臉色尷尬了下，不知道自己是應該感謝對方誇獎還是該裝沒聽到。

彼岸毒草忙打破尷尬：「桃子來得正好，無常剛剛才說明天就把妳網警資格轉正。」

「哦？」雲千千轉頭看無常。

後者冷哼一聲，推推眼鏡。

於是雲千千再轉回頭去，撇嘴：「早該轉正了，他效率太低。」

「……妳得罪上司就不怕被暗中報復？」彼岸毒草想撫額呻吟了。

「沒關係，就憑我從他手裡把九夜搶過來，他要想找我麻煩的話早就找了。」雲千千輕笑道：「公私分明正是我最欣賞無常的一點。」

這真是……很老實的回答啊。

眾人開始同情臉色發黑的無常了……

「一眨眼土匪變官兵，這兩年裡大家的變化真是不可謂不大。」龍騰端酒杯感慨了一下。

「是啊。」雲千千笑嘻嘻接過九夜遞來的酒杯，如遊戲中般豪爽灌下半杯，半瞇眼睛，舔舔嘴角：「話說回來，眾神時代有個隱藏活動，不知道你們注意到了沒……」

「蜜桃多多！」無常警告性的瞪了雲千千一眼，示意對方適可而止，別忘了她自己現在已經不是以前那個為所欲為的天空城主，還有和遊戲公司的合約，更有馬上轉正的網警身分……

「放心，我知道分寸。」雲千千乾笑又想抓頭，被九夜把伸到一半的爪子扒了下來。撇撇嘴，雲千千跟無常解釋：「新時代進程無可避免，我保證這是最後一次洩漏任務。」以後再想洩漏也不行了，她的先知，只有這麼兩年……

「快點快點，婚禮要開始了！」

還沒等房間裡的幾人說話，門外突然開始喧囂熱鬧，伴隨一片兵荒馬亂。

「司儀呢？司儀去哪裡了？」

彼岸毒草連忙準備，還沒出門就聽剛才的聲音又發出一聲尖叫。

「呀——新娘怎麼也不見了!?」

於是雲千千在眾人譴責目光下尷尬：「咳咳，我等一下趁她們不注意就偷偷溜回去……小草你先走一步，負責幫我調虎離山作掩護。」

「是是是……」彼岸毒草嘆息。從遊戲到現實，從公會到婚禮，怎麼自己永遠就擺脫不了幫她收拾爛攤子的命運？

雲千千躍躍欲試的準備跳窗。

九夜淡定圍觀。

「對了，九哥。」扒在窗戶上剛要翻，雲千千突然又想到什麼似的回頭。

「嗯？」

「其實吧，我個人覺得我愛你這三個字太無聊了，但是這麼特別的日子不說點什麼又好像不大好……」

雲千千為難的抓抓頭，終於還是弄歪了一直艱難維持到現在的頭紗。

頓時新郎準備室裡一片哀號……注意了大半天，結果還是被她逮到機會抓亂了。

「嗯，妳說。」九夜淡定依舊。

「你願意讓我賴在你身邊一輩子嗎？」

「我願意。」

「那你願意陪我繼續到處禍害別人嗎？」

「……我願意。」

「以後薪水、獎金全部上交？」

「……可以。」

「家事我不大擅長，你負責大部分？」

「……嗯。」

「還有……」

雲千千興致勃勃的還想追加，被彼岸毒草忍無可忍的一巴掌拍走：「快滾快滾！再繼續人家就要毀婚了！」馬的，害他們還為那開場白期待了下，本以為是深情告白，結果卻是勞役條款……

「那行，其他細節我們洞房繼續商量。」

雲千千閃身離開。

彼岸毒草從大門出去，連忙引開四處找人的一堆家屬親朋。

龍騰出門時，特意同情的向九夜投來一瞥，眼神中寫滿諸如「節哀順變，日後珍重」之類的祝福詞。

無常咬牙想說什麼，可惜沒機會，被龍騰一把就抓了出去——小夫妻情趣，一個大伯跟著揭什麼亂？一個願打、一個願挨，人家享受著呢。

等人走後，九夜一個人站在房間裡，望著窗臺方向看一會，漸漸忍不住失笑扶額，唇角也勾出個彎翹的弧度。

果然，即便是在這種人生最重要的日子裡，他的女人還是他的女人，一點也沒變……

那麼，我什麼都願意。

那麼，我在教堂等著妳。

等妳向我走來，我的妻子……

《蜜桃多多的人神花婿》完

番外　曾經那段日子

林昶永遠都記得蘇夜第一次來到自己家的那一天。

那年，他六歲；而他，還不到一歲……

「這是你弟弟，叫蘇夜。」

林媽抱著一個小小的襁褓，對小林昶溫和的笑笑，再摸了摸他的小腦袋：「蘇夜弟弟的爸爸、媽媽去了很遠很遠的地方，所以以後弟弟就住在我們家了。林昶是哥哥，要好好照顧弟弟、保護弟弟，可以嗎？」

林昶繃著鼓鼓的小包子臉，盡量做出嚴肅的表情點頭：「嗯，知道了～」

「真乖。」林媽媽欣慰的拍拍小林昶的頭，抱著小小的嬰兒輕哄：「小昶要不要摸一下弟弟？很可愛的哦。」

林昶認真盯著自己媽媽臂彎裡的小包子研究了一分鐘，然後再嚴肅搖頭，謝絕自己老媽的好意：「不

用了，會摸壞的。」

那臉蛋紅潤潤、水嫩嫩，好像力道稍大一些就會不小心戳壞了一樣，身子也是小小的、軟軟的，這麼脆弱的物種讓他從哪下手？……壓力很大的好不好。

「噗……怎麼可能。」

林媽媽倒是有心隆重推薦自己剛到手的新寵，問題是兒子看起來不大給面子。於是一番妥協後，雙方達成友好協定。林媽媽繼續玩，林昶小朋友圍觀……

林昶雖然盡量保持嚴肅的表情，想以此證明自己已經是個成熟懂事的大孩子了；但畢竟孩童的好奇心無法扼殺，媽媽懷裡突然出現一個那麼小的寶寶，一剎那間，成為哥哥的自豪感和成就感就這麼湧上心頭。

林昶湊近時，小嬰兒剛好睜開黑溜溜的大眼睛，眨巴兩下，在襁褓中疑惑無辜的一歪頭，某種名為萌的粉紅氣泡頓時飄飄蕩蕩擴散開來。

林昶愣了下，隨即更加嚴肅的繃著包子臉別過頭去，臉上、耳朵尖上染開一抹紅暈。

蘇夜弟弟，蘇夜弟弟……

蘇夜弟弟洗澡的時候喜歡小鴨子，不喜歡小船。

蘇夜弟弟喜歡硬硬的磨牙膠，不喜歡軟軟的奶嘴。

蘇夜弟弟喜歡吃水果泥，不喜歡吃麥糊。

蘇夜弟弟厭惡一切有小花小草圖案的小圍兜……

從那一天起，林昶生活的重心就慢慢莫名的偏移到一個小小的奶娃娃身上，成天繃著嚴肅的小包子臉興匆匆的忙前忙後，腦中資料庫裡記錄的全是一個名叫蘇夜的小娃娃的所有喜惡資料。

而林媽媽每每看見自己那喜歡裝老成的兒子繃著冰山包子臉行保姆之職時，總會抑制不住的捂臉、捂肚子，憋笑憋得渾身顫抖。

自此之後，除了必要的無法由孩子完成的工作，如幫小寶寶洗澡、換尿布之類的事情外，照顧蘇夜的職責就全數落到了小林昶的頭上……這個好哥哥甚至能記住每次該替蘇夜餵奶的時間。

「來，小夜乖，叫哥哥。」

林昶坐在床上，短手短腳吃力的摟住懷裡扭來扭去的軟體動物，野心勃勃的想要搶奪弟弟的初喊權……哼，他昨天都偷聽到了，自己弟弟現在已經到了會喊人的時候，爸爸、媽媽都在摩拳擦掌想拔頭籌，自己怎麼可以讓他們得逞。

「噗……」嫩嫩的小包子冷著小肥臉，鄙視的吐了個泡泡。

「不對不對，是哥哥！」

「啊啊嗚……」

「哥哥，叫哥哥～叫了有蘋果泥吃哦。」

「呸……」

「很好，這個發音很標準了，可是不是哥哥～來，我們繼續努力！」

「……」

日子一天天的過去，當小包子變成少年，軟體動物也順利進化成小包子時，林昶的弟控屬性也終於在這些年中被鍛鍊得越發強大。

「你。」林昶冰山動力全開，嚴肅板臉看著面前手裡拖著一隻兔子玩偶的小蘿莉：「妳說要來找小夜

玩？」

嘖，蘇夜弟弟最喜歡自己了，怎麼可能喜歡跟外面這些髒兮兮的小鬼一起玩。尤其這種青梅竹馬預備役的雌性小鬼……

「嗯。」小蘿莉可憐兮兮的眨眼，站在林家門口把懷裡的兔子抱得更緊，胖胖的蘋果臉上一副緊張到快哭出來的委屈表情：「我、我想……」

「妳不用想。」林昶打斷她的話：「妳知道小夜是男孩子，不喜歡玩兔子嗎？」

「我、我不知說道。」

「那妳知道小男孩跟小女孩玩久了會變得沒有男子氣概嗎？」

「這、這……」

「妳這週在幼稚園得到幾次稱讚？我家小夜得到了十次喔。小夜將來會是最帥、最酷、最聰明、最偉大的寶寶。妳想帶壞他嗎？」

「嗚嗚嗚～」媽媽，這個哥哥好可怕……

小蘿莉灑淚敗退。

而胖嘟嘟的三頭身小蘇夜這時才捏著一塊小蛋糕從廚房裡探出頭來，大眼睛眨巴眨巴，小肥臉上一副疑惑的表情：「好像有人找我？」

「沒有。」林昶堅定撒謊。

「哦……」好奇怪，最近都沒人帶糖糖找自己玩了。

小學時……

「你們想找小夜吃冰？就是外面那種廉價奶粉做出來的，吃了說不定會得大頭病的那種冰？」林昶幾乎化身惡魔，臉色陰沉得幾乎可以滴水：「小夜只喜歡吃我替他做的手工霜淇淋，誰讓你們強迫他去吃那種垃圾零食的？」

「我們……」沒強迫他……

一群小孩子抱在一起瑟瑟發抖，企圖互相提供溫暖，讓他們有勇氣戰勝面前的眼鏡魔王……嗚嗚嗚，原來這片地方的終極 BOSS 就是住在這家裡嗎？難怪附近都沒小孩敢靠近……

「你們是小夜的什麼人？好朋友？同學？平常小考成績多少？是不是好學生？在班上擔任什麼職務？平常參加哪個補習班？家裡多少人，人均幾畝地，地裡幾頭牛？……」

小孩子們號啕大哭：「是蘇夜叫我們來找他的啦嗚哇——」

鏡片上寒光一閃，林昶推推眼鏡，冷笑道：「那你們現在可以回去了。」

等人一走，身形已初步拔高變得修長，在學校中頗受歡迎的清俊少年隨即很沉穩的拉開圍裙抖開，往身上一繫，接著就板著臉開始敲雞蛋，分蛋黃，裝鍋加牛奶和糖，然後把小鍋抱在懷裡，配合陰森冷笑表情使勁攪攪攪……

小火加熱奶鍋，快沸騰前關火，加奶油、加香精、加鹽、加果肉泥……等到所有一切都處理完後，林昶剛把弄好的霜淇淋放進冰箱，圓滾滾的小蘇夜就從二樓滾了下來。

「小夜啊～」陰森怪人瞬間變為慈祥大哥，林昶溫和仰頭，笑看樓梯上的小包子問道：「暑假作業做完了？」

「唔……還有一點點，不過今天跟路路他們約好去吃冰……」所以他在想，剩下的是不是可以等回家再寫……蘇夜板著包子臉，奶聲奶氣的認真回答。

「呵呵呵呵呵……」林昶笑得意味深長：「不用去外面了，哥哥已經做好了冰冰，冷卻一會就可以吃了喲～」

「可是路路……」

「今天沒有任何人來過。」

「……真的？」

「真的。」

「……」

初中時……

「妳是誰？為什麼找蘇夜？誰允許妳打電話到我們家來的？班長？集體活動通知？呵呵呵……不要以為我不知道妳們這些小女生的想法，有集體活動通知妳不會在班級上講？為什麼非要打電話到家裡來？想趁機和我們小夜說話是吧？我告訴妳，no way，小夜是不會喜歡妳的。」

「妳們這些小女生要胸沒胸、要屁股沒屁股，憑什麼敢勾搭我家小夜……哭？哭也沒用！妳裝出這副委屈樣子是想哭給誰聽？哼哼哼……」

半小時後，蘇夜看完電視，倒水路過林昶房間，就見到後者神清氣爽的坐在床頭櫃電話旁邊。前者面無表情的順口提醒：「你同學電話接完了？電視劇快演完了……」

「啊，謝謝小夜～」

高中……

大學……

網警部……

林昶以強悍之姿及越來越冷厲的手段，一一打發走了蘇夜身邊出現的所有桃花和非桃花。他保證了蘇夜以極度的純潔順利成長為一個俊美優異的青年，順便一手包辦了出現在其身邊的人群篩檢。不經過自己法眼認可的人，半步也別想摸著蘇夜的邊……

他林昶的弟弟，要配就要配一流的人才、一流的朋友、一流的戀人、一流的妻子……怎麼可以隨隨便便被外面不知哪來的阿貓阿狗拐去？

這樣的日子平靜的持續著，偶爾小有波折也迅速被鎮壓了下來。林昶滿意而欣慰的守護著身邊的弟弟，只感覺人生最大的幸福莫過於此。

「你總有一天會遭報應的。」某同事在看過林昶在蘇夜面前身後判若兩人的變臉現場後，曾經如是感慨過。

「報應？」林昶冷笑，面色平靜淡定的推了推眼鏡：「我從來不信那個。」

「呵……對了，創世紀申請監督執勤人員，這個誰去？」

「我和小夜帶隊。」林昶毫不猶豫回復：「剩下名額你們看著辦吧。」

已經擁有一定特權的林昶哥哥非常自然的幫自己弟弟爭取福利。這次的遊戲很有意思，工作之餘當作消遣也是很不錯的……

就這樣，林昶在新手村中遇見了一隻水果；再於是，這隻水果慢慢的越來越常出現在自己和弟弟的生活中。

直到兩年後……

「蘇夜先生，請問您是否願意娶雲千千小姐為妻，在以後的生活中無論順境、逆境……」

彼時，林袒默默淚流滿面……

★番外　小桃子們的遊戲記錄

都說父母是孩子人生中的第一個老師。

用句大家都更容易明白的話來說，就是龍生龍、鳳生鳳，老鼠生的孩子會打洞。一個書香世家裡出來的孩子，就算不是琴棋書畫樣樣精通，氣質也會溫潤如春風拂面，絕對不可能跟街頭混混似的，沒事趿著拖鞋、叼著劣質菸、蹲在街頭對美女一臉猥瑣的吹口哨。

反而言之，一個常年在舞廳、遊戲廳等地方出沒賺經驗升級的孩子，就算沒有油滑精明、歷練通達，也絕對不可能羞澀靦腆、純情內向到聽個黃色笑話都臉紅爆血管的地步……

這就是所謂的環境造就性格。不管有多麼不情願，都還是不得不承認父母性格及周邊環境會替子女所帶來的影響作用。

而作為一個世界知名的陰人的後代，蘇姓眾小屁孩們就經常表示壓力很大……

「……所以根據調查後得到的結果，我們公會的守護獸應該是在昨夜被不知名人士下手，而且截止目前為止都仍未恢復……暮小狐，你有什麼想補充說明的嗎？」

一葉知秋盡量使自己臉上擺出一個類似和藹的表情，循循善誘開導他心目中的失足少年：「做錯事不可怕，可怕的是做錯了事還死不承認……小狐啊，葉叔叔其實很大方的，就算看在你老母和阿爹的面子上，葉叔叔也不會真的把你怎麼樣……所以你乾脆就招了吧，別死不認帳了啊。」

「……」我招個屁！

會議室一角落的座位上，一名五官肖似九夜的清俊少年臉上冷凝一片。頂著一葉知秋話音落下後眾人瞬間聚焦的灼熱視線，該少年除了嘴角微有抽搐和額上掛了滿頭黑線外，一副平靜無波的淡定開口：「葉子叔，昨天我在幫無常大伯整理資料，一整天都沒有外出，更不可能跑到你們領地的守護獸欄……關於這一點，整個警備部的人都可以為我作證。您如果不相信的話，不如我請無常大伯來跟您談？」

「咦，不是你？可是我記得只有你的身手最像你爹，其他人應該還沒有辦法接近守護獸……」

少年蘇暮滿頭黑線：「可是我記得創世紀裡有能力接近守護獸的玩家應該不少，你所謂的其他人……應該指的只是在我蘇家成員這個範圍之內吧？」

這個死老男人，憑什麼那麼肯定出了壞事就一定是自己家裡人幹的？

「啊哈哈哈，別介意，我並不是說只有你們家人會幹這缺德事……咳咳。」一葉知秋吞吞吐吐的為難道：「那個，前陣子聽說你老母貪汙了筆公款，帶你老爹一起出星球去度假，不知道最近她在土星那邊有沒有連接遊戲？」

「……需不需要我幫您問問？」蘇暮目光一沉，似笑非笑，一副高深莫測表情問道。

「咳咳咳咳！」一葉知秋咳得越發淒厲，尷尬的漲紅著一張臉，視線心虛的飛快飄移了下：「這個就

不必麻煩了。你要是忙就先走吧，我這邊沒事情了……」

歲月是把殺豬刀，常常是不知不覺間，你原本堅定的以為一直不會有所改變的那些東西，就這麼在不經意間靜悄悄的變成了另一副模樣。

創世紀遊戲平穩順遂的營運了二十年。一個遊戲能營運二十年而依舊魅力不減，這在以前的時代是一件完全無法想像的事情。可是現在，人們已經非常習慣遊戲這個擬真世界與現實世界之間的切換和互相滲透了。

九夜依舊是二十年不變的第一高手。關於這一記錄的保持，其中除了他本人的資質、實力外，當然還離不開一個剽悍的老婆在其背後不怎麼默默給予的支持。

而雲千千也依舊囂張霸道，卑鄙得人盡皆知，惡劣得高調大方。原本冀望「女人結婚了總該會變得溫柔可愛一些吧」的那些人們狠狠的心碎了一把，看九夜的眼神如同被對方辜負，寫滿了諸如對其失望絕望之類的負面情緒。

曾經桃子聯盟的那些公會們，現在也已經漸漸發展擴充出了屬於自己的勢力，在創世史上留下各自或壯麗或雄偉的篇章。

老牌的高手們風采依舊，而在他們所創造的時代為背景的虛擬世界中，新生代的一批玩家們也紛紛加入了進來。以蘇暮為首的蘇家孩子們，就是這批新生代高手中最為亮眼的一支隊伍……

「大哥、大哥，那老男人叫你進去說什麼了？」

蘇暮剛一走出落盡繁華的領地辦公大樓，身邊立刻圍上了一群小孩子，有高有矮、有大有小、有公有母……說話的是一個青春豆蔻的少女，雖然長了一張還算乖乖巧巧的臉，但剛一張口說話，立刻就暴露出

了其根本算不上乖巧的本性。

「還能說什麼？不就是懷疑我們動了他家那隻傻龍嗎？」蘇暮撇撇嘴冷笑，繼而轉頭一臉懷疑的看剛才說話的少女：「淺淺，妳跟大哥說實話，落盡繁華的守護獸被詛咒這事跟妳沒關係吧？」

二十年時間裡，雲千千不僅在虛擬世界中橫行無忌，就連現實裡的人妻職責人家也沒耽誤。從嫁給九夜的同年其成功懷孕，並於第二年順利產下長子蘇暮之後開始，一連十八年的婚姻生活中，雲千千為九哥家增添了三男二女總計五個小孩。

最年長如蘇暮已經快要正式成年；最年幼為一對小雙胞胎，今年年初剛滿六歲，恰是可以在監護人陪同之下登入虛擬世界的下限年齡……

「想什麼呢!?」蘇淺淺炸毛：「我是小四、小五那樣沒輕沒重的人嗎？」蘇家子女中，最肖似雲千千的就是二女蘇淺淺，同樣令江湖人聞風喪膽到一聽其名號就痛哭流涕。於是順理成章的，一般如果有沒人認領的壞事，十有八九都跟此人脫離不了關係。

「二姐！」小雙胞胎鼓著兩張一模一樣的包子臉生氣，奶聲奶氣的抗議：「妳太過分啦～」

「抱歉抱歉，姐姐一時順口……呃，其實我覺得凶手說不定是小三……咦，小三呢？剛剛明明還在……」

龍鳳胎互相看一眼，然後從各自的小圍兜裡掏出粉嘟嘟的兒童型通訊器，一通聯絡後，手牽手過來報告：「三姐說她迷路了，你們開完會後如果還有時間就順便去找她一下……」

「沒空。告訴她，我們現在正在為了洗清家族名譽而努力！」蘇淺淺咬牙。

今天她本來只是想帶第一次登入遊戲的小四、小五好好玩玩的，沒想到上線就遇變故……馬的！雖然自己名聲確實不怎麼好，但以前那些壞事反正自己也確實有分，認就認了也沒什麼。可這次……

臥槽，她就不信這世上哪個王八蛋能那麼有面子，敢讓她揹黑鍋？

一堆小屁孩站在落盡繁華辦公大樓前面正討論得起勁時，一隊人從山下出現。

「等等，那群小孩是誰？」

「唔，有種似曾相識的感覺……你們覺不覺得那個看起來有高中生年紀的少女很面熟？」

「你喜歡蘿莉？」

「呸！我是說真的面熟……不好，好像還有些心跳過速的不祥預感。」

「果然蘿莉控……」

小隊是從龍騰九霄出來的精英聯絡組，正好做完任務從附近路過，於是順便上山，來兄弟聯盟公會接運一批物資。

被指控為蘿莉控的玩家，今年耶誕節活動的時候才剛被雲千千和九夜夫妻檔聯手砍過。雖然那次他並不是主要目標，只是被連累波及，但其幼小的脆弱心靈上依舊是留下了不可磨滅的傷痕。

帶隊小隊長沉吟一會後突然恍然大悟，接著就是大驚失色：「不好！他們是桃子和九哥的孩子！」公會發放的危險人物名冊中就有這幾個小屁孩的資料，且是高居榜單前列。

「什麼!?」小隊眾人悚然震驚：「這群小壞蛋堵落盡繁華家門口是想幹嘛？」兄弟公會好像有難，莫非到了自己等人必須出面的關鍵時刻？

「別衝動，先問問再說。」

「誰去問？」

「……」

一番面面相覷後，有人說：「大家都公平點，剪刀、石頭、布吧。」

於是剪刀、石頭、布……

「哈哈，我手下人說九哥家的幾顆小桃子都在一葉那查案呢。」龍騰收到通訊報告後大樂：「落盡繁華的領地守護獸被詛咒了，一葉又不是什麼心機深的，直接問暮小狐狸是不是他幹的。小暮出去又告訴其他幾個小的，於是幾顆小桃非要找出真正凶手為自己洗刷清白。」

「你這是在幸災樂禍？」銘心刻骨誠懇的問道。

「呵呵……」龍騰但笑不語，摸摸下巴，瞇眼想了會才又道：「九哥和爛桃現在不在地球上……我們怎麼也是叔叔輩的，是不是應該主動去幫下忙比較好啊？」

「你這是想近距離圍觀？」銘心刻骨越發誠懇的問道。

「呵呵……」

有熱鬧要大家看，一傳十、十傳百。

蘇家小孩們在落盡繁華地盤上準備查案的消息經過龍騰的熱心大力宣傳後，頓時吸引了各方資深八卦黨及眾無聊人士們的注意。本著就算沒有錢場也得去幫故人之子捧個人場的心態，眾方勢力老大首先興致勃勃的匯聚到了現場，由龍騰率隊，一葉知秋聞訊後負責接待。

一票人滿滿當當狠狠的將守護獸獸欄外的觀賞位全部占了個光……什麼？你說來的那些老大不可能有這麼多？拜託，人家難道還不會帶幾個家屬嗎？

而緊隨這些各方大老其後而來的，則是由混沌粉絲湯及默默尋二人聯手派出的狗仔採訪隊……有桃子，有八卦，這是每一個虛擬世界新聞人都公認且必須清楚牢記的鐵則，哪怕這些小桃還沒長熟……

最後還有肯定不會少的，自然就是水果樂園這邊由自己公會成員組成的親友團了。

「小暮加油！叔叔代表精英堂的翼人族挺你！」

「淺淺，別墮了妳老母當年的威名啊嗷嗷！」

「呀～～～小四、小五好可愛～看這裡！看這裡！」

「夭……咦，我家的夭夭小姐捏？」

「敢動我們園子裡的小水果者死！吼吼！」

彼岸毒草艱難的擠出由自家公會的興奮成員們結成的圍觀線，踉踉蹌蹌的跌出人群，一副很是狼狽的樣子：「小暮！」

「咦，草叔？」蘇淺淺怔了怔，繼而笑呵呵的迎上去：「您也是來圍觀的？」

「……我是來維護秩序的。」彼岸毒草滿頭黑線：「小暮呢？我跟他說幾句話。」眼前的少女不可信，他還是覺得和少年比較溝通得來。就算他不能叮囑對方看管好自家少女，最起碼也要努力把危害控制在一定範圍之內……

「暮哥正在忙呢，有話您可以跟我說啊。」蘇淺淺興致勃勃的拍胸脯保證。

「……」彼岸毒草默默的看她一眼，再默默的把視線轉開，拉過小雙胞胎，和藹的問道：「小四、小五乖啊，知道哥哥在哪裡嗎？」

蘇淺淺滿頭黑線：「喂……」別這麼不給面子好不好……

「大哥去找夭夭姐了～」雙胞胎之一軟軟糯糯的答。

「夭夭又走丟了？」彼岸毒草震撼訝異驚……臥槽，蘇家最理智的小孩都被拉離現場，那麼還有誰能

鎮壓得住這幾顆混世魔桃？

一葉知秋此時也深恨自己嘴賤，早知道自己不要多問那麼幾句，這會也就沒那麼多事情了。身為被查案的一方，需要負責提供場地、人員安排、食宿費用等等諸多安排的一葉知秋表示壓力很大……什麼？他可以不負責？

想不負責基本上是不可能辦到的。首先，他得有決心在那麼多各路英雄豪傑面前丟得起臉。其次，他得有面對一群囉嗦小桃子的心理準備和覺悟。最後……為了省一點小錢把蜜桃多多招惹出山？這得是吃得有多撐才能無聊成這樣子啊……

「一葉會長，不是我不幫忙，但是現在的情況你也看見了……」彼岸毒草失落了一會後，終於打起精神去找到同樣失落絕望的一葉知秋，很是不好意思的向對方道歉：「照理來說，這幾個小的也是水果樂園子弟，憑我們的關係，他們不應該替你添麻煩才對……問題九哥家的孩子跟其他孩子不一樣，咳，你懂的……」

新生代的遊戲玩家可以自己玩，也可以跟著父輩們混。跟著父輩們的好處當然就是有現成的資源靠山可以利用，比如說長輩們在遊戲中的人脈關係……這個人脈關係甚至包括遊戲 NPC 在內。

但是同時也有壞處。這就跟現實裡一樣，你想跟父母住，理所當然就得被父母管著唸叨……投靠父輩們的新生代玩家們通常和父輩們一樣分屬同一公會或勢力，就算是想自立或另投門戶的，因為錯綜複雜的人際關係，其本人和其父輩所在公會之間也不可能真的劃清關係不再往來。

所以，在新一代玩家們越來越多的加入到創世紀遊戲中之後，那些老牌的公會勢力們也都漸漸的發展出了分部、分支，專門收納培養和保護自己公會成員的下一代；而這個分支經過演化後，被系統歸類為學

院……年紀不夠的玩家可以自行選擇加入學院勢力，成年後才可選擇公會、傭兵團等冒險勢力加入。除此之外，其餘遊戲功能和成年玩家基本上相同。

蘇家幾個小孩仗著蜜桃多多的淫威，在水果學院時基本上也是橫著走的角色……一般高手都要臉，不可能為了小孩拌嘴打架之類的屁事大動干戈。當然了，這麼說的意思大家可能都明白了，雲千千絕對不可能在這個「一般」的範圍之內……

有強勢應援團支持，加上自己本身個個也不是省油的角色，蘇家兄妹幾個很快收服水果學院，正式稱霸。其風頭甚至連幾家老牌公會會長和自家副會長彼岸毒草都莫敢相爭。

想管幾個小孩？行啊，先跟雲千千手上的雷神杖先商量商量……

一葉知秋頗能理解彼岸毒草的為難，聽完這話後勉強扯下嘴角強笑道：「沒關係，幾個小孩子能鬧出多大的場面？說不定也就是三分鐘熱度……」

「二姐，大哥說馬上就回來了～現在開始咩？」小雙胞胎收到蘇暮的訊息後，趕緊告別眾愛心大發的叔叔、伯伯、嬸嬸、阿姨，帶著一口袋大豐收的糖果去找蘇淺淺。

「OK。」蘇淺淺從身後拉出一個靦腆清秀少年：「阿司，接下來就交給你了，務必算出這座山頭上有哪些可疑的未知角落，哪怕是個老鼠洞也不能放過。」

靦腆少年紅著臉點頭的同時輕聲答應，空間袋裡掏出一本巨厚書冊，翻開扉頁：「言靈……」

一葉知秋和彼岸毒草齊暈──臥槽！難怪燃燒尾狐剛才死活不肯過來。本以為這人長大了學好了，不像以前那麼愛看熱鬧，沒想到是人家兒子在這裡充當幫凶……莫非人家這是沒臉來呢。

「太不像話了！」彼岸毒草怒。

「沒關係、沒關係，小孩子不懂事……」一葉知秋欲哭無淚卻也不忘安慰彼岸毒草：「你要管理這麼大的公會，哪有精神注意學院裡那些小孩子……再說他們也不算是惹麻煩，只是探索精神比較濃烈罷了。」

水果樂園的應援團群眾們倒是看得很開心。

「這是狐狸家的小子吧？」

「虎父無犬子啊！等成年後直接特招進精英堂吧，這年頭的職業神棍越來越少了……」

「贊成+1，頂樓上！」

彼岸毒草聽得越發生氣，動了動嘴唇正要再說些什麼。

一葉知秋突然望著遠處愣了下，繼而擔憂的向彼岸毒草飛快掃過一眼，再狀若無事的移開視線……

「大家請注意秩序，不要隨便踩踏進黃線內，否則人多擁擠容易使守護獸暴躁……那大叔，說的就是你呢。一把年紀了就別學人家裝純潔無辜，你看我的眼神再真摯也無法改變我說的就是你這個事實……」

「……剎那荼靡！」彼岸毒草咬牙切齒看著不遠處那少年，恨不得把對方踢下線去跪主機板。

「咦，老爸？」剎那荼靡邊吆喝邊走近，轉眼就來到了彼岸毒草二人身邊。兩方一照面，少年秒抬手臂遮臉轉頭：「咳咳咳，這邊秩序很好，嗯，請繼續保持。」他說完轉身就想走。

「站住！」彼岸毒草一把將人拉住：「能不能解釋一下，早上才跟我請假說學校有活動的你，此時為什麼會出現在這裡？」

「咳咳，我有說過嗎？……那個，也許我說的是學院而不是學校？」學院是水果學院，學校是現實就讀的學校，兩者雖然只相差一個字，但指代的內容卻是天差地別。

「呵呵……」彼岸毒草鐵青著臉，笑得陰風慘慘：「你的意思是我聽錯了？」

「呃……」剎那荼靡愣了愣，接著突然慘叫：「不好！我頭盔連接不穩定，好像要斷線了……」接著吧唧一聲，白光消失……

「……」我靠！

一葉知秋越發尷尬：「呵、呵呵……那個啥，少年思春，為了在喜歡的女孩子面前表現，有時候是會做點失常的事……」

彼岸毒草一聽，頓時更是恨不得吐血自盡——本來自己賣身給蜜桃多多就已經很慘絕人寰了，沒想到三年前兒子又突然迷戀上那彷若蜜桃縮小版的蘇淺淺……難道自己父子果然都是註定命犯天煞孤星嗎？

「看到沒？看到沒？剛才那個管理秩序很順手的小子就是副會長家的。」

「果然是家傳淵源啊。」

「嘿嘿，聽說會長有意以後讓淺淺接任會長，這小子提早三年前就已經積極報名要接自己老爸的班當副會長了……」

「嘿嘿，這個莫非也是家學淵源？倒是沒看出來啊。」

「說不定副會長是悶騷型？只是以前隱藏得比較深……」

水果應援團繼續報導中……

彼岸毒草一開了這個頭，很快的，其他人也先後在桃子團小朋友們的身邊發現他們各自家裡的小孩。

「快看，那些小屁孩在幹嘛？」興奮的家屬應援團們指指點點，很快發現目標少年團體中，燃燒尾狐家的神棍兒子好像正在地上忙碌。

「在畫魔法陣吧？好像。我記得這小子的絕活是布陣，跟他老子擅長測算不一樣。」

於是眾人感嘆道：「哇～好厲害～」

他們感嘆完了繼續納悶……不是說要調查守護獸被詛咒的真相嗎？怎麼看這架式好像要刷 BOSS？

一葉知秋吐血跳腳：「誰給他許可權更改地表魔紋的!?」這是自己的領地呢，又不是外面的無主荒地，沒領主同意誰能在上面亂寫亂畫？

聽見一葉知秋的詢問，旁邊立刻有熱心人士指點：「瞧那邊，小雙胞胎旁邊笑得一臉羞澀那是你女兒吧？聽說小丫頭連自己學校宿舍裡都貼滿了小雙胞胎的照片……女孩子嘛，喜歡可愛小動物是天性，意志力不堅定也不是她的錯……想開點啊兄弟。」

「……」

守護獸在獸欄裡各種煩躁。它除了被煉召為守護獸的那一天看到過這麼多人同時出現外，都過去好幾年時間了，自己獸欄外面就從來沒有這麼熱鬧過。

本來人家被詛咒了身體就不怎麼舒服，這麼吵吵鬧鬧的還讓不讓獸睡了?讓不讓獸睡了?馬的！

「要想調查出守護獸被詛咒的真相，得從三個方面下手。」趁著小神棍畫魔法陣的空檔，蘇淺淺很有風範的選了個高臺跳上去，對著下面站著的其他大小孩子揚手叉腰，作指點江山狀。

「第一，我們得篩選出當時可能出現在現場的人。第二，我們得知道這守護獸被詛咒後，誰能得到最多或者說足夠多的好處。第三……守護獸是被什麼詛咒的，有什麼效果，持續多久？……查清楚這關鍵之後，後面我們的應對也就能更加的靈活……」

圍觀的小孩們或仰慕或驚嘆或信服。當然，其中也夾雜了部分面帶不屑嗤笑的群眾，不過後者畢竟是少數。再說這部分小孩大多和蘇淺淺太熟，她實在下不了手找麻煩，於是也就這麼不了了之。

「嘖嘖嘖，我彷彿看到了當年的爛桃……」旁邊有圍觀群眾無意中真相。

另一個圍觀群眾遙想當年，附議感慨道：「是啊，想當年我們會長每次一想糊弄人的時候也是這副樣子，說話都比平常分外條理分明。」

糊弄人的人靠的就是一張嘴，自然要比平常人更加有信服力。從這一點上來說，其實政客和騙子幹的都是同樣的工作。只不過前者比後者糊弄的群眾更加廣泛、行為也更有隱蔽性罷了。

說話間的工夫，小神棍手邊的魔法陣已經畫好。一陣光華閃爍後，被圈在陣中心的守護獸彷彿接受X光掃描。

小小神棍盯著手裡的書頁，臉色凝重的看了會說道：「預言有了指示，守護獸被詛咒果然是因為人為……這是投毒。」

「喝！」蘇淺淺倒吸口涼氣，大怒道：「居然有人敢在太歲頭上動土？」太不給面子了，江湖上誰不知道落盡繁華和一葉知秋是她老母罩的？居然有人敢到這裡投毒，最關鍵是還讓她被眾人誤會……屎可忍尿不可忍，這簡直就是赤裸裸的挑釁！

她正要發怒，小雙胞胎一起過來抓蘇淺淺的衣服角。

「姐姐～糖糖吃完了，糖糖……沒糖糖，不玩了。」他們說完一起嘟起紅豔豔的兩張小嫩脣，包子臉一皺，擺出相差無二的兩副不悅表情。

水果樂園的招牌吉祥物要罷工？這怎麼可以！

蘇淺淺連忙拿出糖果賄賂兩個小孩子，安撫兩顆幼小的純潔心靈：「乖乖～拿著糖糖過去陪叔叔、阿姨玩，讓他們不要過來搗亂啊。」

萌物的威力是巨大的。上了年紀的大叔、大嬸們都喜歡小朋友，蘇家小雙胞胎就可以完整 KO 掉在場幾千人……

蘇家孩子團辦案現場有無數記者採訪拍照，沒有人打算阻止，即使是一葉知秋本人也已經抱著破罐子破摔的心態認命了。

蘇淺淺率一干少年少女們在旁調查時，圍觀眾裡也有不少人打賭下注。有部分群眾認為最後的凶手肯定還是出在蘇家；有相當一部分群眾認為嫌疑人範圍幾乎能確定在某少女身上；更有專家對事實真相做出了推演分析，認為某少女很可能會趁機在這之後弄出更多的事情。

某公會會長聽完分析後憂心忡忡，認真開始回憶自己到底是不小心做了什麼得罪人的事情，才會遭受此等報復……

蘇淺淺帶了幾個精英班成員開始分析案情。

幾個少年少女圍桌而坐，桌上擺了各色零食、水果、飲料、瓜子、桌遊……桌邊一圈椅子坐了一圈人，以蘇淺淺為首，眾人湊在一起分了幾組，大富翁、撲克牌、骰子等娛樂道具一秒內被瓜分。

「馬的，搶我撲克牌的人，老婆一輩子是處！」蘇淺淺手慢一步，抓了套大富翁罵。

「臥槽！」龍騰兒子潛淵捏撲克牌反罵。

剎那荼靡不知道什麼時候又偷溜了回來，這會正借眾人身形遮擋，邊躲避彼岸毒草邊泡妞：「淺淺別生氣，晚上我們弄個號角一起去龍騰九霄放獸潮。」

「你踏馬的還可以更賤一點！」潛淵鄙視道：「堂堂大男人為個小女人連臉都不要了。」

「我們不是要分析守護獸詛咒事件？」一個平頭深色皮膚少年抱了盤跳棋插嘴。

「你是誰？」

「這是獨尊叔叔家的小子，一直在軍事學校讀書，遊戲裡的活動範圍都在學院副本裡，前陣子格鬥技巧才達到標準，獲准到大地圖活動……」

「哦，久聞大名……回頭我帶你去青樓逛逛，東升城新出的特色景點。大家都是自己人，別和我客

氣。」蘇淺淺很友好的歡迎完新夥伴轉頭，放下大富翁鋪開，選了個角色，開始丟骰子走棋，順便解釋自己現在此舉用意。

「剛才情況大家應該也知道了，守護獸身上的詛咒大概再需要個一天半就能自行解除，性質也不是很惡劣。所以換句話說，基本上可以判斷兇手的目的不是為了毒殺。這個詛咒的唯一作用，也不過是讓守護獸出現了一個無法正常守護領地的虛弱時段而已。」

「那又怎麼樣？」剎那荼靡很配合的裝傻。

「馬的，白痴都知道，那肯定是有人想趁這個時間段到領地做什麼壞事了。」潛淵就看不慣剎那荼靡這副猥瑣樣子。

「那你說，對方想做什麼壞事？」蘇淺淺鄙視回去。

「這……」潛淵尷尬一下，沉默許久後咬牙氣道：「這個我還真不知道，求指教？」

「其實我也不知說道。」

「……」踏馬的！

「但是可以肯定的是，對方既然是打了在領地鬧事的主意，那這人就肯定會到領地來。」蘇淺淺丟了張搗亂卡出去，胸有成竹道：「我們只需要在這裡以逸待勞，等著對方自行現身就可以了……到時候誰是真兇，自然一目了然。正好趁著那麼多看熱鬧的人在，就算要抓的人是高手榜前三位裡的，估計也是輕而易舉的事情。」

「我有點不祥的預感。」剎那荼靡捏跳棋恍惚了下，有些憂心的說道：「妳說萬一到時候我們等到的是雲阿姨的話怎麼辦？」

「呃……」

蘇淺淺窒了窒。眾孩子也一齊沉默……臥槽！這問題真犀利。

「應該不會吧。」關鍵時刻，軍校小子出來安撫人心：「我爸說那雲阿姨不是什麼好東西，做壞事從來都不遮掩的，她用得著這麼拐彎抹角？」

「呃……」

蘇淺淺鬆口氣的同時，剎那間心情比剛才更為複雜了許多。

眾孩子擦把冷汗繼續沉默……

領地內一群小孩心情複雜起伏的同時，蘇暮、蘇夭夭兩個人已經順利會合，正在回歸中。當然，由於後者的神奇天賦，兩人目前正一起迷失中，在這個蘇暮其實已經頗為熟悉的地圖內……

「沒想到幾天不來，知秋叔叔居然在領地內加了那麼多新建築？」蘇暮少年有些感慨，他始終不願承認自己也跟著迷路了。相對比起來，他還是相信建築格局有所變化比較能讓人接受。

「唔……還沒走出他的領地？」蘇夭夭皺眉。

「……妳剛才繞那麼多圈是想走出去？」

「不然莫非你還想留這裡？」

「……」蘇暮無語了下，一把拉起蘇夭夭向著某一方向走去：「最起碼也得回去當面跟長輩們打個招呼吧。」

擬真網遊沒有個人地圖，但可以自行購買小雷達。所謂小雷達的功能其實並不會很齊全，這主要也是為了讓玩家們不會因為想貪方便而失去探索的樂趣。一般情況下，小雷達上顯示的只有主要建築物方位和自己、隊員分別所在的座標，而這其間的路徑甚至溝壑、峰谷什麼的，就完全不在雷達標示的範圍之內了。

所有人都知道，兩點之間直線最短，這也肯定是最方便的捷徑。問題是，這直線可不可以走通呢？說不定中間擋了幾座建築？說不定中間有座湖？說不定中間……總而言之，擁有雷達，絕對不代表就一定能找到路。

蘇暮此時已是無法可施，他覺得就算是憑蠻力衝直線，應該也比跟著蘇夭夭一起找路要可行得多。後者製造迷境的功力已遠在風月寶鑒之上，且傳染性強至逆天，實在是不能不防……

於是兩人手牽手開始攀山越嶺、下河飛天……一個多小時後，歷經艱難困苦、九九八十一難，終於接近領地大座標點。

橫亙在眼前的最後一道屏障是座絕崖，蘇暮帶蘇夭夭收起翅膀，視死如歸的閉眼向下一跳……

「來人啊！偷襲守護獸的小賊終於來了~是空襲！」下方突然沸反盈天、喧囂熱鬧。

發生什麼事？

蘇暮還沒來得及弄清楚情況，一片技能鋪天蓋地就從下方迎面罩了上來。

蘇夭夭瞬間雙目一凜，甩開蘇暮手的同時，袖中滑出雙匕：「殺。」

「等等……」

話還沒說完，酷似九夜的小酷妹就已經拍翅衝下，閃電般掠向地面，開始無差別攻擊。

自己二人跳下的位置正下方，好像眼熟的守護獸欄正顯眼的矗立在下方。運了鷹眼看下去，蘇暮很快找到自己二妹和一眾眼熟的男男女女正在跳腳活躍。

幾乎都不用動腦子，蘇暮知道這其中一定是又出現了什麼離譜的誤會。有自己老母和自己二妹在的地方，永遠少不了的就是混亂。

「……臥槽！」蘇暮淚奔。原來三妹和老爹向來的神出鬼沒就是這麼回事。不過話又說回來，到底為什麼這絕壁下方會神奇的出現落盡繁華領地獸欄？

「升桃旗上鼓……水果樂園的兄弟跟我衝啊！」水果樂園的人興奮了。

「破壞建築者死！被損壞物品一律雙倍賠償！」落盡繁華的人急了。

「誰敢搶BOSS……呸，不是，誰敢搶我對手！」蘇淺淺帶眾小孩怒了。

「花生、瓜子、礦泉水～雞爪、雞翅、牛肉乾～～武器、裝備、丹藥八折大拍賣唷～」剎那荼靡某種程度上深受某水果薰陶……

「哥哥姐姐從剛才開始就一直在鬧，到底是做什麼？」小雙胞胎感情很要好的在一片混亂外蹲牆角圍觀，順便手牽手的舔棒棒糖，兩個小腦袋湊在一起邊看熱鬧邊聊天。

「可能是想和獸獸玩……弟，你吃這個，這個優酪乳球很好吃。」

「說了要叫我哥。笨，這是乳酪……話說回來，昨天的黑果果你是不是偷吃了？我在空間袋都找不到。」

「餵獸獸，餵獸獸了～」

「哦……」

於是某小孩心滿意足得知另一某小孩沒偷吃，兩個小不點重新感情要好的手牽手一起舔著棒棒糖……

至於黑果果和獸獸事件的後續？

那個不重要啦！

番外《小桃子們的遊戲記錄》完

《禍亂創世紀第二部》全文完結

《禍亂創世紀》系列第一部、第二部：

01 悲催世界——姐的苦，你們懂嗎！？

02 近豬者痴，近桃者衰！

03 專業騙子不露相。

04 Love story 其實是一把辛酸淚

05 水果樂園的動感地帶！

06 天空之城大混戰！

201 蜜桃多多的修羅花嫁（上、下）

202 蜜桃多多的擒愛計畫

203 蜜桃多多的魔王陛下

204 蜜桃多多的謎樣王子

205 蜜桃多多的大神花婿

全套十一冊，全國書店、網路書店、租書店，強力熱賣中！

飛小說系列095

禍亂創世紀第二部-05（完）

蜜桃多多的大神花婿

出版者■典藏閣
作　者■凌舞水袖　繪　者■CHI77
總編輯■歐綾纖
製作團隊■不思議工作室
台灣出版中心■新北市中和區中山路2段366巷10號10樓
郵撥帳號■50017206采舍國際有限公司（郵撥購買，請另付一成郵資）
電　話■(02)2248-7896　傳　真■(02)2248-7758
物流中心■新北市中和區中山路2段366巷10號3樓
電　話■(02)8245-8786　傳　真■(02)8245-8718
ISBN■978-986-271-472-0
出版日期■2014年4月
全球華文國際市場總代理／采舍國際
地　址■新北市中和區中山路2段366巷10號3樓
電　話■(02)8245-8786　傳　真■(02)8245-8718
新絲路網路書店
地　址■新北市中和區中山路2段366巷10號10樓
網　址■www.silkbook.com
電　話■(02)8245-9896
傳　真■(02)8245-8819

☞**您在什麼地方購買本書？**☜

1. 便利商店（＿＿＿＿＿市／縣）：□7-11　□全家　□萊爾富　□其他＿＿＿＿＿＿＿

2. 網路書店：□新絲路　□博客來　□金石堂　□其他＿＿＿＿＿＿

3. 書店（＿＿＿＿＿市／縣）：□金石堂　□誠品　□安利美特animate　□其他＿＿＿＿

姓名：＿＿＿＿＿＿地址：＿＿＿＿＿＿＿＿＿＿＿＿＿＿＿＿＿＿＿＿＿＿＿＿＿＿

聯絡電話：＿＿＿＿＿＿＿＿　電子郵箱：＿＿＿＿＿＿＿＿＿＿＿＿＿＿＿＿＿＿

您的性別：□男　□女　　您的生日：西元＿＿＿＿＿年＿＿＿＿＿月＿＿＿＿＿日

（請務必填妥基本資料，以利贈品寄送）

您的職業：□上班族　□學生　□服務業　□軍警公教　□資訊業　□娛樂相關產業

□自由業　□其他＿＿＿＿＿＿

您的學歷：□高中（含高中以下）　□專科、大學　□研究所以上

☞**購買前**☜

您從何處得知本書：□逛書店　□網路廣告（網站：＿＿＿＿＿＿＿＿）　□親友介紹

（可複選）　□出版書訊　□銷售人員推薦　□其他＿＿＿＿＿＿＿＿＿＿

本書吸引您的原因：□書名很好　□封面精美　□書腰文字　□封底文字　□欣賞作家

（可複選）　□喜歡畫家　□價格合理　□題材有趣　□廣告印象深刻

□其他＿＿＿＿＿＿＿＿＿＿

☞**購買後**☜

您滿意的部份：□書名　□封面　□故事內容　□版面編排　□價格　□贈品

（可複選）　□其他

不滿意的部份：□書名　□封面　□故事內容　□版面編排　□價格　□贈品

（可複選）　□其他

您對本書以及典藏閣的建議＿＿＿＿＿＿＿＿＿＿＿＿＿＿＿＿＿＿＿＿＿＿＿＿＿＿

＿＿＿＿＿＿＿＿＿＿＿＿＿＿＿＿＿＿＿＿＿＿＿＿＿＿＿＿＿＿＿＿＿＿＿＿＿＿

＿＿＿＿＿＿＿＿＿＿＿＿＿＿＿＿＿＿＿＿＿＿＿＿＿＿＿＿＿＿＿＿＿＿＿＿＿＿

✌未來您是否願意收到相關書訊？□是　□否

✌**感謝您寶貴的意見**✌

印刷品

$3.5
請貼
3.5元
郵票

235 新北市中和區中山路二段366巷10號10樓

華文網出版集團 收

（典藏閣－不思議工作室）